Der Tod und das Mädchen

Holger Niederhausen

Der Tod und das Mädchen

Das Menschenwesen hat eine tiefe Sehnsucht nach dem Schönen, Wahren und Guten. Diese kann von vielem anderen verschüttet worden sein, aber sie ist da. Und seine andere Sehnsucht ist, auch die eigene Seele zu einer Trägerin dessen zu entwickeln, wonach sich das Menschenwesen so sehnt. Diese zweifache Sehnsucht wollen meine Bücher berühren, wieder bewusst machen, und dazu beitragen, dass sie stark und lebendig werden kann. Was die Seele empfindet und wirklich erstrebt, das ist ihr Wesen. Der Mensch kann ihr Wesen in etwas unendlich Schönes verwandeln, wenn er beginnt, seiner tiefsten Sehnsucht wahrhaftig zu folgen...

1. Auflage November 2015

© Holger Niederhausen · Alle Rechte vorbehalten
Herstellung und Verlag:
BoD – Books on Demand, Norderstedt
ISBN 978-3-7392-1374-3

Memento mori

...

in Christo

„Wir sollten den Essigbaum endlich einmal entfernen lassen! Er ruiniert mit seinen Ausläufern den ganzen Garten und macht ständig nur Arbeit."

„Ja."

Christian Färber mochte dieses Thema nicht. Ihn quälten solche Fragen einfach nur. Es bedeutete für ihn unendlich viel mehr Aufwand, sich um das Finden einer Gartenfirma zu kümmern, deren Einsatz zu organisieren, sich Sorgen über den möglicherweise hohen Preis zu machen und überhaupt dafür verantwortlich zu sein, als alle paar Monate die Ausläufer auszustechen. Möglicherweise hatte sich der Essigbaum sowieso schon den ganzen Erdboden unterhalb der Oberfläche zueigen gemacht. Dann müsste man mit Schaufelladern das gesamte Erdreich abtragen.

Von solchen Themen fühlte er sich einfach überfordert. Mit einem einfachen „Ja' fühlte er sich davon ebenfalls wieder für ein paar Monate befreit...

Seine Frau las weiter in der Apothekenzeitung. Sie hatte die Beine auf dem Sofa hochgelegt und hatte dann immer den Ausblick auf den Garten.

Er saß lieber in seinem Sessel und las gerade die Wochenendzeitung. Um die Aufmerksamkeit endgültig von dem Sumach im Garten abzulenken, erwähnte er, was er gerade gelesen hatte.

„Mit der ISIS wird es immer schlimmer. Jetzt haben Sie schon wieder einen furchtbaren Anschlag gemacht, Dutzende von Toten! Man ist nirgendwo mehr sicher. Sie können überall zuschlagen!"

„Ach, Christian, hör doch auf damit! Lass uns doch mit der ISIS in Ruhe."

„Die lassen *uns* doch nicht in Ruhe! Und dann kommen die ganzen Flüchtlinge – und lassen uns erst recht nicht mehr in Ruhe!"

„Ja, aber das ist doch nicht unsere Sache. Man muss sich doch nicht sogar noch das Wochenende damit verderben. Es kommt, wie es kommt, und der Staat muss sich drum kümmern. Wir wollen hoffen, dass es alles nicht zu schlimm wird."

„Nicht zu schlimm! Natürlich wird es immer schlimmer!"

„Na gut, dann will ich hoffen, dass ich es nicht mehr erlebe."

„Das wirst du sehr wohl noch erleben. Was meinst du, wie schnell alles schlimmer wird. Hunderttausende von Flüchtlingen – wer soll die denn alle aufnehmen? Und was werden die dann hier alles anstellen? Das wirst du schön noch alles erleben!"

„Na ja, und die Kinder... Und Linus und Rosa..."

Linus und Rosa waren ihre Enkel, vier und zwei Jahre alt. Ihre ‚Kinder' waren längst Ende zwanzig. Er selbst würde Ende dieses Jahres seinen fünfundfünfzigsten Geburtstag feiern, seine Frau würde es nächstes Jahr tun.

„Ja, Emma, Elias und Dorit und die beiden Kleinen, die werden das alles abkriegen – und wir auch noch. Dreißig Jahre haben auch wir sicher noch vor uns."

„Trotzdem", sagte sie, „jetzt ist Wochenende. Das lass ich mir von ISIS und Flüchtlingen und auch sonst nichts verderben. Lies doch nicht immer die Zeitung!"

Er schwieg und las weiter. Es störte ihn, dass seine Frau selbst nur diese albernen Apothekenzeitungen las, die zwar alle möglichen Gesundheitstipps gaben, die seine Frau auch fast hysterisch befolgte, aber ansonsten keinerlei tieferen Inhalt hatten.

Er fand diesen ganzen Gesundheitsfanatismus reichlich überflüssig. Entweder man wurde in einem der reichsten Länder der Erde in der heutigen Zeit achtzig Jahre und älter, oder man wurde es nicht. Aber warum sollte man die Zeit, die man durch unendliche Gesundheitssorgen vielleicht gewann, von vornherein erst einmal verlieren, indem man ganze Wochenenden lang immer wieder diese dummen kleinen Zeitschriften las? Vielleicht würde er ein paar Jahre weniger leben als seine Frau, aber dafür hätte er sich zumindest immer über die Welt informiert und etwas Sinnvolles getan. Dass seine Frau dann auch regelmäßig ein-, zweimal im Jahr zu Kuren fahren wollte, machte er auch nur notgedrungen mit. Für ihn war dieser Kurort-Tourismus, den seine Frau veranstaltete, etwas, woran er sich zwar gewöhnt hatte, was ihn aber in keinster Weise tiefer befriedigte. Dennoch hatte er es ihr zuliebe stets mitgemacht – und würde etwas anderes wohl auch die nächsten dreißig Jahre nicht mehr tun.

Beruflich hatte er Glück gehabt. Er war die letzten dreißig Jahre kaufmännischer Angestellter einer größeren Firma gewesen, die im Gegensatz zu vielen anderen Firmen in den letzten Jahrzehnten eine gute Entwicklung gemacht hatte. Längst war ihm klar, dass eine gute Ausbildung heute nicht mehr vor Arbeitslosigkeit schützte – und dass man längst dankbar sein musste, wenn die eigene Firma nicht eines Tages überraschend pleite machte. Die Zeiten waren einfach prinzipiell unsicher geworden.
Er hatte das Gefühl, dass seine Kindheit in den sechziger und siebziger Jahren das reine Paradies gewesen war im Vergleich zu heute. Die jungen Menschen, die heute erwachsen wurden, konnten sich auf nichts mehr verlassen. Nicht einmal mehr darauf, dass nicht am nächsten Tag in unmittelbarer Nähe eine Bombe hochgehen würde. Und das in Europa! Aber wenn nun auch die ganze Welt nach Europa kam... Konnten die Flüchtlinge nicht woandershin flüchten...?

„Christian, dieses Jahr musst du dich wirklich mal um den Essigbaum kümmern!", nahm seine Frau ihr Thema wieder auf.
„Emma, lass mich doch bitte damit jetzt mal in Ruhe. Ich will in Ruhe meine Zeitung lesen!"

„Ja, du liest immer nur Zeitung – wie oft habe ich dich schon gebeten, den Baum entfernen zu lassen?"

„Irgendwann werde ich es auch mal tun – aber nicht jetzt!"

Seine Frau las weiter ihre Apothekenzeitung. Er sah von seinem Sessel aus die Abbildungen. Wie er dies alles verachtete! Diese zurechtgemachten Grafiken, diese Bilder und Fotos, die den Text auflockern sollten, diese einfältigen Bildunterschriften. Man wurde zwar gesundheitlich auf die Höhe gebracht, aber die Texte hatten das Niveau von Demenzkranken. Vielleicht war er in diesem Urteil etwas ungerecht, aber er hasste es einfach. Sterben musste man sowieso irgendwann. Aber wieso verbrachten manche Menschen ihr ganzes Leben damit, sich und andere über Gesundheitsthemen zu informieren, deren Erkenntnisse sich sowieso jedes Jahr änderten und deren Ratschläge oft wie die Moden wechselten? Das Wichtigste wusste man doch sowieso schon. Die Apothekenzeitschriften kamen daher, als wollten sie aus jedem Normalbürger einen halben Facharzt machen!

Und obwohl seine Frau ständig diese Zeitschriften las, wenn sie sie bekam, tat sie nichts für ihre Figur. Sie fuhr auf Kuren, nahm Vitaminpräparate, machte aber keinerlei Sport – und hatte in den letzten dreißig Jahren sicher dreißig Pfund zugenommen. Weder ihre Figur noch ihren körperlichen oder geistigen Lebensstil fand er mehr anziehend. Es gab zwischen ihnen eigentlich nur noch die auf der gemeinsamen Vergangenheit beruhende Vertrautheit, aber das war manchmal schmerzlich wenig. Wenn sie Apothekenzeitschriften las oder den Essigbaum erwähnte, war es extrem wenig.

Drei Tage später rief er ihre Tochter an. Es war ihr neunundzwanzigster Geburtstag.

Sie hatte während ihres Studiums ihren Freund kennengelernt, und die beiden waren dann an ihrem ehemaligen Studienort geblieben, wo ihr Freund und jetziger Mann eine Stelle an der Universität gefunden hatte. Dorit war sein Lieblingskind. Bei seiner Frau war es fast umgekehrt. Er hatte mit Elias seit dessen Pubertät einige heftige Auseinandersetzungen gehabt, und ihr Verhältnis hatte sich erst wieder angenähert, als Elias längst erwachsen geworden war – und weiter, als auch er ein kleines Töchterchen bekommen hatte. Dennoch dauerten die ‚Gespräche' zwischen Vater und Sohn meist nicht länger als ein paar wenige Minuten, während er mit seiner Tochter oft lange, lange sprechen konnte. Das lag allerdings auch an ihr – sie erzählte sehr gerne aus ihrem Leben, und dafür war er jedes Mal sehr dankbar.

Er freute sich schon, als er ihre Stimme hörte.

„Ja, hier Dorit Lehmann?", sagte sie erwartungsfroh.

Sie hatte noch ein Telefon, an dem man die Nummer des Anrufers nicht sah – und er auch. Es störte ihn nicht.

„Hallo, Dorit, hier ist Papa."

„Hallo, Papa!", hörte er ihre freudige Stimme, und er lächelte.

„Herzlichen Glückwunsch zum Geburtstag, Dorit! Ich wünsche dir ein schönes neues Lebensjahr."

„Danke, Papa! Hast du schon einmal versucht anzurufen?"

„Nein, wieso?"

„Wir haben gerade einen langen Spaziergang gemacht. Es ist so ein wunderschönes Wetter! Bei euch auch?"

„Ja."

„Linus hat solche Freude am Laufen. Man kommt nicht so weit vorwärts...", sie lachte, „aber das macht ja nichts!"

„Das ist schön", sagte er.

Er könnte ihr stundenlang zuhören. Es tat so gut, sie glücklich zu sehen – und dies auch an ihrer Stimme zu hören.

„Feiert ihr auch noch ein wenig?"

„Ja, ein ganz klein wenig. Nachher kommen noch drei, vier Freunde zu uns, einer hat auch schon ein kleines Kind fast im gleichen Alter."

„Na schön, dann habt ihr ja wirklich einen besondern Tag."

„Ja, das haben wir, Papa."

„Und sonst, Dorit? Was machst du sonst? Und geht es Samuel an der Uni gut?"

„Ja, ihm geht's gut. Er hat viel zu tun, aber es macht ihm Spaß. Und ich? Ich spiele mit Linus, wenn er aus dem Kindergarten kommt, stricke ihm Socken und mache den Haushalt."

„Wolltest du nicht ursprünglich auch wieder arbeiten, wenn er im Kindergarten ist? Das ist er jetzt doch schon über ein Jahr. Bald kommt er doch schon in die Schule..."

„So bald noch nicht, Papa!", lachte sie. „Ja, ursprünglich wollte ich das. Aber Linus ist jetzt noch so klein... Und im Moment geht es doch. Ich bin wirklich froh, dass wir nicht beide berufstätig sein müssen. Im Moment kann ich mir nichts Schöneres vorstellen. So kann ich nicht nur Linus verwöhnen, sondern auch Samuel!"

Sie lachte wieder.

Er machte sich immer Sorgen um ihre Zukunft. Aber wenn sie so vertrauensvoll erzählte, konnte man ebenfalls nur Vertrauen bekommen. Er ließ es also dabei bewenden.

„Und du, Papa – wie geht es dir?"

„Ach, mir geht es auch gut. Ab und zu habe ich ein bisschen Bauchschmerzen, aber sonst geht es mir eigentlich prima."

„Bauchschmerzen? Was für Bauchschmerzen, Papa?"

„Weiß nicht, ganz normale Bauchschmerzen eben."

„Papa! Bauchschmerzen sind nicht normal. Du musst dich mal untersuchen lassen."

Er bereute es, es überhaupt erwähnt zu haben...

„Ja, irgendwann mache ich das mal."

„Nein, nicht ,irgendwann', Papa! Mach es sofort! Wenn was ist, soll man nicht warten."

„Aber es ist doch nichts, Dorit. Bauchschmerzen hat doch jeder mal."

„Aber du sagst ,ab und zu'! Das klingt nicht wie ,mal'. Du musst dich mal untersuchen lassen, ja?"

„Ja, ja, mache ich."

„Nein, Papa – das kenne ich. Versprichst du es? Du musst es versprechen!"

Wieder so etwas Unangenehmes. Aber was tat er nicht alles ihr zuliebe.

„Ja, ich verspreche es."

„Gut... Aber wirklich, ja, Papa?"

„Ja, versprochen."

„Gut. Dann bin ich beruhigt. Und Mama? Wie geht es Mama?"

„Ihr geht's auch gut. Soll ich sie dir mal geben?"

„Ja, bitte, Papa!"

„Gut, mache ich."

„Dann bis bald, Papa! Und bitte sag Bescheid, wenn du beim Arzt warst, ja?"

„Ja, gut."

Er gab das Telefon an seine Frau weiter.

Während er mit einem halben Ohr auch ihrem Gespräch zuhörte, dachte er an die Sorgen seiner Tochter. Es rührte ihn, dass sie sich so viel Sorgen um ihn machte – aber es war doch gar nicht nötig. Bei den Ärzten *wurde* man höchstens krank... Dennoch würde er ihr zuliebe einmal zu seinem Hausarzt gehen, und dann wäre wieder einmal für ein paar Jahre alles in Ordnung.

Nach dem Telefonat sagte seine Frau:

„Du hast ab und zu Bauchschmerzen? Das hast du ja gar nicht gesagt!"

„Ich hätte es am liebsten auch lieber nicht gesagt. Wenn ihr jetzt alle darauf herumreitet!"

„Dorit hat schon Recht. So was muss man untersuchen lassen."

„Ach, ihr immer mit eurem ‚untersuchen'!"

Es tat ihm leid, dass er seine Tochter da jetzt mit hineinzog, aber von seiner Frau wollte er es nun wirklich nicht auch noch einmal hören.

„Euch Frauen", erläuterte er nun gereizt, „tut der Bauch doch oft jeden Monat weh. Warum kann er nicht auch einem Mann mal weh tun? Mit über fünfzig darf man doch wohl mal ab und zu Bauchschmerzen haben!"

„Nein, als Mann eben nicht. Rückenschmerzen oder Gelenkschmerzen oder was weiß ich *schon*, aber Bauchschmerzen nicht. Es ist doch kein Aufwand, das einmal abklären zu lassen!"

Ihm war diese Diskussion so zuwider, dass er es vorzog, ganz zu schweigen, statt sich noch den restlichen Abend davon verderben zu lassen.

Er hatte nicht nur mit seiner Firma Glück gehabt, in der er im Bereich Einkauf arbeitete. Sie hatten damals, nachdem er einige Jahre gearbeitet hatte und sich das erste Kind ankündigte, ganz in der Nähe auch ein schönes Einfamilienhäuschen gefunden. Auch seine Frau hatte in diesen ersten Jahren in einer Firma gearbeitet, aber dann war es möglich gewesen, mit Hilfe eines langfristigen Kredites das Häuschen zu erwerben und diesen allein mit seinem relativ guten Gehalt zurückzuzahlen. Auch Emma hatte vorgehabt, nach fünf bis zehn Jahren langsam wieder zu arbeiten, aber es war dann nicht sofort nötig gewesen – und später hatte es sich nicht mehr ergeben.

Die nah gelegene Arbeit machte es ihm möglich, den Weg täglich zu Fuß zurückzulegen. Es gab zwei Möglichkeiten – der eine Weg führte durch die Fußgängerzone, der andere durch einen Park mit einem größeren Kinderspielplatz.

Er hatte in den letzten Jahren fast immer den letzteren Weg vorgezogen, obwohl dieser etwas länger war. Und in den letzten ein, zwei Jahren hatte er sich immer öfter auf dem Heimweg auf eine Bank gesetzt und dem Treiben der Kinder zugeschaut. Nun hatte er bereits Enkel, die in diesem Alter waren...

Es war ein wunderschöner Sonnentag in der zweiten Aprilhälfte, und so setzte er sich auch an diesem Spätnachmittag auf die Bank und sah den Kindern beim Spielen und Toben zu.

Das ausgelassene Spiel der Kinder konnte einen fast sentimental werden lassen. Ja, wenn man auch noch einmal so jung wäre... Man konnte es sich eigentlich gar nicht mehr vorstellen, dass man es auch mal gewesen war. Wie lange war das jetzt her? Nun ja – ziemlich genau fünfzig Jahre. Ein halbes Jahrhundert... Es war das vorherige Jahrhundert gewesen. Mitte der sechziger Jahre. Jetzt schrieb man das einundzwanzigste Jahrhundert, und selbst dieses war schon in der Mitte seines zweiten Jahrzehnts. Es war unglaublich, wie die Zeit verging. Ein halbes *Jahrhundert!* Man wurde wirklich wehmütig davon...

Ihm fiel auf einmal ein weinendes Mädchen ins Auge. Sei es, dass die Kleine etwas verloren hatte, sei es, dass sie ihre Mutter suchte – sie stand da und weinte herzerweichend. Er saß auf seiner Bank viel zu weit weg, und sicher würde gleich ihre Mutter kommen. Dennoch schaute er sich um, wo diese sein könnte. Die Kleine tat ihm leid... Aber dann sah er bereits eine junge Frau auf das Kind zugehen. Er war beruhigt. Er sah, wie die junge Frau sich in ihrem hellblauen Kleid anmutig vor dem Kind hinkniete. Es war eine Bewegung, die ihn unmittelbar gefangen nahm. Sie nahm die beiden Hände des Kindes und sprach mit ihm. Warum nahm sie es nicht in den Arm – oder warum fiel das Kind ihr nicht um den Hals? Jetzt lief das Kind weg – und er sah, dass es nun seiner richtigen Mutter entgegenlief, die schnell aus der anderen Richtung kam. Nun war es bei ihr, nun nahm sie es hoch ... und glücklich vereint gingen sie wieder in die Richtung, wo die Mutter auf der Bank gesessen haben mochte, auf der gegenüberliegenden Seite...

Auch die junge Frau in dem hellblauen Kleid befand sich noch immer unmittelbar in seiner Blickrichtung. Sie sah dem Kind hinterher, noch immer im Sand kniend. Nun erhob sie sich langsam, auch diesmal berührte ihn ihre Anmut. Langsam ging auch sie zurück an den Platz, wo sie gesessen haben mochte – schräg rechts von ihm an den Rand des Sandbereiches, der von abgeschnittenen Holzpfählen gebildet wurde, die breit genug waren, um in Kniehöhe darauf zu sitzen. Auf halbem Wege sah sie zu ihm hinüber, und als sie seinen Blick bemerkte, lächelte sie ihm zu. Verwirrt konnte er nichts anderes tun, als schnell ein wenig auf den Spielplatz zu schauen, zu der Stelle, wo das Kind gestanden hatte. Er war erleichtert, dass sie einfach weiterging, und doch tat es ihm sehr leid, nicht einmal ihr Lächeln erwidert zu haben... Nun setzte sie sich auf die Holzumrandung. Wieder besaß auch diese Bewegung eine Anmut, die er noch nie gesehen hatte...

Er blickte auf ihre schöne Gestalt, die er nun nur von hinten sah, und so mochte sie gar nicht außergewöhnlich aussehen. Aber weder ihre Bewegungen noch ihr Gesicht gingen ihm aus dem Sinn. Sie hatte gut schulterlanges, etwas ins Rötliche gehendes braunes Haar, das glatt und seidig auf ihre vom Hellblau des Kleides bedeckten Schultern herabfiel, einen schönen Mund, der wie zum Lächeln und zur Freude geschaffen schien, und Augen, deren Braun ebenfalls voller Freude in die Welt leuchtete, umrahmt von wunderschön geschwungenen Augenbrauen, die scheinbar die Anmut verewigen wollten...

Je weniger ihm all dies aus dem Sinn ging, desto mehr tat es ihm leid, dass er ihr wunderschönes Lächeln, das ihn einen Augenblick lang getroffen hatte, nicht erwidert hatte. Fast wollte er hingehen und es ihr sagen ... aber das würde er natürlich nie tun.

Und doch hatte dieses Lächeln nun noch eine andere Wehmut in ihm geweckt. Nein, eigentlich war diese schon bei ihrer allerersten Bewegung geweckt worden – in dem Moment, als sie sich vor dem Mädchen hingekniet hatte...

Jetzt erst fragte er sich, warum sie das getan hatte. Sie war einfach zu dem Kind gegangen und hatte sich vor ihm niedergekniet... Wieder erinnerte er sich daran, wie sie die Hände des Mädchens genommen hatte. Sie hatte es trösten wollen. Es war ihr auch gelungen. Jetzt erinnerte er sich, dass das Mädchen tatsächlich aufgehört hatte zu weinen – bevor es dann seine Mutter gesehen hatte.

17

Er sah wieder auf den Rücken der jungen Frau. Wie alt mochte sie überhaupt sein? In dem Moment, in dem ihn ihr Lächeln traf, wirkte sie wie ... ja, man konnte an einen Engel denken. Merkwürdigerweise kamen ihm jetzt auch französische Filme in den Sinn. Gab es da nicht immer wieder solche jungen Frauen voller Leichtigkeit, voller Lebensfreude? Vielleicht war sie ja sogar Französin? Aber wie alt war sie nun? Sie wirkte wie ein junges Mädchen. Vielleicht vierundzwanzig? Oder vielleicht sogar erst Anfang zwanzig? Neunzehn? Im Grunde war er ganz schlecht im Schätzen... Sie würde eine geborene Erzieherin sein können. Also vielleicht doch Anfang, Mitte zwanzig... Und doch noch ein junges Mädchen...

Ja, wenn man noch einmal *so* jung sein könnte. Nicht so jung wie das Mädchen, das sie getröstet hatte, sondern so jung wie sie. Dann könnte man ... dann könnte man sie kennenlernen. Dies war es eigentlich, was die andere Wehmut war. Die einzige Wehmut eigentlich. Noch einmal Kind sein, das wollte er gar nicht. Aber noch einmal ... ein solches Mädchen kennenlernen.

Wehmütig blickte er auf ihre schönen Haare, in denen die Frühlingssonne jetzt sogar ein wenig spielte, mit Hilfe der hinter ihnen beginnenden Parkbäume und Sträucher, die sich in einem milden Wind für einen Moment leicht bewegten.

Noch einmal? Er hatte ein solches Mädchen überhaupt nie kennengelernt. Ja, er hatte sich damals in Emma schon auch verliebt, ziemlich sogar. Und doch war sie in gewisser Weise ganz das Gegenteil von diesem Mädchen gewesen. Sie hatte nie eine solche Lebensfreude gehabt, eine solche Fröhlichkeit, eine solche Leichtigkeit. Sie wäre auch nie zu einem Mädchen hingegangen, das weinte, weil es gerade seine Mutter nicht sah...

Auf einmal bedauerte er es unendlich, dass er schon mehr als ein halbes Jahrhundert alt war. Es wurde ihm bewusst, dass er mehr als doppelt so alt war wie dieses wunderschöne Mädchen dort...

Er wusste nicht, wie lange er dort gesessen hatte, um sie heimlich anzuschauen. Erschrocken bemerkte er schließlich, wie sie aufstand, um sich umzuwenden und auf den Weg zu gehen. Sie wandte sich dann in seine Richtung, und als sie ihn noch immer auf der Bank sitzen sah, lächelte sie ihm noch einmal zu – und er schaffte es, unbeholfen ein halbes Lächeln zu erwidern. Ein Drittel wahrscheinlich nur... Betroffen sah er ihr nach, nachdem sie an ihm vorbeigegangen war ... und bis sie aus seinem Blickfeld verschwand. Minutenlang blieb er noch sitzen. Und jetzt fiel ihm auf einmal wieder ein, dass er hatte schauen wollen, ob auch ihr Kind irgendwo spielte. Die Frage erübrigte sich nun. Sie hatte hier gar kein Kind gehabt! Sie hatte einfach nur lange hier gesessen, sogar viel länger als er selbst, und wie er den Kindern zugeschaut... Nein, nicht wie er, *nur* sie hatte den Kindern zugeschaut, er hatte es auf einmal völlig vergessen...

Langsam erhob er sich. Er fühlte sich auf einmal sehr müde. Voller Wehmut ging er langsam nach Hause. Die Gedanken an das Mädchen begleiteten ihn.

*

„Wo warst du so lange?", fragte ihn seine Frau, als er schließlich zuhause war.
„Ich sitze doch oft noch ein wenig im Park..."
„Es kam mir heute länger vor."
„Ja, heute war sehr schönes Wetter."
Mit dieser Antwort war seine Frau zufrieden.

Später, beim Abendessen, fragte sie ihn dann:
„Wann ist dein Arzttermin?"

„Nächste Woche Donnerstag."

„Ich habe jetzt auch einen Termin für einen Gesundheitscheck gemacht."

„Aha."

„Ich muss nochmal in meine Unterlagen schauen. Ich glaube, man bekommt dafür sogar Bonuspunkte. Wenn man genug davon hat, gibt es eine kleine Erstattung."

„Aha."

Er hatte nicht die Kraft, auszudrücken, wie wenig ihm dies bedeutete. Es war so unwesentlich wie die Apothekenzeitschriften. Aber manche Leute verbrachten ihr halbes Leben mit diesen kleinen Zeitschriften – und die andere Hälfte mit Gedanken an Bonuspunkte und kleine Erstattungen...

Es tat ihm weh, so zu denken, aber er konnte nicht anders. Er war nicht so wie Emma. Und irgendwie hatten sie sich in vielem auseinanderentwickelt. Wie lange eigentlich schon? Hatte auch das wirklich schon vor drei Jahrzehnten begonnen? Ein halbes Jahrhundert, drei Jahrzehnte... Alles Zeiträume, die über das gesamte Lebensalter jenes schönen Mädchens hinausgingen. Wehmut...

Dem Arzt, den er nur alle paar Jahre sah, erklärte er die Bauchschmerzen mit einem Hinweis auf seine Tochter. Sie hätte ihn hergeschickt, er wäre gar nicht gekommen, um ihn damit zu belästigen. Der Arzt tastete ihn ab und stellte ihm noch einige Fragen. Ob die Beschwerden abhängig von den Mahlzeiten seien, ob er sich öfter als sonst müde fühle und so weiter. Er war froh, dass er die meisten Fragen auf Anhieb verneinen konnte. Dass er schon etwas müder war als früher, musste er zugeben, aber wer war das nicht, wenn er älter wurde?

Es traf ihn völlig überraschend, als der Arzt am Ende dennoch sagte, dass er ihn gerne zu einem Internisten schicken würde. Erst wollte er dies ablehnen, aber dann dachte er an Dorit. Wenn sie erfahren würde, dass der Arzt ihn überweisen wollte, dann hätte er keine Ruhe mehr. Ihr zuliebe musste er also auch den zweiten Arztbesuch noch über sich ergehen lassen... Er bedankte sich bei seinem Hausarzt und wünschte ihm wieder alles Gute für die nächsten drei, vier Jahre...

*

Drei Tage später telefonierte er wieder mit Dorit – sie hatte angerufen. Vor zwei Wochen hatten sie zuletzt telefoniert.

Am Ende kam sie dann auch auf den Arztbesuch zu sprechen.

„Und, Papa, warst du beim Arzt?"

„Ja, alles in Ordnung."

Er wusste nicht, warum er das sagte. Aber er hatte nicht das geringste Bedürfnis, seiner Tochter schon jetzt von der Überweisung zu erzählen. Emma gegenüber hatte er sich deswegen beklagt – aber Dorit brauchte es erst zu wissen, wenn auch der Internist Entwarnung gegeben hätte, und eigentlich auch dann nicht. Er wollte sie nicht beunruhigen – und er wollte erst recht nicht, dass sie irgendwann so gesundheitsbesessen wie Emma werden würde. Deswegen musste sie einfach von Anfang an beruhigt werden.

„Wirklich?"

„Ja."

„Das freut mich, Papa! Der Arzt hat gesagt, alles in Ordnung?"

„Ja."

„Und du hast es beim Erzählen nicht schon heruntergespielt?"

„Nein."

„Danke, Papa. Und *danke*, dass du hingegangen bist!" Die Art, wie sie die Worte betonte, rührte ihn sehr. Ach, seine liebe Tochter...

Er hatte jetzt fast ein schlechtes Gewissen. Dennoch blieb er bei seinem Entschluss, dass das Wichtigste war, sie nicht zu beunruhigen. Sie, der so an seinem Wohl lag, sollte wissen, dass es ihm gut ging...

„Gut, Papa, dann kannst du ja hundert Jahre alt werden?" Sie lachte, und er liebte ihr Lachen.

Auf einmal fiel ihr noch etwas ein.

„Aber", fragte sie nun wieder ernst, „was hat der Arzt dir denn gesagt, was gegen die Bauchschmerzen hilft?"

Er wollte schon sagen ,nichts', aber das hätte sie wiederum beunruhigt. Also sagte er:

„Ach, Dorit – gibt es da nicht ganz viele Hausmittel?"

„Du meinst, Kümmel, Anis, Fenchel und so?"

„Ja – genau, die meinte ich."

Er hatte keine Ahnung gehabt, aber jetzt erinnerte er sich, dass diese Gewürze dagegen helfen sollten.

„Und, Papa, hast du das schon versucht?"

„Nein, noch nicht..."

„Mach es doch bitte! Du sollst doch keine Bauchschmerzen haben..."

„Ja, Liebes. Ich werde mir schöne Tees machen, und dann werde ich hundert Jahre alt."

Sie lachte wieder.

„Ja, Papa! Genau! Und sag mir, wenn es wieder besser ist. Hoffentlich bald!"

„Ja, Liebes. Keine Sorge. Jetzt erstmal auch für dich alles Gute, ja? Bis bald, Dorit. Bis zum nächsten Mal..."

„Ja, Papa, bis bald. Kann ich auch Mama noch haben?"

„Ja, ich gebe sie dir. Tschüss, Dorit..."

„Tschüss, Papa!"

Noch immer war er gerührt...

Im letzten Moment fiel ihm ein, dass Emma noch immer alles erzählen konnte. Nachdem er ihr den Hörer bereits gegeben hatte, wies er gestikulierend darauf hin, dass sie definitiv nichts über die Überweisung sagen sollte. Flüsternd erklärte er es ihr dann auch noch. Seine Frau fragte mit wilder Gesichtsmimik zurück, warum nicht, aber er verbot es ihr kategorisch.

Als auch sie aufgelegt hatte, entwickelte sich dadurch regelrecht ein kleiner Streit.

„Warum durfte ich ihr nichts von der Überweisung erzählen?", fragte seine Frau heftig.

„Weil es völlig übertrieben ist!"

„Es ist doch nicht übertrieben, von einer Überweisung zu erzählen? Es ist übrigens die Wahrheit!"

„Wahrheit hin oder her – sie muss sich doch nicht unnötig Sorgen machen!"

„Sie macht sich doch keine Sorgen, wenn sie weiß, dass ein Internist das Ganze nochmal abklären soll."

„Natürlich macht sie sich Sorgen! Du kennst sie doch!"

„Und deswegen lügst du sie jetzt sogar an?"

„Das ist keine Lüge. Das ist..."

Er wusste auch nicht, was es war.

23

„Siehst du? Natürlich ist es eine Lüge!"

„Und wenn schon – sie soll sich keine Sorgen machen. Das ist viel wichtiger."

„Wenn es Grund gibt, sich Sorgen zu machen, darf man sich doch wohl Sorgen machen?"

„Wie kommst du denn darauf, dass es Grund dazu gibt?"

„Ich meine nur, solange es noch nicht endgültig abgeklärt ist. Das ist doch eine bloße Information."

„Für sie aber nicht."

„Dann kann man sie *dann* beruhigen. Man kann sagen: Hör mal, Liebes, ich muss noch zum Internisten, aber mach dir keine Sorgen."

„Du hast keine Ahnung, Emma. Oder vielmehr: Du weißt es doch! Das funktioniert bei Dorit einfach nicht. Wenn sie gewusst hätte, dass ich noch einen zweiten Termin habe, hätte sie nicht einmal mehr schlafen können! Jetzt hör doch endlich auf damit!"

Leise, aber deutlich spürbar beleidigt hörte seine Frau auf, etwas zu entgegnen, und doch nahm sie es ihm übel. Ihm war es egal. Es ging ihm um Dorit – und sie machte sich jetzt keine Sorgen. Alles andere war unwichtig...

Die junge Frau begegnete ihm nun immer wieder. Fast jeden Nachmittag saß sie an der Umrandung des Spielplatzes und schaute dem Spiel der Kinder zu. Und er setzte sich immer wieder auf die Bank und schaute ihr zu... Sein eigenes Tun kam ihm allerdings so unzulässig vor, dass er jedes Mal, wenn sie dann aufstand – und meistens blieb auch er so lange –, so tat, als beobachte er intensiv die Kinder. Nur so konnte er ihrem Blick entgehen. Hätte er ihn noch einmal getroffen, hätte er sich in Grund und Boden geschämt. Sie sollte, nein, sie durfte nicht wissen, dass er vor allem *sie* beobachtete. Und es war doch eigentlich auch gar kein Beobachten. Es war einfach nur schön. Schön, sie einfach nur anzusehen... Manchmal sah er wieder, wie sie zu einem Kind hinging, das von anderer Seite keine Hilfe fand. Nicht immer konnte sie sich vor dem Kind hinknien, aber wenn sie dies tat, tat sie es wieder mit derselben anmutigen Bewegung, die ihn jedes Mal wieder zum Staunen brachte und tief berührte... Er fragte sich, warum er sie nie zuvor gesehen hatte.

*

Längst waren ihm diese langen Pausen auf dem Weg nach Hause um des Mädchens willen so ans Herz gewachsen, dass er eine tiefe Abneigung gegen jenen Nachmittag fühlte, an dem er den Termin beim Internisten hatte. Doch als dieser kam, musste er ihn auch wahrnehmen.

Während der Wartezeit dachte er an das Mädchen – daran, wie sie jetzt dort sitzen würde. Daran, wie sie vielleicht zu einem Kind gehen würde, sich hinknien... Daran, wie sie irgendwann nach Hause gehen würde.

Als er bei diesem Gedanken angekommen war, stellte er sich vor, wie sie die leere Bank sehen würde – und es bedauern, dass sie ihn heute nicht sehen würde. Dieser Gedanke berührte ihn... Es war ihm egal, ob es seine eigene Phantasie war. Ohne Phantasie war das Leben wirklich sinnlos geworden. Ohne Phantasie konnte man wirklich nur noch wehmütig werden.

Nur wurde man es *mit* ihr sogar noch mehr...

Als er endlich aufgerufen wurde und dem Arzt, den er noch nie gesehen hatte, die Hand geschüttelt hatte, erklärte er ihm, dass nur sein Hausarzt ihn hergeschickt hätte und dass er ganz einfache Bauchschmerzen durch einen Spezialisten abklären lassen wollte, was an sich doch schon völlig überflüssig wäre. Aber der Arzt ließ ihn sich freimachen, um ihn auf einer Liege zu untersuchen.

Als er angesichts der Apparate leicht furchtsam fragte, was für eine Untersuchung das sei, beruhigte ihn der Arzt – es sei nur Ultraschall und dies sei absolut schmerzfrei. So beruhigt legte er sich hin und beobachtete die in verschiedenen Grau- und Weißtönen flimmernden Bilder, die der Arzt auf einem Monitor anschaute.

Immer wieder fuhr der Arzt nach einer weiträumigeren Untersuchung über bestimmte Stellen seines Bauches, gab mehrmals neues Gel auf die Sonde und studierte die Bilder, auf denen man als Laie nichts erkennen konnte.

„Kann man bei dem ganzen Flimmern überhaupt etwas sehen?", fragte er scherzhaft.

„Na ja", erwiderte der Arzt mehr abwesend und auf den Monitor konzentriert als wirklich an ihn gerichtet, „es ist nicht immer ganz einfach."

„Nein, wenn nichts da ist, dann wird man ja auch nichts sehen..."

Der Arzt sagte nichts, sondern schaute weiter konzentriert auf den Monitor, nahm Maße, nahm Standbilder, veränderte wieder den Ausschnitt und die Perspektive, nahm neue Bilder...

Schließlich, nach einer ganzen Weile, wischte er die Sonde ab, wischte auch seinen Bauch ab und bat ihn, sich wieder anzukleiden.

Als er wieder vollständig bekleidet vor ihm saß, sagte der Arzt:

„Man sieht leider schon vieles. Nur ist es nicht immer einfach, eine klare Diagnose zu treffen. Aber was man sehen konnte, gibt doch Grund zur Besorgnis. Ich möchte noch nichts Endgültiges sagen. Wir müssen zunächst eine Endosonografie machen.

„Wie bitte? Was ist das denn? Worum geht es denn überhaupt? Was haben Sie gesehen?"

Die Stimme des Arztes schien noch ernster zu werden, als er sagte:

„Es ist leider so, dass der Pankreas – also die Bauchspeicheldrüse – im Ultraschall ein Bild zeigt, das, leider, eine deutliche Übereinstimmung mit dem, nun ja, typischen Bild eines Tumors zeigt. Ich möchte gleich sagen, dass es differentialdiagnostisch noch andere Möglichkeiten geben könnte, aber der Befund muss unbedingt abgeklärt werden. Wir werden in den nächsten Tagen eine Endosonografie und auch ein CT machen..."

*

Die Worte des Arztes ließen seine bisherige Welt völlig zerbrechen. Es war, als wenn nach dem Wort ‚Tumor' die weiteren Sätze des Arztes wie in Watte gehüllt waren, nur noch wie aus einer durch Watte von ihm getrennten Welt zu ihm drangen.

Auf seine Nachfragen hatte ihm der Arzt erklärt, was eine Endosonografie, was eine Computertomografie war. Er hatte ihm erklärt, was die Diagnose eines Tumors bedeuten würde. Er hatte erfahren, dass Bauchspeicheldrüsenkrebs eine sehr seltene Erkrankung war, die aber zu den unheilbarsten Krank-

heiten überhaupt gehörte. Es käme ganz auf das Stadium an...
Aber noch sei nichts sicher... Wie im Traum hatte er den Arzt gebeten, alle folgenden Untersuchungen in seine Arbeitszeit zu legen. Er hatte sich vergewissert, dass der Arzt eine Schweigepflicht hatte und dass er es seiner Frau und seinen Kindern zunächst nicht sagen musste. Er hatte nicht gewusst, warum er so reagiert hatte, aber er hatte gefühlt, dass es richtig war – niemand außer ihm sollte es zunächst wissen...

Bestürzt hatte er die Praxis mit zwei neuen Terminen verlassen. Bestürzt, voller Unsicherheit und noch immer wie im Traum.
Was war das für eine Welt, die weiterlief, obwohl man eventuell an einer tödlichen Krankheit litt... Eventuell? Es hatte doch schon sehr bedenklich, sehr besorgt geklungen. Selbst schon die Möglichkeit fühlte sich schlimm an. Er trug eine Möglichkeit im Körper... Eine Möglichkeit, die entweder schon wirklich war – oder aber nicht. Aber er hatte doch immer wieder diese merkwürdigen Bauchschmerzen... Die Möglichkeit schien sich zu verdichten.
Und die Welt lief weiter, als wenn nichts geschehen wäre. Keiner achtete auf ihn, keiner sah ihm eine tödliche Krankheit an – und selbst wenn er auf der Stelle zusammenbrechen würde, würde die Welt weiterlaufen... Starben nicht täglich Menschen, wurden begraben, wurden nach und nach vergessen...
Man *konnte* also sterben. Und jeder starb irgendwann. Aber nun würde er vielleicht sehr bald sterben. Er hatte den Arzt auch gefragt, was ein Krebs dieser Art im späten Stadium schlimmstenfalls bedeuten würde. Und der Arzt hatte gesagt, schlimmstenfalls wenige Monate oder sogar nur Wochen...
Er war also fast schon ein Gestorbener, wenn dies stimmte. Er würde kein halbes Jahrhundert mehr erleben. Er würde

vielleicht nicht einmal mehr ein halbes Jahr leben. Nicht einmal mehr bis zu seinem nächsten Geburtstag...

Ihm wurde, bevor er wieder bei dem Park ankam, so merkwürdig zumute, dass er das Gefühl hatte, ihm würde bald schwarz vor Augen. Fast erreichte er nicht die nächste Bank. Als er sich auf diese stützte, sich schließlich auf sie fallen ließ und versuchte, tief und ruhig einzuatmen, bemerkte er die Blicke einzelner vorbeigehender Menschen – aber niemand sprach ihn an, niemand fragte ihn, wie es ihm gehe...

Als es ihm schließlich wieder besser ging, war er ein gezeichneter Mensch. Er war von einer Möglichkeit gezeichnet, die bald Gewissheit werden würde, wenn es sich um eine Realität handelte – worauf alle Bilder hindeuteten.

Seine bisherige Welt war zerbrochen. Vielleicht würde er in wenigen Monaten oder sogar Wochen sterben. Vielleicht würde er operiert werden. Vielleicht würde man Chemotherapien machen. Vielleicht würde er nach und nach starke und dann sehr starke Schmerzen bekommen. Vielleicht würde er dagegen Schmerzmittel bekommen. Schließlich an Schläuche angeschlossen werden...

Noch einmal wurde ihm fast schwarz vor Augen. Er wollte das alles nicht. Er wollte weder sterben, noch eine Tortur durchmachen, die einen retten sollte... Dass das oft gar nicht half, einem allenfalls ein paar Jahre schenkte, dass auch das oft nichts anderes als ein Sterben auf Raten war, das wusste selbst er – sogar ganz ohne Apothekenzeitschriften, die einem ohnehin nicht helfen konnten. Man konnte sein Leben lang solche Zeitschriften lesen – und dann trotzdem innerhalb von Wochen sterben müssen...

Niemand beachtete ihn – er hätte auch schon gestorben sein können. Für die Welt war dies egal. Wehmut... Jetzt war sein Leben gewiss ohnehin zu Ende. Und das Mädchen war auch gar nicht mehr da... Er hatte nichts mehr. Nicht einmal mehr ihren Anblick. Ausgerechnet heute nicht einmal mehr diesen...

Während er mühsam und unendlich müde das letzte Stück nach Hause ging, überlegte er sich eine Strategie. Aber welche Strategie konnte es geben, eine Verzweiflung zu verdecken, die zweifellos da war? Er erschauderte bei dem Gedanken, dass die Möglichkeit oder sogar die sichere Diagnose seiner Frau und seinen Kindern bekannt werden würde. Insbesondere Emma sollte davon überhaupt nichts wissen. Er wusste selbst nicht genau, warum – aber er wollte es unbedingt, unbedingt für sich behalten. Niemand außer ihm durfte es wissen...
Er musste also wirklich zu einem Schauspieler und wirklich zu einem Lügner werden. Er musste so tun, als sei alles in Ordnung – als seien die Bauchschmerzen nur Bauchschmerzen und würden mit Kümmel, Fenchel und Anis weggehen... Ja, das würde er tun. So lange wie möglich. Wenn es ohnehin nur noch um Wochen ging...

*

Noch ein letztes Mal musste er gegen das Gefühl einer Art Ohnmacht ankämpfen, als er in seine Straße einbog. Es war völlig irreal. Er würde vielleicht in wenigen Wochen sterben, aber er würde so tun, als sei alles in Ordnung. Wie konnte man das tun? Man musste es einfach. Irgendeine Panik seiner Frau, aber auch seiner Tochter, wollte er um jeden Preis vermeiden – dies hätte er endgültig nicht mehr ausgehalten. Gegen eine Panik seiner Frau, wie er sie sich in ihren verschiedenen Varianten ausmalte, hatte er die allergrößte Abneigung, und eine Panik seiner Tochter wollte er nur aus Liebe vermeiden...

Als er hereinkam, empfing ihn Emma mit den Worten:

„Na, was sagt der Internist?"

Ein letztes Mal der Eindruck des Unwirklichen... Der Beginn der Lüge...

„Ja, alles in Ordnung."

„Wirklich?"

„Ja."

„Na, siehst du – und du hast deswegen so ein Theater gemacht."

Er war anscheinend für das Theater geboren – ein geborener Schauspieler. Die Lüge nahm ihren Lauf, und selbst seine Frau interessierte sich nicht mehr für seine Krankheit. Aber er selbst hatte es so gewollt...

Er dachte daran, dass er jetzt Dorit anrufen müsste – um ihr dieselbe Lüge zu erzählen –, bis ihm einfiel, dass sie ja nicht einmal wusste, dass er heute beim Internisten gewesen war. Das arme, liebe Mädchen wusste nicht einmal dies... Sie wähnte ihn einfach in völliger Sicherheit... Wehmut...

Es war nur eine Gnadenfrist. Eigentlich waren längst wieder zwei Wochen vorbei. Er würde auch seine Tochter innerhalb weniger Tage anlügen müssen.

„Der Arzt hat gesagt, ich brauche eine Kur."

Er wusste nicht, woher er diese Worte auf einmal gehabt hatte. Er wusste nur, dass er zwei, drei Wochen für sich haben wollte – ganz ohne Emma, ganz ohne alle Außenwelt. Vielleicht auch, um in Einsamkeit zu sterben, vor allem aber, um in Einsamkeit nachdenken zu können, sich vorbereiten zu können – sich vorzubereiten auf den Tod, auf das, was er sich jetzt noch überhaupt nicht vorstellen konnte...

„Was, eine Kur? Wieso das?"

„Bauchschmerzen, generelle Ermüdung, das hängt alles miteinander zusammen – und am besten sei eine Kur..."

Die Lüge entwickelte immer neue Blüten...

„Na ja", griff Emma seinen Vorschlag freudig auf, „du weißt ja, wie sehr ich Kuren liebe. Ich verstehe nur nicht, warum du

31

eine Kur brauchst, wenn wir ohnehin jedes Jahr zwei Kuren machen."

„Nein, er sagte, einmal ganz alleine."

„Was? Ganz alleine? Sagte der Arzt? Das habe ich ja noch nie gehört."

„Doch, völlig abschalten. ‚Machen Sie mal Urlaub, ohne Frau, ohne Kinder, nur für sich!' Ungefähr das hat er gesagt..."

„Aber das machst du doch nicht wirklich?", fragte Emma, sicher über seine Antwort.

Sie erwartete es tatsächlich nicht.

„Doch, Emma – ich denke, das sollte einmal sein. Ich glaube, das ist richtig..."

Seine Frau sah ihn fast bestürzt an – jedenfalls so, als erkenne sie ihn fast nicht wieder, und für einen Moment tat ihm dies selbst leid. Doch dann war er sich wieder sicher, dass es so sein musste, dass er einfach nicht anders konnte; dass er es wirklich brauchte...

„Na ja, wie du meinst", sagte sie. „Soll ich dann etwa *auch* mal alleine Kuren machen...?"

Diese gefühllose Antwort verletzte ihn auf einmal zutiefst. Und doch tat sie damit nur, was auch er getan hatte. Er wollte sie nicht dabei haben – und sie sprach nun dasselbe aus. Ach, warum lebte man sich nur auseinander... Aber sie taten es seit drei Jahrzehnten...

„Ja, wenn du willst...", sagte er unendlich müde.

*

Tatsächlich rief Dorit noch am selben Abend an.

Diesmal fiel es ihm sehr schwer, ihr zuzuhören, als sie von sich, von dem, was sie machte und von seinem kleinen Enkel erzählte. Es war, als lebten sie bereits in zwei getrennten

Welten... Es tat ihm so leid, aber er war, wenn alles stimmte, ja bereits vom Tode gezeichnet, und sie war so lebendig...

„Und, Papa, hast du dir fleißig Kümmel- und Fencheltee gemacht?"

„Ja."

„Und hat es geholfen?"

„Ja, es geht schon viel besser."

„Ach, wie schön! Ein Glück, dass du es wirklich gemacht hast, stimmt's, Papa?"

„Ja, ein Glück..."

Eine Welle der Gefühle wogte in ihm heran – und ebbte wieder ab.

„Aber, ich werde demnächst eine Kur machen, Dorit."

„Eine Kur? Was meinst du? Ihr macht doch sowieso immer regelmäßig Kuren."

„Ja, ich meine, ohne Mama."

„Was? Wieso das?"

„Das hat mir der Arzt doch noch geraten."

„Aber davon hast du mir gar nichts erzählt!"

„Ich wollte nicht, dass du dir Sorgen machst. Ich hatte ihm eben auch gesagt, dass ich mich manchmal sehr müde fühle. Und da meinte er: ‚Machen Sie mal eine Kur, ganz allein...' Verstehst du?"

Es tat ihm weh, seine eigene, liebe Tochter zu belügen...

„Aber das musst du mir doch sagen, Papa!"

Wieder eine Welle von Gefühlen...

„Ja, Dorit. Das habe ich jetzt doch auch..."

„Papa!" Er hörte ihren sanften Vorwurf. „Nächstes Mal bitte gleich, ja? Bitte! Du weißt doch, dass ich mir nur noch mehr Sorgen mache, wenn du so heimlich tust..."

Ach, wie viele Sorgen würde sich dieses liebe Mädchen noch machen müssen... Aber nicht jetzt, jetzt noch nicht...

„Ja, ist gut..."

„Gut, Papa. Dann alles Liebe bis zum nächsten Mal, ja? Kann ich Mama auch noch haben...?"

Mit einem leisen Kloß im Hals gab er das Telefon weiter. Und er rechnete es seiner Frau hoch an, dass sie das Geheimnis weiter bewahrte – der Internist wurde auch von ihr nicht erwähnt.

Er wusste nicht, wie und wann er das Geheimnis, das er vor ihnen allen hatte, offenbaren könnte. Er würde vor ihnen allen als Lügner dastehen – und vor seiner Tochter würde er dies nicht aushalten können. Aber er musste jetzt einfach lügen, es ging nicht anders. Er brauchte jetzt Zeit für sich – und er ahnte, dass er diese niemals bekommen würde, wenn auch nur ein Mensch außer ihm die Wahrheit wüsste.

Mit Bestürzung dachte er daran, dass er seine Tochter vielleicht sogar nie wiedersehen würde. Wenn ihm nur noch Wochen bleiben sollten...

In den nächsten Tagen blickte er voller Wehmut auf die Frau mit den kastanienbraunen Haaren, die so sanft und weich auf ihren Rücken fielen ... und mit jener unvergleichlichen Anmut, mit der sie aufstand, wenn ein Kind Hilfe brauchte, und mit der sie sich wieder hinsetzte, wenn sie auf ihren Platz zurückkehrte...

Seine Wehmut wurde so groß, dass er nicht einmal mehr den Blick abwandte, wenn sie ihn ansah und sich ihre Blicke trafen. So kam es, dass sie, wenn sie ging, anfing, ihn zu grüßen... Das erste Mal tat sie auch dies nur mit einem dieser unvergleichlichen Blicke und mit ihrem lieben Lächeln. Am nächsten Tag lächelte sie und sagte: ‚Auf Wiedersehen'...

In diese Tage fielen die weiteren Untersuchungen. Er musste die Untersuchung mit dem Endoskop über sich ergehen lassen. Er musste sich in die CT-Röhre legen. Aber das alles war nicht schlimm im Vergleich zu dem, was die Untersuchungen erbrachten.

Alle Befunde bestätigten die ersten Ergebnisse, und der endgültige Befund war: Pankreaskarzinom im Spätstadium. Wenn es gut ging, hatte er noch bis zum Jahresende zu leben. Er befragte den Arzt. Selbst Strahlen- und Chemotherapie gaben keine gute Prognose, sondern nur ein Hinauszögern. Er lehnte das ab. Der Arzt erklärte ihm die palliativen Ansätze, die die Schmerzen bestmöglich lindern würden.

Er bat den Arzt, ihm Möglichkeiten für einen Kuraufenthalt zu nennen – doch das konnte dieser nicht. Die einzige Möglichkeit war, auf eigene Faust irgendwohin zu fahren – und sich allenfalls selbst zu behandeln, so gut und so lange es ging.

*

Innerhalb kurzer Zeit war die Diagnose vollkommen gesichert worden. Vor fünf Wochen hatte er mit Emma noch über den Essigbaum gestritten und sich über die Apothekenzeitschriften aufgeregt. Jetzt war er zum Tode verurteilt – als einer von ganz wenigen Menschen, die die aggressivste Form des Krebses bekamen, und als einer der ganz wenigen Menschen, die sie noch diesseits der sechzig bekamen – und sogar ohne Risikofaktoren wie Alkohol, Zigaretten, Hepatitis... Er war vom Schicksal auserwählt – als Opfer...

Völlig zerschlagen ging er durch den Park. Erstaunt sah er das Mädchen am Rand sitzen, bis ihm einfiel, dass diese Untersuchungen ja während der Arbeitszeit stattgefunden hatten. Nun hatte er eine Krankschreibung in der Tasche; seiner Frau gegenüber würde er es als Urlaub darstellen und hätte dann noch eine Frist von zwei, drei Wochen, bis er alles offenbaren musste...

Er setzte sich auf die Bank, und zum ersten Mal zog wieder so etwas wie eine Erinnerung an das Gefühl des Glücks in ihn ein, als er sie so dasitzen sah. Mochte in seinem Körper der Krebs seine Metastasen ausstreuen – er fühlte noch etwas anderes sich ausbreiten, und das war diese unendliche Wehmut...

Schließlich sah er mit Wehmut, wie das Mädchen sich auch diesmal wieder erhob, um nach Hause zu gehen. Wieder begegneten sich ihre Blicke, wieder war er darauf gefasst, ihr ‚Auf Wiedersehen' zu hören, um es wehmütig zu erwidern, als er verwundert sah, wie sie ihn erstaunt bemerkte, kurz zögerte und dann mit leiser Unsicherheit zu ihm ging.

„Darf ich mich kurz zu Ihnen setzen?", fragte sie.

Er war erschüttert über diese Frage und brachte fast nicht einmal ein „Ja' heraus...

Als sie sich neben ihn gesetzt hatte, war er selbst so befangen, dass er fast nicht wusste, wie er sich überhaupt bewegen sollte... Dieses Mädchen strahlte solch eine Jugend aus, solch eine Natürlichkeit, solch eine Anmut – und alles, was sie hatte, hatte er nicht. Ihre ganze Natürlichkeit machte ihn ganz und gar unnatürlich befangen...

„Ich...", sagte sie zögernd und sah ihn dabei für einen kurzen Moment ganz offen an, dann blickte sie wieder vor sich hinunter, „ich habe von Ihnen geträumt..."
Was geschah hier? Er war völlig unfähig zu jedem Wort, zu jeder Frage.

Nun traf ihn wieder ihr Blick, der Blick dieser leuchtend kastanienbraunen Augen, die geschaffenen waren für das Glück und die Freude, die umrahmt waren von diesen sanft und anmutig sich rundenden Augenbrauen, die aber nun nicht freudig, sondern ernst schauten, während sie jetzt die Worte hinzufügte:

„Ich habe geträumt, dass Sie Hilfe brauchen..."

Fragend und um Antwort bittend schauten ihre Augen ihn unverwandt an, wanderten von einem zum anderen Auge, während er noch immer fassungslos vor dem stand, was hier gerade geschah – und nicht verstand, was geschah.
Schließlich fragte er, gleichsam stotternd und ohne alles Nachdenken:
„Wie ... können Sie das... Sie haben das ... wirklich geträumt?"
„Stimmt das?", fragte das Mädchen vorsichtig. „Brauchen Sie Hilfe?"
Er wollte für immer in diese Augen schauen...
„Mir kann aber keiner mehr helfen...", sagte er mit tiefer, trauriger Müdigkeit.
Auch ihre Augen wichen nicht von den seinen, noch immer sanft forschend, als sie erwiderte:
„Doch... Es gibt immer Hilfe... Immer..."
„Wer sind Sie...?", fragte er wie im Traum.

Noch immer sah das Mädchen ihn an. Dann sagte es, noch immer mit ernsten Augen, aber sanft lächelndem Mund:
„Ich bin Ihre Hilfe...“

Es war, als wenn eine Woge des Staunens in seiner Brust zusammenschlug und sich sanft in jeden Winkel seines Leibes ergoss...
„Ich verstehe nicht...“, erwiderte er bestürzt.
„Ich bin Ihre Hilfe...“, wiederholte das Mädchen lächelnd.
„Wie... meinen Sie das?“, brachte er hervor.
Sie sah ihn einfach nur lächelnd an.
Dann sagte sie:
„Ich meine gar nichts. Wie meinen *Sie* es?“
Er konnte nichts erwidern.
Als sie dies sah, sagte sie:
„Welche Hilfe *wollen* Sie? Was brauchen Sie? Was kann ich für Sie tun...“
Ihre Anmut drang bis in die Worte hinein – und die Worte drangen wie warme Sonnenstrahlen bis in sein Inneres...
Eine Woge tiefer Empfindungen rollte heran – die Wehmut war nicht aufzuhalten. Er spürte, wie sie ihm den Hals zuschnürte, wie seine Augen feucht wurden...
Er fasste sich und erwiderte mit belegter Stimme:
„Nein, das können Sie auch nicht...“
„Woher wissen Sie das?“
Ihre offenen, unschuldigen Augen sahen ihn unverwandt an, das Braun ihrer Augen war so unschuldig wie ein Reh...
„Ich weiß es einfach...“
„*Sagen* Sie doch, was Sie brauchen... Was ich für Sie tun könnte... Sagen Sie es einfach...“
Noch einen Moment lang sah er einfach nur ihre Augen an.
Dann atmete er einmal tief durch, und dann sagte er:
„Ich bräuchte es, dass Sie mit mir zwei Wochen lang wegfahren...“
Wehmut...

„Gut", sagte das Mädchen, „das mache ich... Wohin wollen Sie?"

Er konnte ihre Antwort nicht mit seinen Gedanken erfassen. Er begriff den Sinn des Gesagten – aber mehr auch nicht. Unverwandt sah er sie an, starrte sie an, weil er einfach nicht begriff...

Schließlich sagte sie lächelnd:

„Was gucken Sie denn so? *Wollen* Sie gar nirgendwohin?"

„Doch! Ich will irgendwohin. Aber wie können Sie einfach..."

„Ich kann es nun einmal. Soll ich oder soll ich nicht?"

Noch immer lag in ihren Worten keinerlei Ungeduld, nur reines, lächelndes Warten...

Er ergriff den Strohhalm, er ergriff ihre unsichtbare Hand. Mit innigster Sehnsucht sagte er nun:

„Doch! Doch – bitte! Wenn Sie es können – ich frage nicht warum, vielleicht werden Sie es mir irgendwann sagen –, aber wenn Sie es können, dann kommen Sie bitte mit! Ich weiß nicht, was ich sagen soll, ich –"

Seine Stimme versagte auf einmal. Schlagartig wurden seine Augen wieder feucht, ja standen voller Tränen. Er musste sich vor ihr ja nicht schämen, das spürte er längst, und er wollte es auch nicht. Er wollte gegenüber diesem Mädchen ganz offen sein, sie war es doch auch...

„Warum tun Sie das?", brachte er hervor. „Wie können Sie mir das ... *schenken?*"

Sie lächelte ihn voller Wärme an.

„Ja...", sagte sie mit diesem warmen Lächeln, „das werde ich Ihnen wirklich auch bald sagen können, aber nehmen Sie es einfach erst einmal an... Wohin wollen Sie?"

Wieder fasste er sich, noch immer in tiefstem, ungläubigem Staunen.

„Ich weiß es nicht", sagte er leise. „Irgendwohin. Wenn Sie mitkommen, ist es fast egal, wohin..."

„Egal kann es doch nicht sein", sagte sie lächelnd. „Es muss doch einen schönen Ort geben, an den Sie vielleicht denken..."

Ihm fiel auf einmal ein Ort ein.

„Die Lüneburger Heide..."

„Ja?", fragte sie lächelnd. „Obwohl die Heide noch nicht blüht?"

„Ja. Das macht nichts. Ich verbinde damit Kindheitserinnerungen. Bis sie blüht, kann ich nicht warten. Dann lebe ich vielleicht schon nicht mehr..."

Ihre braunen Augen wurden wieder tief ernst.

„Was ist es...?", fragte sie leise.

„Die Bauchspeicheldrüse..."

„Und", fragte sie vorsichtig, „man kann es nicht mehr..."

„Nein."

„Ich verstehe..."

„Sehen Sie?"

„Was?"

„Dass Sie mir nicht mehr helfen können?"

„Aber Sie nehmen meine Hilfe doch gerade an..."

Eine Woge der Rührung erfasste ihn...

„Ja... Das stimmt... Es tut mir leid..."

„Nein", lächelte sie. „Das braucht es nicht."

„Wie heißen Sie?", fragte er, sehnsüchtig, mehr über dieses Mädchen zu erfahren.

„Auch das werde ich Ihnen noch sagen", lächelte sie.

Er tauchte einfach nur ein in das Braun ihrer Augen...

„Soll ich", fragte sie, „Ihnen auch helfen, ein schönes Haus in der Heide zu finden – oder haben Sie schon einen Ort dort?"

„Nein, habe ich nicht... Meine Großmutter lebte dort – aber jetzt ist dieses Haus längst wieder bewohnt."

„Wollen Sie dort in die Nähe?"

„Ja, ich glaube schon."

„Soll ich Ihnen dabei helfen?"

„Nein, ich denke, das schaffe ich."

„Wann werden wir losfahren?"

„Am liebsten schon morgen."

„Ja, Sie können mich jederzeit anrufen."

„Gut, wie ... wie ist denn Ihre Nummer?"

Er holte seinen Taschenkalender heraus und schrieb die Nummer auf, die sie ihm nannte.

„Und ... Sie wollen mir wirklich nicht Ihren Namen dazu geben?"

„Nein, noch nicht", lächelte sie.

„Gut, ich rufe Sie an, morgen."

„Gut. Wie fahren wir?"

„Mit dem Auto."

„Dann können Sie mich abholen?"

„Ja, wenn Sie mir sagen, wo Sie wohnen."

„Das mache ich dann... Und ... wir fahren zwei Wochen?"

„Ach, ich würde am liebsten drei Wochen fahren."

„Wenn Sie es wollen, sagen Sie es einfach..."

„Ja, drei Wochen."

„Gut, drei Wochen..."

Er sah dieses Mädchen an, dessen rehbraune Augen ihn noch immer anschauten.

„Ich weiß nicht, wie ich Ihnen danken soll..."

Auch ihre Antwort war nur ihr Lächeln...

„Gut", sagte sie dann. „Dann bis morgen."

„Bis morgen...", erwiderte er wie im Traum. „Auf Wiedersehen..."

„Auf Wiedersehen."

Noch ein letztes Mal lächelte sie ihm zu. Dann erhob sie sich mit jener erschütternden Anmut, lächelte auch jetzt noch einmal – und ging. Nach wenigen Schritten drehte sie sich noch einmal um, lächelte ein drittes Mal sanft und wandte ihren Kopf wieder um. Weich folgte ihr seidenes Haar der Bewegung...

Er konnte es nicht glauben. Er würde sterben. Und er würde mit diesem Mädchen vorher drei Wochen verbringen. Vielleicht. Noch immer glaubte er an einen Traum. Aber eben hatte sie noch neben ihm gesessen. Er hatte in ihre Augen geschaut. Sie waren so braun, so schön, so ... unbeschreiblich schön...

Nachdenklich stand nun auch er auf. Es fühlte sich alles so unwirklich an. Der Tod war die schreckliche Unwirklichkeit. Das Mädchen war die wunderbare Unwirklichkeit. Aber sie war eben wirklich dagewesen, sie hatte mit ihm gesprochen – sie hatte gesagt, sie würde mit ihm kommen... Warum tat sie das? Er wusste es nicht. Er wusste nur, dass sie seinen Wunsch erfüllte... Das war wirklich gewesen. Und auch der Tod würde wirklich werden – aber erst danach... Nach was? Er wusste nicht, was er sich vorstellen sollte. Was würden sie tun? Würde sie es nicht ... sehr schnell wieder bereuen? Wieso wollte sie mit ihm kommen? Aber, ach, er war so dankbar! Warum nur dreißig Jahre zu spät...

Er ging langsam nach Hause. Wie sollte er seiner Frau erklären, dass er morgen wegfahren würde? Er musste es einfach. Er hatte wahrscheinlich nicht einmal mehr den Rest dieses Jahres. Er konnte jetzt keine Rücksicht mehr nehmen. Diese letzten Monate mussten ihm gehören, zumindest drei Wochen davon. Er hatte gerade sein Todesurteil bekommen. Drei Wochen musste er haben dürfen...

*

„Was? Du willst morgen schon wegfahren? Hals über Kopf? Was ist denn in dich gefahren?"
„Es ging nicht anders. Ich musste jetzt Urlaub nehmen. Sonst wäre es auch in der Firma nicht gegangen."
Wieder eine neue Lüge...

„Das war doch noch nie. Aber jetzt lassen sie dich ganz plötzlich drei Wochen gehen?"

„Ja, jetzt hat es gepasst."

„Und wo fährst du hin?"

„In die Lüneburger Heide."

„Was willst du da denn?"

„Ich habe da schöne Erinnerungen."

„Schöne Erinnerungen? Aus deiner Kindheit? Sag mal, Christian, was ist los mit dir? Was willst du denn jetzt auf einmal mit Erinnerungen? Du bist so merkwürdig... Verheimlichst du mir etwas?"

„Ach, Emma, bitte – lass mich einfach jetzt diese drei Wochen allein für mich sein. Ich brauche das jetzt. Du hast doch den Arzt gehört."

„Nein – *du* hast mir gesagt, dass der Arzt dir das geraten hätte. Auch so einen Rat habe ich von einem Arzt noch nie gehört."

„Das kommt daher, dass Ärzte solche radikalen Ratschläge meist nicht geben. Man *braucht* aber manchmal Zeit für sich – und zwar wirklich ganz allein. Ich glaube, es wird mir gut tun, wirklich. Wenn du willst, kannst du doch auch irgendwohin fahren."

„Ich? Wo soll ich denn hinfahren? Allein."

„Du kannst doch Dorit und Linus mitnehmen."

„Und dann?"

„Dann fahrt ihr auch irgendwohin, wo es euch gefällt."

„Ja, warum eigentlich nicht. Ich frage sie einmal."

„Tu das."

Sie tat es, und in dem längeren Telefonat bekam er mit, dass auch Dorit Kindheitserinnerungen hatte und ihrer Mutter spontan einen solchen Ort vorschlagen konnte. Er war dafür sehr dankbar. Auch sie würden also eine schöne Zeit haben.

Als er fertig gepackt hatte und neben seiner Frau im Bett lag, fragte er sich, ob er auch gerne mit ihr und Dorit fahren würde – mit seiner Tochter. Vielleicht würde er sie da zum letzten Mal so lange sehen, noch so gesund, scheinbar gesund... Auch dies gab ihm wieder Wehmut.

Und doch war sein größter Wunsch es gewesen, dieses Mädchen kennenlernen zu dürfen – und mit *ihm* wegzufahren. Und wenn es das Letzte war, was er in seinem Leben tun würde. Ja, er war sich sicher. Hier lag seine größte Wehmut. Seine Tochter würde es immer verstehen, wenn sie es irgendwann erfahren würde. Auch da war er sich sicher. Er vertraute ihr, dass sie es verstehen würde...

Als er seiner Frau drei schöne Wochen mit ihrer Tochter und ihrem kleinen Enkel gewünscht und sich von ihr verabschiedet hatte, fuhr er zwei Straßen weiter, hielt dort kurz und rief dann das Mädchen an, dessen Namen er noch immer nicht kannte.

„Ja?"

Ihre warme Stimme... Er wusste auf einmal nicht mehr, was er sagen sollte. Es war wieder so vollkommen unwirklich...

„Ja, ich, äh ... Christian Färber hier... Wollen Sie ... wollen Sie noch immer mitkommen?"

„Ja, natürlich – ich habe doch nur auf Ihren Anruf gewartet."

Von neuem fühlte er sich mit Wärme durchströmt...

„Dann müssen Sie mir bitte sagen, wo Sie wohnen, damit ich Sie abholen kann."

Sie nannte ihm ihre Adresse und wie diese zu finden war.

„Gut", sagte er. „Dann bin ich in fünf Minuten bei Ihnen."

„Ja, gut."

„Also, dann ... bis gleich."

„Ja."

Er legte auf, verwirrt. Er brauchte manchmal noch ein Wort und noch ein Wort, um sich zu verabschieden. Sie sagte einfach nur ‚Ja' – und es klang so weich, so friedvoll, so einverstanden... Woher hatte sie nur diese ... himmlische Ruhe? Und woher diese unglaubliche Wärme...

Als er die Adresse, die sie ihm gegeben hatte, gefunden hatte, stand sie bereits mit einem Koffer an der Straße. Auch dies war wieder ein fast irreales Bild. Wer war dieses Mädchen? Warum machte sie das? Es berührte ihn alles so unsäglich...

Er stieg aus.

„Hallo", sagte er verlegen.

„Hallo", erwiderte sie und lächelte.

„Sie wollen wirklich mitfahren?"

„Fragen Sie doch nicht immer...", lächelte sie.

45

„Also gut...", sagte er verwundert, fast beschämt.
Er nahm ihren Koffer und verstaute ihn im Kofferraum.
„Was haben Sie dort drin? Der Koffer meiner Frau ist immer mindestens doppelt so groß..."
Er schämte sich auf einmal, seine Frau erwähnt zu haben. Dieses Mädchen fuhr mit einem verheirateten Mann weg... Vielleicht würde sie es sich im letzten Moment noch anders überlegen...
Doch sie erwiderte einfach:
„Ein paar bequeme Sachen zum Anziehen. Sicher gibt es dort doch eine Waschmaschine, oder?" Sie lachte einmal kurz. „Und wenn nicht – ist es auch nicht so schlimm!"
Es war so wohltuend, sie zu sehen, ihre Stimme zu hören...

Sie stiegen ins Auto.
Noch einmal sah er sie an, als müsse er sich vergewissern, dass er nicht träumte – und dass sie dies wirklich wollte. Sie lächelte einmal wie selbstverständlich zurück und wartete, dass er losfuhr...

Als sie dann Teil des Verkehrs geworden waren, fragte er vorsichtig:
„Verraten Sie mir jetzt, wie Sie heißen?"
Sie sah ihn lächelnd an. Dann sagte sie:
„Darf ich auch etwas bitten?"
„Ja, natürlich!", erwiderte er bestürzt.
„Gut", sagte sie mit leiser Freude. „Ich ... fände es schön, wenn wir auf der Fahrt dorthin noch nichts sagen würden. Nichts sagen, verstehen Sie? Wirklich noch schweigen... Denken Sie, wir können das?"
Verwirrt antwortete er:
„Ja ... das könnten wir sicher schon. Aber ... warum denn?"
„Ist es für Sie besonders, dass ich mit Ihnen komme?"
Fast beschämt, dass sie diesen Punkt ansprach, sagte er, tief berührt:

„Ja – es ist für mich unendlich besonders..."

„Und ... es ist vielleicht Ihr letzter Urlaub, nicht wahr...?"

Schmerzlich erinnert erwiderte er:

„Ja..."

„Auch das ist etwas Besonderes...", sagte sie mit ihrer warmen, weichen Stimme schlicht, als wäre auch dies etwas Schönes.

Sie lächelte einmal wie entschuldigend zu ihm hinüber, dann sagte sie:

„Je mehr etwas besonders ist, wirklich besonders; je mehr einem etwas bedeutet ... oder bedeuten sollte ... desto vorsichtiger muss man damit *umgehen*... Verstehen Sie?"

Die Art, wie sie es sagte, ließ an einen ganz kleinen Vogel denken, den man unendlich behutsam in der Hand hielt.

„Ja."

Er verstand dennoch noch nicht, worauf sie hinauswollte.

„Ein langes Schweigen *ist* eine solche vorsichtige Annäherung" sagte sie nun. „Es ist, wie wenn man eine Kirche betritt. Etwas Heiliges..."

Er hatte für Kirchen oder Heiliges nichts übrig. Doch die Art, wie sie diese Worte sprach, erweckte unmittelbar eine Empfindung in ihm, die er bisher nie gehabt hatte... Für dieses Mädchen würde er tatsächlich noch lernen, heilige Gefühle zu entwickeln... Er staunte fast ungläubig über sein eigenes Innenleben in der Nähe dieses Mädchens.

Trotzdem verstand er noch nicht genau, was jetzt die vorsichtige Annäherung war. Meinte sie also ihre eigene gegenseitige Annäherung? Und seine Annäherung an den Tod? Durch Schweigen wurde das heilig? Es war doch gerade durch ihre *Worte* heilig geworden. Ihre Worte weckten diese Empfindungen in ihm. Wie sollte er sie haben, wenn sie *nicht* sprach – und auch er nicht sprechen durfte?

Andererseits wollte er auch ihrem Wunsch folgen. Aber dafür musste er ihn wirklich gut verstehen. Er nahm also seinen Mut zusammen und fragte noch einmal fast scheu:

„Können Sie ... können Sie es noch einmal sagen ... was die Annäherung ist und ... wie es mit dem Schweigen zusammenhängt?"

„Ja!", sagte sie lachend.

Es war ein Lachen, das nicht *über* ihn lachte, sondern das voller Verständnis war. Das hatte er noch nie erlebt: dass jemand lachen konnte und man sich dennoch zutiefst verstanden fühlte...

„Sagen Sie es noch einmal: Ist es für Sie besonders, dass ich mit Ihnen komme?"

„Ja, es ist unendlich besonders. Wirklich. Glauben Sie mir..."

„Ich glaube Ihnen ja... Und sehen Sie ... wenn wir jetzt auf der Fahrt schweigen, dann ist das ... Ihre Annäherung an *mich*..."

Erschüttert erlebte er auch an diesen Worten wieder etwas – und konnte doch nicht sagen, was es war. Nur, dass er tatsächlich wieder das Empfinden von etwas Heiligem hatte...

„...und auch meine Annäherung an Sie...", fuhr das Mädchen fort. „Wir schweigen uns ja nicht an. Es ist ein *lebendiges* Schweigen, verstehen Sie? Es ist ein ... heiliges Schweigen. Es ist eine heilige, vorsichtige Annäherung... In dem Schweigen steckt so viel, so unendlich viel... Entdecken Sie das..."

Sie sah ihn mit ihren wunderschönen, kastanienbraunen Augen an, und selbst wenn er nicht gewusst hätte, was er tun sollte, hätte er es um dieser Augen willen versucht. Aber er hatte verstanden, was sie meinte. Er hatte etwas gefühlt von dem, was sie meinte. Und er würde versuchen, es zu entdecken, es zu erleben und zu empfinden. Er würde versuchen, ein heiliges Schweigen zu finden...

„Gut", sagte er. „Wir werden schweigen."

Ihr Gesicht verwandelte sich in ein Strahlen, noch einmal begegnete ihm kurz ihr freudiger Blick, dann wandte sie sich mit ebendieser Freude der Straße zu. Freudiges Schweigen, erwartungsvolles, heiliges Schweigen. Tatsächlich lebendiges Schweigen.

Er war erschüttert von der Intensität, mit der sich ihr freudiges, leidenschaftliches Schweigen im ganzen Auto auszubreiten schien... Es war, wie wenn das Schweigen alle anderen Empfindungen verstärkte: Freude, Erwartung, Leben... Und nach einiger Zeit merkte er, wie nicht nur dies geschah, sondern wie auch all *diese* Empfindungen scheinbar gerade dadurch von diesem anderen durchdrungen werden konnten ... von diesem Heiligen. So wurde es eine *heilige* Freude, heilige Erwartung ... und sogar heiliges Leben...

Er versuchte, dies nun auch bei sich zu finden. Natürlich musste er sich ja auch auf den Verkehr konzentrieren. Trotzdem kam er nach einiger Zeit immer mehr zur Ruhe. Es war ungewöhnlich, so zu schweigen. Bisher kannte er dies auf Autofahrten immer nur als ein tatsächliches Sich-Anschweigen – oder als eintöniges Schweigen, das dem eintönigen Geräusch des Fahrens und dem eintönigen Geschehen des Fahrens auf schnurgerader Strecke entsprach. Man hatte noch hunderte von Kilometern vor sich, und man schwieg, herabgedämpft von der Eintönigkeit. Man konnte ja auch nicht immer sprechen, also schwieg man. Irgendwann war der Gesprächsstoff aufgebraucht – und dann tat es auch gut, einfach zu schweigen, sich dem eintönigen Geschehen zu überlassen; die Beifahrer konnten einschlafen... Aber jetzt – jetzt schwiegen sie *von Anfang an*. Und zugleich sollte das Schweigen eine ganz andere Qualität bekommen. Er richtete seine Aufmerksamkeit auf das Mädchen neben sich. Noch immer schwieg sie mit dieser Leidenschaftlichkeit, mit dieser Lebendigkeit. Ja, erschüttert stellte er fest, dass selbst ihr Schweigen *anmutig* war... Wie konnte man anmutig schweigen? Sie konnte es! Er wagte einen Blick zu ihr. Sie bemerkte es und erwiderte ihn lächelnd, leise befangen. Dann sah sie wieder nach vorn, und er tat es auch. Nein, es war keine Befangenheit gewesen. Auch das war wieder ihre *Anmut* gewesen!

Er hätte es nicht in Worte fassen können, wie sehr ihn diese Anmutigkeit berührte. Längst hatte er sich gerade in diese so unendlich verliebt. Aber es war nicht einfach nur ‚etwas' – es war das Schönste, was er je gesehen hatte. Etwas Schöneres als diese Anmut gab es überhaupt nicht auf der Welt! Vielleicht war Anmutigkeit überhaupt das Schönste, überall. Und doch hatte er sie bisher nirgendwo wirklich gesehen. War dieses Mädchen das einzig anmutige Wesen auf der Welt? Oder woher kam sein Erleben? Wieso war sie dies?

Er bemerkte, dass Kinder dies auch hatten. Nur fiel es da gar nicht auf, weil Kinder eben so waren. Manchmal. In ganz bestimmten Bewegungen. So natürlich, so schön... Ja, das war es eigentlich. Nur dass die Erwachsenen dies überhaupt nicht mehr hatten. Aber *sie hatte es!* Woher hatte sie das? Ja, manche Frauen hatten es ansatzweise, sie, diese Anmutigkeit. Aber dieses Mädchen ... schien ganz nur aus Anmutigkeit zu bestehen. Sie schien ihre zweite Natur zu sein ... oder ihre erste Natur, überhaupt ihre Natur...

Ja, in gewisser Weise war sie wie ein Kind – so schön wie ein Kind, in allem. Schöner als ein Kind. Sie war wirklich ein Mädchen. Obwohl sie eine junge Frau war, reichte dieses Wort eigentlich überhaupt nicht, um sie auch nur annähernd zu beschreiben. Ein junges Mädchen – das traf es viel eher. Ein wunderschönes junges Mädchen, das traf es noch eher. Das anmutigste Mädchen auf der Welt – oder auch das *einzig* wirklich anmutige Mädchen, das traf es eigentlich erst wirklich.

Und allmählich begann in ihm eine Ahnung aufzusteigen, was sie gemeint hatte. Denn in ihm wurde eine Ahnung eines heiligen Gefühls lebendig. Eine vorsichtige Annäherung, hatte sie gesagt. Ja, was ihn so berührte, ihre Anmut, die aber ihr Wesen war, das empfand er wirklich als etwas unendlich Kostbares, etwas Heiliges.

Annäherung an *sie*, ja – das musste wirklich sein, man musste sich ihr vorsichtig annähern. Wie man eine Kirche betrat, hatte sie gesagt... Und sie – sie tat ja das Gleiche! Gerade sie schwieg so tief berührend ... und sie tat es gleichsam umgekehrt... Was auch immer das bedeutete. Wie konnte man sich ihm so annähern? Er schämte sich fast bei dem Gedanken. Nein, nicht nur fast. Er konnte es nicht fassen, was sie eigentlich tat, wenn sie so schwieg... Wieso tat sie das? Wieso spürte er bei ihr diese heilige, lebendige, schweigende Freude...?

Er hörte auf, nachzudenken. Er wollte jetzt wirklich ihren Wunsch erfüllen – so gut wie möglich. Er begann, zu schweigen ... nun auch mit den Gedanken. Er dachte nur noch an sie, nein, er versuchte, nur noch ihre Anwesenheit zu spüren, ihre Gegenwart, die so unverkennbar, so besonders war, so berührend. Und er dachte daran, dass sie jetzt mit ihm kam; dass dieses Mädchen ihm jetzt drei Wochen seines Lebens schenkte.
Und nun zog wirklich eine heilige Empfindung in seine Seele ein ... und wurde stärker, und stärker...

Zwei Menschen saßen schweigend im Auto, und das Schweigen war ein heiliges Schweigen...

*

Als sie die Lüneburger Heide erreichten, hatte das Schweigen wirklich eine besondere Atmosphäre entwickelt. Die ganze

Zeit hatten sie geschwiegen. Und immer wieder hatte er sich gefragt, warum dieses Mädchen mit ihm kam... Immer wieder hatte er Sorge gehabt, dass sie doch gewiss nicht die ganze Zeit diese Intensität aufrechterhalten könnte, dass ihr langweilig werden würde, dass sie ihre Entscheidung bedauern würde – dass sie es nicht mehr wollen würde...

Doch dieses Mädchen belehrte ihn jedes Mal eines Besseren. Immer wieder, wenn er zu ihr hinüberschaute und sie lächelnd seinen Blick kurz erwiderte, spürte er dasselbe Leben, dieselbe Freude, dasselbe Leuchten – ja, es war wirklich ein Leuchten. Oft sah sie auch seitlich aus dem Fenster, verfolgte den Lauf der Felder, der Waldstücke, die sich verändernde Landschaft. Und sie schien dies alles schön zu finden, unglaublich schön. Sie schien sich über alles zu freuen. Das war das Leuchten, in ihren Augen, in ihrem ganzen Gesicht. Stille Freude, freudige Stille... Und doch schien dieses Leuchten auch ihrem Ziel zu gelten, jener Zeit, die vor ihnen lag. Aber warum?

Hier, in der Lüneburger Heide, zog auch in sein Herz eine neue Stimmung ein. Sie vertiefte das, was er durch die lange Fahrt des Schweigens, durch das Wunder dieses Mädchens, bereits empfand. Kindheitserinnerungen waren es. Die Landschaft der Kindheit ... noch nach einem halben Jahrhundert sprach sie ihn wieder an, schien ihn wieder zu begrüßen. Was man als Kind geliebt hatte, sprach auch nach so langer Zeit noch immer zum Herzen. Und ein seltsamer Friede breitete sich in ihm aus. Er kehrte noch einmal zurück in die Landschaft, die er am meisten liebte – und er tat dies mit einem wundervollen Mädchen, das er längst ebenfalls innig liebte...

Und es war, wie wenn der Friede, den ihm nun die Heide schenkte, ihn endlich auch annehmen lassen konnte, dass dieses Mädchen ihn begleitete. Es war für ihn immer noch ein Wunder – aber allmählich konnte er dieses Wunder wirklich auch empfangen, mit immer mehr Ruhe, mit ruhiger Dankbarkeit, die gleichwohl noch immer leise fassungslos war und nicht verstand...

*

Sie hielten vor einem kleinen Ferienhäuschen. Es waren eigentlich drei Ferienhäuschen, die nebeneinander standen. Sie alle wurden vermietet, aber die beiden anderen schienen im Moment leer zu stehen. Es war weder Saison noch überhaupt Urlaubszeit.
Auf der anderen Straßenseite stand das Haus der Besitzer. Er klingelte. Eine Frau, die etwa in seinem Alter sein mochte kam heraus und begrüßte ihn.
„Herr Färber? Guten Tag! Warten Sie, ich komme gleich mit, ich muss Ihnen noch einige Dinge zeigen."
Sie zog sich die Schuhe an und kam die Treppe herunter.

Als sie das Mädchen sah, das bei dem Auto auf der anderen Straßenseite wartete, sagte sie.
„Aha – die Tochter?"
Völlig überrascht von dieser Frage, wurde ihm jetzt erst klar, was andere Menschen darüber denken konnten. Ohne nachzudenken erwiderte er peinlich berührt, während sie über die Straße gingen:
„Sozusagen..."
„Sozusagen?"
Er spürte, wie die Antwort bei der Frau sofort einige Antipathie auslöste. Ach, hätte er doch auch hier alles so verheimlichen können, dass nicht ständig Fragen und Gedanken auf ihn eindrangen!
„Guten Tag!", begrüßte das Mädchen die Frau nun voller Freundlichkeit.
„Guten Tag", grüßte die Frau reserviert zurück. Dann wiederholte sie: „Sie sind ,sozusagen' die Tochter?"

Das Mädchen sah ihn kurz an, dann erwiderte es wieder den Blick der Frau und sagte fröhlich:

„Ja. Sozusagen..."

Die Frau wurde aus dieser Antwort nicht schlau. Aber die entwaffnende Fröhlichkeit des Mädchens gab ihr keine Gelegenheit, weitere reservierte Fragen zu stellen...

„Also gut...", sagte sie kopfschüttelnd. „Dann kommen Sie mal..."

Sie folgten ihr. Die Frau schloss das mittlere Ferienhäuschen auf und zeigte ihnen die Zimmer. Sie gab verschiedenste Hinweise. Der Wasserhahn sollte vorsichtig zugedreht werden, die Speisekammer sollte immer fest verschlossen bleiben, damit keine Mäuse kamen. Es sollten am Eingang die Schuhe ausgezogen werden...

Als sie zum Schlafzimmer kam, stutzte die Frau und sagte:

„Also, ich habe gedacht, Sie kommen mit Ihrer Frau. Wir haben jetzt hier natürlich nur ein Doppelbett. Ich weiß nicht, was Sie erwartet haben..."

Bevor er sich irgendeine Antwort überlegen konnte, die die Situation umschiffen könnte, sagte das Mädchen:

„Machen Sie sich keine Sorgen. Das schaffen wir schon irgendwie."

Die Frau sah das Mädchen wie ein unergründliches Rätsel an. Dann sagte sie:

„Es gibt immer noch die Couch im Wohnzimmer."

Das Mädchen nickte und pflichtete ihr bei:

„Ja."

Wieder schüttelte die Frau den Kopf und ging ihnen voraus zum Wohnzimmer. Dort zeigte sie auf den Wandschrank und sagte:

„Die Teller dort sind nur zur Ansicht. Sie sind nicht als Essgeschirr gedacht."

Bevor sie wieder hinausging, sagte sie:

„Die Balkontür und die Fenster schließen Sie bitte immer, wenn sie weggehen."

„Ja...", erwiderte er.

Dies war dann aber auch der letzte Hinweis. Nun gab die Frau ihm die Schlüssel und sagte:

„Also dann ... einen schönen Urlaub."

Er spürte ihre Abneigung mehr als deutlich – obwohl sie sich alle Mühe gab, diese nicht zu offen zu zeigen.

„Danke."

„Vielen Dank!", sagte das Mädchen fröhlich.

Die Frau blickte sie missbilligend an. Er folgte ihrem Blick und sah, wie das Mädchen die Frau weiterhin mit ihren offenen, fröhlichen Augen ansah... Als sie sich umwandte, schüttelte sie wieder mit dem Kopf.

Bevor sie das Haus wieder verließ, sagte sie noch:

„Wenn etwas ist, kommen Sie rüber. Aber ich hoffe, Sie kommen zurecht."

„Ja, danke!", sagte das Mädchen noch einmal freundlich.

Die Tür schloss sich hinter der Frau.

Nun waren sie also allein...

Ihm fiel das Gepäck ein.

„Ich hole die Koffer", sagte er.

„Ich helfe Ihnen", sagte das Mädchen.

Zusammen gingen sie wieder nach draußen, wo die Frau gerade in ihrem Hauseingang verschwand.

Am Kofferraum begegneten sich ihre Blicke erneut. Das Mädchen lächelte ihn vollkommen offen an – und er war davon wieder erschüttert. Es war, als wenn die Frau eben gar nicht dagewesen wäre. Er selbst hatte sich über die Frau unglaublich geärgert und sich auch geschämt, dass das Mädchen dies alles hatte miterleben müssen. Aber ihr machte es offenbar gar nichts aus, im Gegensatz zu ihm.

„Es tut mir sehr leid wegen der Frau...", sagte er.

„Wieso, was denn?", fragte das Mädchen.

„Na ja, wie sie uns behandelt hat... wie sie *Sie* behandelt hat..."

„Warum? Das ist doch *ihr* Problem. Nicht unseres..."

Das war alles. Er konnte es nicht fassen. Das mochte zwar stimmen – aber wie schaffte man es, auch genau so damit umzugehen? Er konnte diese Frau und ihre unausgesprochenen Gedanken einfach nicht abschütteln...

*

Als sie wieder in dem Häuschen angekommen waren und sich noch einmal im Wohnzimmer umgesehen hatten, die Aussicht auf sich wirken gelassen hatten, stellte er erschrocken fest, dass er überhaupt nicht wusste, was er nun tun sollte. Er hatte sich so sehr gewünscht, dass dieses Mädchen mitkam – und nun wusste er nicht, was er mit ihr machen konnte. Bestimmt würde sie dies sehr bald merken und ihr Mitkommen bereuen...

Sie drehte sich wieder zu ihm um und fragte:

„Und...? Was würden Sie jetzt gern *am liebsten* machen?"

Diese Wärme wiederum... Diese Augen... Er liebte diese Wärme, aber es war keine gewöhnliche Liebe, es war eine allertiefste Sehnsucht, eine leidenschaftliche Liebe. Er liebte dieses Mädchen leidenschaftlich...

Wieder dachte er daran, dass er nur noch wenige Monate oder Wochen zu leben hatte. Wieder war da diese unendliche Wehmut...

Traurig wiederholte er ihre Worte und sagte:

„Was ich am liebsten machen würde, das kann ich nicht..."

„Warum nicht?", lächelte sie.

Beschämt erwiderte er:

„Ich kann es nicht einmal *sagen*."

„Sagen Sie es doch... Sie brauchen nichts zu befürchten."

„Doch – ich muss fürchten, dass Sie es ... dass Sie es... Verstehen Sie, wenn ich es ausspreche und Sie ... würden es zurückweisen – aber Sie *müssen* es zurückweisen –, aber dann wäre es schlimmer, als wenn ich es nie gesagt hätte... Ich kann es nicht sagen..."

„Sagen Sie es doch", bat sie warm.

Er konnte sich diesem warmen Strom nicht widersetzen – es war, als wenn er alle Angst auflöste. Seine Zuneigung, seine Sehnsucht wurde größer als alle Grenzen...

„Ich", sagte er scheu und sehnsuchtsvoll, „ich würde so gerne ... mit Ihnen schlafen..."

Die Augen des Mädchens veränderten sich nicht. Sie veränderten sich nicht! Nun sagte sie noch immer mit dieser unbeschreiblichen Wärme:

„Das dürfen Sie..."

Er verstand nun fast nichts mehr von diesem Mädchen. Sein Begreifen schien völlig auszusetzen.

„Sie dürfen", sagte sie sanft, „*einmal* mit mir schlafen, wann Sie es wollen... Ein zweites Mal dürfen Sie nur dann mit mir schlafen, wenn *ich* es will – falls ich es will..."

Seine Liebe zu ihr war so groß...

Ungläubig brachte er hervor:

„Ist das ... ist das Ihr Ernst? Wieso ... wieso tun Sie das?"

Ihr warmes Lächeln...

„Ich tue es einfach", sagte sie einfach.

„Einmal darf ich mit Ihnen schlafen?", fragte er noch immer erschüttert und noch immer ungläubig. „Wann ich will?"

„Ja..."

„Und auch jetzt...?", fragte er, innerlich zitternd vor Liebe, vor Sehnsucht.

„Ja, natürlich..."

„Dann möchte ich es *jetzt*", bat er.

„Gut", lächelte sie.

Unsicher sah er sie an. Er wusste nicht, was er tun sollte.
„Was muss ich jetzt machen...?", fragte er mit fast heiliger Scheu.
„Führen Sie mich einfach zum Bett..."
Eine süße Erregung ergriff ihn – und er ergriff zögernd ihre Hand. Sobald er dies getan hatte, schien ihre ganze Wärme schlagartig auch ihn zu durchdringen, und seine Sehnsucht wurde nun wirklich grenzenlos...

Er führte sie ins Schlafzimmer. Sie setzte sich auf das Bett – ihre anmutige Bewegung... Er setzte sich neben sie, und kam sich wie ein plumpes Geschöpf vor.
Während das süße Begehren ihn erfüllte, fragte er noch einmal scheu:
„Ich darf wirklich alles tun...?"
„Was wollen Sie denn tun?", fragte sie sanft.
„Darf ich dich ... jetzt ausziehen?"
„Ja, natürlich..."
Mit zitternden Händen zog er ihren Pullover aus.
Nun hatte sie nur noch ein Unterhemd an. Es trug am Brustansatz ein zartes Spitzenmuster.
„Du bist so schön...", sagte er, und die unendlich süße Sehnsucht wuchs immer weiter. Er hatte dies noch niemals erlebt. Nie in dieser erschütternden Unendlichkeit...
Sie sah ihn nur lächelnd an.
Sanft fasste er nach ihrem Hemd.
Sanft hielt sie seine Hand davon ab.
„Noch nicht...", bat sie. „Das später..."
„Was dann?", fragte er unsicher.
„Etwas anderes...", lächelte sie.
„Darf ich ... darf ich deine Hose ausziehen?"
„Ja..."

Fast konnte er seine Finger nicht mehr nach eigenem Willen bewegen. Es war zu heilig, was er hier tat. Er hatte bisher keinen Begriff von ‚heilig' gehabt. Jetzt hatte er einen... Ohne das Gefühl vorher gekannt zu haben, öffnete er in heiliger Ehrfurcht den Knopf und den Reißverschluss ihrer Hose und zog sie ihr aus...

Dann sagte er beschämt:

„Tut mir leid – ich muss mich auch ausziehen..."

Sie nickte lächelnd.

Es kam ihm zutiefst profan vor, seine eigene Kleidung bis auf die Unterhose abzulegen. Er setzte sich wieder neben sie und sagte:

„Du findest mich bestimmt hässlich, oder..."

Ihre warmen Augen schauten ihn an und sie schüttelte lächelnd den Kopf...

In tiefster Liebe beugte er sich über sie und legte sich mit ihr ins Bett – und sie folgte seiner Bewegung mit einer unendlichen Anmut. Seine Sehnsucht überschritt alle Grenzen, und er hatte nie gewusst, dass es auch noch ein Jenseits gab...

„Wie heißt du?", fragte er mit tiefster Empfindung.

„Marei..."

Ihr schöner Name klang so warm, wie sie selbst war... Und wie sie ihn aussprach, so sanft, so unendlich sanft...

„Ich liebe dich, Marei...!"

Sie umschlang seinen Hals und zog ihn sanft an sich.

Er küsste sie. Zum ersten Mal berührte er ihre weichen Lippen. Und sie waren so weich... Noch nie hatte er so weiche Lippen küssen dürfen. Und diese wundervollen Lippen erwiderten es...

Voller Leidenschaft schob er ihr Hemd hoch.

Wieder fühlte er ihre Hand.

„Bitte... Bitte sei sanfter..."

Er dachte, dass er sanft gewesen sei.

„Sanfter?", fragte er, und versuchte, auch dies sanft zu tun.

„Ja", sagte sie, unendlich sanft, „sanfter ... langsamer ... zärtlicher..."

Er zögerte voller Scheu.

„So...", sagte sie und küsste ihn wieder. Nun küsste *sie ihn* – und tat dies mit einer Sanftheit, die alles in ihm erschauern ließ...

„O, Marei...", brachte er hervor.

Nun wusste er, was ‚sanft' war. Es war ihm, als hätte er ein halbes Leben auf das schönste Wissen verzichten müssen, was es gab. Erschüttert erinnerte er sich, dass es ein *ganzes* Leben gewesen war.

Sanft führte er seine Hand unter ihr Hemd, sanft streichelte er ihre Brust. Sanft küsste er sie – und spürte, wie auch ihre sanfte Erregung ihm entgegenkam.

Er küsste sie inniger und konnte nicht anders, als seiner Leidenschaft weiter zu folgen – aber er tat es so, dass ihre Hand ihn nicht noch einmal um etwas bat...

*

Sie hatte mit ihm ihren Höhepunkt erlebt.

Es tat ihm so leid, dass es am Ende doch so schnell gegangen war. Er hatte es einfach nicht verhindern können. Er hatte sie zu sehr geliebt... Er hatte es noch nie erlebt, dass eine Frau so schnell ebenfalls zu ihrem Höhepunkt kommen konnte. Er hatte auch keine Erfahrung – aber bei *seiner* Frau hatte er dies nie erlebt. Damals, als sie noch miteinander geschlafen hatten. Und er hatte auch nicht davon gehört, dass eine Frau es so schnell konnte wie ein Mann.

Und doch stieg in ihm nicht der leiseste Zweifel auf, denn noch jetzt erlebte er, dass ihre Gefühle *echt* gewesen waren...

Sie sah ihn mit glücklichen, kastanienbraunen Augen an – und allein dieser Blick machte ihn jedes Mal unendlich glücklich.

„Marei", sagte er zärtlich, „es tut mir so leid... Es ging viel zu schnell..."

„Aber es war doch trotzdem so schön...", erwiderte sie.

„Ja, das war es..."

Er streichelte ihr Gesicht einmal sanft.

„Wie ist das möglich, Marei? Wie kannst du das tun?"

„Es *ist* einfach möglich...", erwiderte sie.

„Nein", widersprach er zärtlich. „Das ist nicht einfach möglich. Es ist, wenn überhaupt, einfach unmöglich. Aber wieso geschieht es trotzdem? *Wer bist du*? Warum tust du das?"

Sie sah ihn mit ernsten, aber noch immer unendlich sanften Augen an.

„Willst du meine Geschichte hören, Christian?"

Etwas in ihm sammelte sich, um mit voller Aufmerksamkeit anwesend zu sein.

„Ja...", sagte er fast ehrfürchtig.

„Du musst...", sagte sie mit ihrem warmen Blick, „bald sterben, nicht wahr?"

„Ja", erwiderte er traurig.

„Hast du Angst?"

„Ja..."

„Was denkst du darüber? Über den Tod..."

„Ich will darüber nichts denken, Marei. Ich würde es am liebsten vergessen!"

„Ja, ich weiß", antwortete sie warm. „Aber es geht doch nicht. Bald geht es nicht mehr... Was denkst du über den Tod, Christian. Sag es mir..."

Eine Woge der Wehmut stieg in ihm auf. Mühsam brachte er hervor:

„Ich weiß es nicht!" Er musste mit den Tränen kämpfen. „Es ist – es ist dann alles vorbei, und – –"

Er konnte den Satz nicht vollenden, und er wollte es auch nicht – und die Tränen standen in seinen Augen...

Hilflos sah er das wunderschöne Mädchen an. Marei...

Mit unendlichem Mitleid in ihren Augen wischte sie ihm die Tränen aus seinem rechten Auge, dann aus dem linken. Welche unendliche Anmut hatte selbst diese kleinste Bewegung von ihr!

Er konnte nicht mehr. Nun flossen die Tränen in einem Strom... Er musste die Augen schließen... Er spürte ihre weiche Hand, die ihn streichelte, tröstete, seine Wange liebkoste... Mit dem Frieden, den sie ihm gab, konnte er wieder die Augen öffnen. Hilflos sah er sie an – und sah in zwei Augen, in denen eine unendliche Wärme glühte.

„Ich war auch schon einmal fast tot, Christian..."
Sie konnten fast flüsternd sprechen, sie waren einander so nah...
„Du?", fragte er bestürzt. Der Gedanke war fast unerträglich.
„Ja..."
Voller Liebe sah er sie an, wartend.
„Es war ein Unfall. Ich war mit dem Fahrrad unterwegs. Es war abends. Ein Abend im Herbst..."
Sie erzählte, als wenn sie es noch einmal erlebte.
„Es hatte geregnet. Ich kam von einer Geburtstagsfeier. Ich war gerade erst losgefahren. Ich musste auf der Landstraße nach Hause fahren. Aber dazu kam es nicht. Das Letzte, was ich sah, waren Scheinwerfer. Später sagte man mir, dass der Autofahrer völlig betrunken gewesen war... Ich hörte dann noch ein schreckliches Geräusch – das war ich, mit meinem Fahrrad ... und dann nichts mehr..."
„Nichts mehr?", fragte er entsetzt.
„Doch, Christian...", sagte sie nun auf einmal mit einer Wärme, die alles in den Schatten stellte, was er bisher an ihr erlebt hatte. „Doch – da war etwas. Aber nichts mehr von der Welt... Ich spürte meinen Körper nicht mehr. Ich war noch da. Und da war dieses Licht... Und das kam immer näher, oder *ich* kam näher, aber auch das Licht... Und dann ... dann, Christian –"

Nun standen *ihr* Tränen in den Augen, und sie sah ihn fast hilflos an. Aber es war keine Hilflosigkeit, es war das allertiefste Erstaunen, was er in ihren Augen sah...

„Dann wurde dieses Licht *ein Wesen!*", brachte sie mit den Tränen in ihren Augen hervor, und nun perlte eine Träne an ihrer Wange hinunter – und nun war er es, der sie ihr sanft fortstreichelte...

Aber nun überwältigte auch sie ihre Rührung, und sie musste weinen.

„Christian – ich habe nie wieder etwas *so Schönes* erlebt! Dieses Wesen ... es ist ... es umfasst alles! Es hat alles in seiner Hand – und es kann nichts *passieren*, verstehst du? Es kann einfach nichts passieren...!"

Sie schluchzte einmal.

„Es kann nichts passieren...", wiederholte sie. „Dieses Wesen ist *immer* bei einem..."

Tränenglänzende Augen schauten ihn an.

„Immer...", wiederholte sie noch einmal. Dann schniefte sie einmal und wischte sich verlegen das eine Auge.

Erschüttert sah er sie an.

Er wollte so gerne glauben, verstehen, was sie sagte. Es kam ihm so vor, als sei sein ganzer Verstand aus Stein, aus abgestorbenem Holz, vollkommen unbeweglich...

„Ein Wesen...?", sagte er, und er kam sich selbst vor wie ein Schüler, der nur scheinbar interessiert fragte, ohne es zu sein.

Er *wollte* es aber so gerne sein.

„Ja, ein Wesen..."

Sie sah ihn an, nun fast kummervoll.

„Ich wusste, welches Wesen das war. Aber ich wusste, dass niemand dieses Wesen kannte, der es nicht selbst erlebt hatte. Oder fast niemand. Die, die es kannten, *hatten* es bereits erlebt – egal, ob sie es wussten oder nicht... Die anderen kennen nur seinen Namen. Aber sie kennen *Ihn* nicht..."

„Ihn?"

„Ja – Ihn...“

„Wen ... was meinst du?“, fragte er scheu.

„Christian...“, sagte sie fast bittend, und ihre Augen bezeugten es – sie bat ihn... Aber um was?

„Was ist, Marei?“, fragte er voller Wärme.

„Du musst mir versprechen“, sagte sie bittend, „dass du *mir* mehr glaubst als dem Namen. Kannst du es mir versprechen? Du *musst* es. Bitte...!“

„Ja, ich verspreche es dir“, sagte er bestürzt. „Was meinst du?“

„Dieses Wesen ist *Christus*...“

„Christus?“

Jetzt erst erinnerte er sich an das, was man sich über Nahtoderlebnisse erzählte. Ein Licht – ein Wesen ... und dieses Wesen sollte Christus sein. Er hatte dies alles völlig vergessen, als *sie* ihre wirklichen Erlebnisse erzählt hatte... Nun lagerte sich darüber das, was man darüber sagte.

Fast furchtsam fragte sie:

„Was denkst du?“

„Ich weiß nicht...“, sagte er wahrheitsgemäß. „Ich muss mich daran gewöhnen...“

„Nein!“, bat sie wiederum. „Nicht daran gewöhnen! Du hast es versprochen...“

„Aber ich glaube dir doch.“

„Dann vergiss alles andere“, bat sie. „Glaube nur dem, was ich ... eben gesagt habe. Lass nichts dazukommen... Nicht jetzt... Du musst bei mir bleiben, Christian. Nicht woanders hingehen mit deinen Gedanken. Sag deinen Gedanken, sie sollen nicht woanders hingehen, bitte...“

Sie sah ihn so bittend an, dass schon ihre Augen ihn hinderten, woanders zu sein – er wollte gar nicht irgendwo anders sein...

„Ich bin ja bei dir“, sagte er sanft. „Also Christus...“

„Ja", erwiderte sie, mit unsäglicher Anmut noch in ihrer Sprache, im Klang ihrer Stimme, „Christus..."

Er sah ihr lange in die Augen. Dann fragte er vorsichtig: „Und dann ... Marei? Was geschah dann?" Wieder sah er, wie ihre Augen feucht wurden, zu glänzen begannen, schließlich in Tränen schwammen... Durchdrungen von unsäglicher Wärme, ja Sehnsucht, sagte sie leise: „Man kann es nicht beschreiben, Christian. *Er* war einfach da – und man war bei Ihm... Es gibt dafür keine Worte... Es gab keine Angst mehr, kein Leid, keine Traurigkeit, es gab..." Wieder versagten ihr die Worte, gehorchte ihr die Stimme nicht mehr.

„...es gab nur noch *Liebe*, verstehst du? Liebe, so unvorstellbar groß, so tief, so unendlich ... man *kann* es sich nicht vorstellen..."

Die Tränen perlten wieder über ihre Wangen. Tränen der Liebe, des Glücks ... noch in der Erinnerung.

Noch nie hatte er etwas so Heiliges gesehen, empfunden. Dieses weinende Mädchen, dieser Moment, diese tiefste Schönheit ihrer Augen, ihres Wesens ... und das, worüber sie weinte ... woran sie sich erinnerte... Sein Herz erzitterte in sanftester, tiefster Rührung... Und leise perlte auch aus seinem Auge eine Träne.

„Und dann...", fragte er schließlich scheu. „Du bist ja doch wieder ... zurückgekehrt, Marei. Wie ... wie konntest du das?"

Ihre glänzenden Augen sahen ihn an, und er wünschte sich, er könnte mit diesem Mädchen eine Ewigkeit vereint bleiben.

„Ja...", sagte sie mit leiser Wehmut. „Er hat mich wieder zurückgeschickt. Ich sollte noch leben. Es war ... es war wie ein Auftrag..."

„Ein Auftrag?"

Sie schniefte einmal.

„Ja..."

Sie lebte noch immer wie in ihrer Erinnerung, und er wartete vorsichtig – es gab gar nichts Schöneres, als so bei ihr zu sein und sie ansehen zu dürfen, auf sie warten zu dürfen...

„Ein Auftrag...", sagte sie noch einmal leise und wie zu sich selbst. „Wie ein Auftrag..."

Sie sah ihn lange an. Dann sagte sie langsam:

„Weißt du, Christian, was man *da* erlebt hat, wird immer das Schönste sein, an das man sich überhaupt erinnern kann. Es gibt nichts Vergleichbares. Man spürt so eine tiefe Sehnsucht danach, zu *Ihm* zurückzukehren, für immer bei Ihm zu sein, nur noch dies... Aber ... es ist nur noch Erinnerung, verstehst du? Man ist wieder hier ... wieder in seinem Körper ... und wieder ohne Ihn... Scheinbar. Und doch weiß man, dass man es niemals ist, aber es fühlt sich so an ... im Vergleich... Ach, es ist manchmal so schwer..."

Sie wischte sich noch einmal mit einer zarten Bewegung die Augen.

„Aber, ja, da war dann dieser Auftrag, dieses ... Zurückgeschicktwerden... Und auch dies voller Liebe. Aber wie kann man Abschied nehmen von Ihm...

Aber, Christian, in dieser Zeit, wo ich bei Ihm war, da sah ich ... da zeigte Er mir ... es war, wie wenn ich mitten in den Geheimnissen der Welt war. Es war unendlich groß, was ich da sah; ich weiß nicht, *wie* ich es sehen konnte ... es war unendlich groß, unendlich schön, weisheitsvoll, wie ein wunderschönes Leuchten, ein Schmuck, ein unendlich schöner Schmuck, aber lebendig..."

Er verstand nicht, wovon sie in dieser Zartheit zu sprechen versuchte...

„Ich weiß nicht, wie ich es erklären soll. Als ich bei Ihm war, da verstand ich alles – alles, was ich sah, was Er mir zeigte. Es gibt dafür keine Worte. Alle Worte führen zu falschen Vorstellungen. Ich sah ... ich sah, wie alles zusammenhängt.

Ich sah ... Christian, ich sah die Schicksale der Menschen... Nicht die einzelnen, nicht, indem ich sie einzeln erkannte, aber ich sah, dass alles ein unendlich schöner Zusammenhang war, ein unendlich bedeutsamer – –"
Sie musste wieder still weinen... Sanft wischte er ihre Tränen ab – und dankbar sah sie ihn an.
„Es ... es leuchtete... Es war ein leuchtender Zusammenhang, unendlich schön... Ach, wenn ich es nur noch anders erklären könnte! Wenn man es doch nur selbst sehen könnte..."

Wieder wartete er in tiefem Glück, bis sie weitersprechen würde. Und nach einer Weile sagte sie:
„Ich verstand, wie jeder Mensch immer wiedergeboren wird, begleitet von Ihm... Wie sich die Wege der Menschen begegnen, begleitet von Ihm... Wie sich diese Wege verflechten, zu einem wunderschönen Muster... Unbeschreiblich schön... Heilig, verstehst du, Christian, heilig – einfach *heilig*...
Ich sah auch, wie...", ein heiliger Schmerz schien sie zu durchschauern, „wie sich in dieses wunderschöne Muster, dieses heilige, leuchtende Geflecht, dunkle Flecken hineinwoben; etwas, was nicht darin sein sollte ... sein dürfte ... und wie auch dies alles begleitet war von Ihm ... leidend ... liebend ... mit unendlicher Geduld ... mit unendlichem Mitleid...
Und ich sah ... ich verstand ... wie dies unsere Aufgabe ist, Christian, unsere Aufgabe, die Aufgabe aller Menschen... Sie sind es, wir sind es ... wir sind es, die das Dunkle tun, wir sind es, die mit Seiner Hilfe dieses wunderschöne, kostbare Gewebe weben – es sind alles *wir*, verstehst du?"
Wieder sahen ihre glitzernden, feuchten Augen ihn an, zitterte ihr Augenstern in ihren Tränen...
„Ja...", sagte er fast unhörbar. Er wollte es verstehen, um ihretwillen...

„Und, Christian, dies alles war unendlich groß. Ich schien in einem Moment *alles* zu sehen. Wie ein Bild, aber zugleich ein heiliges Geschehen. Ich sah alles – aber ich sah gleichsam zugleich das Größte und das Kleinste. Ich sah in diesem lebendigen, heiligen Bild auch das Allerkleinste. Ich sah, wie noch die kleinste Tat, das kleinste Wort, nur ein einziger Blick ... wie all dies unendliche Bedeutung hatte ... vor Ihm, für Ihn – und für das Ganze...

Es gibt nichts, was keine Bedeutung hat, Christian! Und es gibt nichts Winziges, was nicht die allergrößte Bedeutung haben könnte – und sie auch *hat*, wenn Er es will ... wenn es sie vor *Ihm* hat... Und dies, Christian...“

Wieder wurde sie von Rührung überwältigt.

„...dies macht das ganze Leben unendlich heilig... Jeden Augenblick, jeden allerkleinsten Augenblick... Heilig ... heilig ist alles. Es kommt nur darauf an, dass auch wir ... dass wir dieser Heiligkeit würdig werden, dass wir ... dass wir selbst heilig werden, dass wir ... nicht *weniger* tun als wir tun *können*...“

Sie atmete einmal voller Frieden aus. Er spürte, dass es dies gewesen war, was sie versucht hatte auszudrücken.

In tiefster Rührung sah er sie an. Dieses Mädchen, das die Augen eines Engels hatte. Jetzt *sah* er es... Jetzt verstand er, was ihn so tief berührte, wenn er sie ansah. Jetzt verstand er, was diese unsägliche Wärme war. Dieser erschütternde Zauber, der sie umgab, nein, von ihr ausging...

„Und...“, fragte er mit heiliger Scheu, „das war ... dein ‚Auftrag‘?“

„Ja“, erwiderte sie leise. „Ich fühlte es so. Es ist unser *aller* Auftrag. Aber dies war mein Auftrag. Deswegen durfte ich nicht bei Ihm bleiben. Deswegen hat Er mich wieder zurückgesandt. Weil dies unser Auftrag ist – und weil ich noch nicht sterben sollte...“

„Und dann ... bist du wieder aufgewacht?“

„Nein... Nicht sofort. Die Ärzte sagten später, dass ich drei Tage im Koma lag. Zwei Tage und drei Nächte... Und ich war wieder in meinem Körper, Christian, ich spürte es. Es war wie ein Sturz – ein Sturz zurück. Zurück in eine Gefangenschaft. Hart war auf einmal alles, hart und fest und dunkel. Das völlige Gegenteil von allem, was ich zuvor erlebt hatte. Es war schrecklich. Ich sehnte mich zurück nach Ihm, aber ich hatte Seinen Auftrag, ich wusste, warum ich wieder hier war, in meinem Körper – und doch war es so schwer, so unendlich schwer, und leidvoll...

Und ich lag da und konnte mich nicht bewegen, eine ganz lange Zeit. Es muss fast die gesamte Zeit gewesen sein. Das heißt, die Zeit bei Ihm, wo es überhaupt keine Zeit mehr gab, nur noch eine Ewigkeit, von Liebe, von Schönheit, das war in irdischer Zeit ... nicht lang. Aber egal, ob es nur eine Sekunde war – selbst eine Sekunde würde man nie wieder vergessen. Sie würde für immer die wichtigste Sekunde des ganzen Lebens bleiben...

Aber dann lag ich da, in dem Grab meines Körpers. Es war wirklich ein Grab – ich konnte mich nicht bewegen, alles war dunkel, eng, erstickend fast... Unendliches Leiden, Warten, Nicht-Verstehen, Zurückwollen ... aber dann dieser Auftrag, dieses Zurückgeschicktwordensein... Und verstehst du, aus Liebe zu *Ihm* ertrug ich dies alles. Und dann allmählich...“

Wieder perlte eine Träne der Rührung aus ihrem Auge.

„...allmählich verwandelte sich das. Es war noch immer schrecklich, noch immer furchtbar, aber es war, wie wenn der Auftrag – es ist schlimm, ich habe einfach kein besseres Wort –, wie wenn der Auftrag, die Aufgabe, ja, die *Aufgabe*, wie wenn das allmählich ... Wurzeln schlagen konnte, in mir, in meinem Herzen... *Sein* Wille wurde ganz allmählich, ganz sanft, *mein* Wille. Es war, wie wenn in diesen drei Nächten, in denen ich begraben war, nicht wissend, was geschehen würde, nur leidend unter dieser Gefangenschaft ... wie wenn

69

in dieser langen Zeit meine Liebe zu Ihm stark wurde, stark für die Welt, für das Sich-Wegwenden von Ihm, um sich auch in dieser schlimmen Einsamkeit, getrennt von Ihm, doch der Welt zuzuwenden. Liebe – Liebe in dieser unendlich schmerzlichen Einsamkeit, das war es, was in dieser Zeit, in der ich da lag, begraben in mir selbst, wuchs. Ich kann es nicht anders sagen – es war so.

Und selbst das war etwas, was ich Ihm verdankte. Jetzt muss ich es so sehen. Jetzt kann ich es nicht anders verstehen als so. Es war dieses schmerzliche Getrenntsein von Ihm, und doch das Wachsen eines neuen Samens, durch den allein wir unsere Aufgabe erfüllen können. Dieser Same *ist* eigentlich unsere Aufgabe... Und er wächst, weil Er bei uns ist – auch wenn wir uns von Ihm getrennt fühlen. Wir spüren diesen Samen in uns wachsen – und wir können nicht anders, als zu wissen: Dann ist auch Er bei uns. Er ist es..."

Sie musste die Augen schließen vor plötzlicher Rührung...

Als sie sie wieder öffnete und wiederum schniefte, sagte sie leise:

„Das ist es, Christian... Das ist es, was ich erzählen konnte..."

Fast hilflos sah sie ihn nun an – als stünde sie mit leeren Händen vor ihm...

In tiefster Rührung erwiderte er ihren Blick und sagte nur ein Wort:

„Marei..."

Und schließlich:

„*Ich* ... ich fühle mich unfähig, etwas in Worte zu fassen. Ich kann nichts erwidern – aber ... nichts in meinem ganzen Leben war und ist mir so kostbar wie die Begegnung mit dir... Wie dies alles hier..."

Ihr Blick verwandelte sich gleichwohl in eine sanfte Traurigkeit, und sie sagte wiederum leise:

„Ich will aber nicht, dass alles andere dahinter verschwindet. Das darf es nicht, Christian. Es soll doch gerade neu ... wieder da sein dürfen..."

„Wie kann es denn anders sein, Marei... Es ist genauso wie das, was du selbst erlebt hast, mit Ihm. Ich erlebe nun dasselbe mit dir..."

„Nein, nicht dasselbe..."

„Ich kenne das andere Erlebnis nicht, Marei. Ich weiß nur, dass ich jetzt etwas erlebe, was so unendlich schön ist, dass auch ich weinen könnte vor Schönheit..."

„Ja, Christian. Aber auch bei dir wird dieser Same wachsen. Wir haben nicht nur drei Tage, wir haben drei Wochen..."

„Ich weiß nicht, was da noch wachsen kann, Marei. *Jetzt* erlebe ich das unendlich Schöne."

„Ja – das ist der Same. Aber er wird wachsen. Und dann wirst du *immer* fühlen können, dass er da ist. Und dass Er da ist..."

Schweigend blickte er in ihre Augen – und war bereit, ihr überallhin zu folgen, aus lauter Liebe zu ihr...

Am nächsten Morgen machten sie nach dem Frühstück eine Wanderung. Er liebte die schlichte, karge Landschaft der Heide – er wusste nicht warum, außer dass es mit seinen frühen Erinnerungen zu tun hatte. Sicher wäre ihm aber dennoch nach zwei, drei Tagen sehr einsam zumute geworden, und er hätte sich etwa nach seiner Tochter gesehnt, nach ihrem Verständnis, nach ihrer Nähe und Gesellschaft. Doch nun war er nicht nur in der Heide, nun ging er hier neben diesem Mädchen – und das war viel schöner als die Heide selbst in ihrer schönsten Blüte... Das Mädchen war viel schöner und das Gehen neben diesem Mädchen auch...

„Marei...“
„Ja?“
„Ich habe dich gestern gar nicht mehr gefragt, wann du diesen Unfall hattest.“
„Vor eineinhalb Jahren...“
„Und warst du nicht schwer verletzt?“
„Nein, wie durch ein Wunder nicht. Auch die Ärzte sprachen von einem Wunder. Auch in Bezug auf das Koma, das ohne Folgen blieb.“
Er schwieg ehrfürchtig und dankbar.
„Ich habe es falsch gesagt“, sagte sie nun. „Es war nicht *wie* durch ein Wunder. Es war auch dies Sein Schutz... Es gibt kein ‚*wie* durch ein Wunder‘. Es sind alles Wunder, wenn sie geschehen. Wenn etwas geschieht, was einem Wunder gleicht, dann geschieht es auf *diese* Weise.“
„Auf ... diese Weise?“
„Ja.“
„Wie geschieht es denn dann?“
„So, dass Er da ist – und dass es nicht ohne Ihn geschieht. Dass Er eingreift...“
„Aber warum dann nicht immer?“

„Das weiß ich nicht", erwiderte sie leise.

„Ist das nicht ungerecht?", fragte er.

„Du darfst so nicht denken!", bat sie. „Ungerecht ist, was wir tun. Und ungerecht ist, wenn wir glauben, dass Er ungerecht wäre. Was wissen wir von Ihm? Wir wissen *nichts*, wenn wir nicht mit Liebe, sondern mit Zweifel von Ihm denken. Wenn wir etwas noch nicht verstehen, liegt es an uns, nicht an Ihm."

Sie ging eine Weile schweigend neben ihm. Dann sagte sie leise:

„Vielleicht *kann* Er nur manchmal helfen. Vielleicht *will* Er auch nur manchmal helfen. Aber nicht, weil Er nicht immer helfen wollte – sondern weil ... auch das, was scheinbar an Schlimmem geschieht, nicht schlimm ist..."

„Dass man stirbt, ist nicht schlimm?", fragte er.

„Bitte, Christian...", bat sie. „Du darfst bitte nicht diesen Vorwurf in deiner Stimme haben. Wenn er in deiner Stimme ist, ist er auch in dir... Da darf er aber nicht sein..."

„Aber ich will nicht sterben, Marei!"

„Ja, das verstehe ich, Christian. Ich will es jetzt auch nicht mehr. Man hat davor einfach Angst – sobald man wieder im Körper ist, hat man wieder Angst. Ich finde das schlimm, aber es ist so. Der Körper hat schuld. Man ist nicht mehr derselbe, der man ... bei Ihm ist. Ohne Körper. Nur die Seele und was der Mensch *eigentlich* ist. Nein, nicht eigentlich, der Körper ist auch wichtig, aber ... er ist es auch, der einen Angst haben lässt. Wir müssten ganz ohne Angst sein, Christian! Das müssten wir sein... Ich schäme mich, dass selbst ich es nicht bin. Ich meine, nicht ‚selbst ich', aber selbst nach diesem Erlebnis, wo ich *weiß*, dass ich keine Angst haben muss. Und doch ... fürchtet man den Tod. Man will leben... Man sehnt sich nach Ihm – aber man will auch leben... Man dürfte eigentlich gar keine Angst vor dem Sterben haben, und das habe ich auch nicht! Aber mein Körper hat es..."

Wenn ich wüsste, dass ich morgen sterben müsste, würde ich es gerne tun – für Ihn, und weil ich dann wieder bei Ihm sein werde. Und trotzdem würde ich Angst haben – weil ich noch diesen Körper habe. Es ist dieser große Schritt, den Körper verlassen zu müssen... Und, Christian, ich schäme mich dafür! Ich schäme mich, diese Angst zu haben, denn das bedeutet, ich erlebe es nicht so, wie es wirklich ist. In Wirklichkeit *muss* man keine Angst haben! Und wenn ich so spreche, habe ich auch keine Angst. Angst hat man nur, wenn man sich in seinem Körper fühlt, und wenn man fühlt, es geht zu Ende, du musst über diese Schwelle, die Tod heißt, du musst von einem Augenblick zum anderen deinen Körper zurücklassen, loslassen..."

Wieder gingen sie eine Weile. Dann sagte sie:
„Aber weißt du, ich glaube auch, dass, wenn es dann soweit ist ... wenn der Körper wirklich stirbt, wenn man ihn wirklich loslassen muss, wenn man *gezwungen* wird, ihn loszulassen – dass man es dann auf einmal wieder ganz leicht kann. Ganz leicht, wenn man weiß, wer bei einem ist und zu wem man gehen wird... Ja, das glaube ich wirklich. Dass die größte Angst dann da ist, wenn der Tod noch nicht wirklich da ist. Wenn er kommt, dann ... dann kommt auch Christus immer näher. Und das *fühlt* man... Man fühlt, dass man Ihm entgegengeht, weil Er einem entgegenkommt. Man fühlt, dass nichts Schlimmes geschehen wird. Es ist dann ein Abschied, der mit jeder Minute leichter wird... Man *geht* wirklich hinüber, Christian, und wenn man erst einmal angefangen hat, zu gehen – weil man muss –, dann verschwindet die Angst. Die größte Angst liegt *vor* diesem Punkt – bevor man anfängt zu gehen... Wenn man aber begonnen hat, dann spürt man Ihn ja schon! Man geht von einem Leben im Körper zu einem Leben bei Ihm, in Ihm, umhüllt von Ihm."
Wieder ging er schweigend neben ihr, bis sie auf einmal stehenblieb und ihn ansah.

Mit leuchtenden Augen sah sie ihn an und sagte mit völliger Sicherheit:

„Man stirbt nicht in den Tod hinein, Christian – man stirbt in *Ihn* hinein. Man stirbt in Christus! In Seiner Hand, ja, mehr noch, ganz und gar in Ihm...“

Der Eindruck, den sie in diesem Moment auf ihn machte, war überwältigend. Es war die vollkommene Sicherheit – es gab nichts Sichereres auf der Welt. Hätte er auch die größten Zweifel gehabt – in diesem Moment wären sie alle verschwunden gewesen. Und selbst wenn sie wiederkämen – *jetzt* waren sie nicht da, und ein einziger Augenblick dieser Art war wertvoller als alles, was weniger war...

Langsam gingen sie weiter, und sie sagte:

„In Wirklichkeit ist der Tod eine Geburt. Wir werden frei von dem Leib. Es ist eine unbeschreibliche Freiheit, Leichtigkeit, Glückseligkeit – natürlich wegen Ihm, aber auch, weil wir den Leib nicht mehr haben. Man kann sich nicht vorstellen, wie schwer dieser Leib macht! Auch ich kann es nicht mehr wirklich – und doch ist die Erinnerung noch da; und doch *weiß* ich noch, welcher Unterschied es war und wie ich mich fühlte, als ich wieder zurück in meinen Leib stürzte... Der Tod ist eine Befreiung, Christian. Jenseits der Todesschwelle beginnt das wirkliche Leben, das volle Leben der Seele...“

Ihre Worte berührten so viel in ihm, sie schenkten ihm so viel, sie bedeuteten ihm so viel Trost. Und doch berührte immer ihr Wesen selbst ihn mehr als alles andere. Alles, wovon sie sprach, glaubte er ihr, weil *sie* es sagte. Die Art, *wie* sie es sagte, war das Überzeugende. Aber er hätte ihr *alles* geglaubt – alles, wovon er spürte, dass sie es selbst glaubte und sicher wusste, oder wovon sie auch nur mit dieser unsäglichen Liebe und Wärme sprechen würde...

Sie war es, die er liebte. Und obwohl er ihr alles glaubte, was sie über den Tod sagte, wollte er doch leben – weil *sie* lebte. Seine Wehmut wurde wieder so groß...

„Marei...", sagte er scheu.

„Ja?"

„Darf ich ... deine Hand nehmen?"

„Ja..."

Er sah, wie sie ihre Hand ein wenig von ihrem Körper weg-bewegte, damit er sie ergreifen konnte. Mit welcher Anmut machte sie noch diese kleinste Bewegung! Tief gerührt nahm er ihre Hand wie etwas Heiliges in die seine...

In tiefster Sehnsucht nach diesem Leben, einem Leben im Körper, einem Körper, mit dem man eine so unendlich sanfte Hand spüren konnte, fragte er schmerzvoll:

„Wieso lebt man dann überhaupt, Marei? Aber ich *will* leben – weil nichts so schön sein kann wie all dies mit dir hier jetzt..."

Sie ging schweigend neben ihm und suchte nach Worten.

Schließlich antwortete sie:

„Nichts ist so schön wie die Liebe, Christian. Aber darum geht es. Wir leben in einem Körper, um die Liebe zu *lernen*. Die Liebe, die gerade da geboren wird, wo alles so zerbrech-lich, so zart, so verletzlich, so vergänglich ist... Da wird die Liebe geboren... Und sie soll geboren werden... Sie muss es..."

Ihre wunderschöne mädchenhafte Sanftheit sprach – aber was sie sprach, war zugleich so weise, wie etwas nur sein konnte, wenn es den Tod kannte... Unglaubliche Gegensätze verban-den sich zu einem unbeschreiblichen Eindruck. Weisheit, ge-sprochen von einem jungen Mädchen...

„Aber", sagte er wehmütig, „was nützt es, dass die Liebe ge-boren wird, wenn man viel zu früh sterben muss – gerade dann, wenn man sie gefunden hat, diese Liebe...?"

Schweigend ging sie einige Schritte mit ihm, während er nur die Wärme ihrer Hand spürte.

„Vielleicht", sagte sie dann, „weil in dem Verzicht eine noch viel größere Liebe geboren werden kann."

„Nein, das ist nicht möglich."

Es tat ihm weh, ihr zu widersprechen – aber es war doch gerade ihr Wesen, das ihn so sicher machte. Wenn er sie wieder verlieren würde, würde seine Liebe nicht größer werden, sondern sie würde verzweifeln...

„Doch", sagte sie sanft. „Das ist es. Und ich hoffe, ich kann es dir zeigen, in der Zeit, die wir haben..."

„Nein, Marei. Ich werde die Tage zählen. Und meine Liebe wird vielleicht immer größer werden, gewiss wird sie das, aber nur meine Liebe zu dir. Und wenn ... wenn sie dich nicht mehr haben darf, wird sie verzweifelt zusammenbrechen..."

„Christian...", bat sie. „So wird es nicht sein. Vertrau mir... Versprich mir nur, dass du, wenn du mich wirklich liebst, folgen wirst, in allem, was ich versuchen will, dir zu zeigen... Kannst du das versprechen?"

Sie blieb vor ihm stehen.

Wehmütig sagte er:

„Ich verspreche dir alles – aus so großer Liebe zu dir... Und doch fürchte ich mich schon jetzt vor dem Moment, wo ich ... dich verliere."

„Im Tod?"

„Oder schon nach drei Wochen. Ich weiß nicht, was nach drei Wochen ist..."

„Vertrau mir einfach, Christian. Und habe keine Angst..."

„Aber wenn ich es doch nicht weiß..."

„Deswegen bitte ich dich ja auch um dein Vertrauen. Kannst du aus Liebe zu mir dies tun? Kannst du mir dein Vertrauen schenken? Es ist wirklich ein Geschenk. Um es schenken zu können, muss es wirklich *da* sein. Schenke es mir bitte, Christian...!"

„Aber die Angst..."

„Aber was ist größer", fragte sie leise, voller sanfter Wärme, „deine Liebe oder deine Angst?"

„Meine Angst *besteht* aus Liebe!", erwiderte er leidvoll. „Sie ist nur deshalb so groß, weil die Liebe so groß ist..." Ihre Hand drückte die seine ... wieder mit dieser unvergleichlichen Anmut, die in ihrer zarten Sanftheit lebte.

„Ja... Aber warum kann dann deine Liebe nicht auch aus *Vertrauen* bestehen? Ist das nicht erst wirkliche Liebe? Wenn ich dich doch darum bitte... Angst besteht nie aus Liebe. Aber Vertrauen schon... Angst ist Mangel an Vertrauen. Das bedeutet nicht, dass die Liebe nicht groß wäre – aber sie soll noch eines können: vertrauen... Vertrauen ist gesteigerte Liebe, *richtig* gesteigerte Liebe."

Schweigend ging er neben ihr, spürte ihre Hand...

„Ich weiß nicht, wie ich meine Liebe noch steigern kann, Marei... Sie ist so groß..."

„Es geht doch nur um die Richtung, Christian", erwiderte sie sanft. „Warum lenkst du sie in die Richtung der Angst, wenn du ihr auch die Richtung des Vertrauens geben könntest? Tu es doch – ich bitte dich doch gerade darum... Kannst du es nicht *mir* zuliebe tun?"

„Keine Angst zu haben, dich zu verlieren?"

„Ja."

„Aber wenn ich es nicht weiß?"

„Aber wenn ich dich doch bitte...?"

„Aber vielleicht bittest du mich um etwas ... was dann doch ... mein Leid wird..."

Sie schwieg neben ihm. Ihre sanfte Hand in der seinen.

„Tut mir leid", sagte er plötzlich beschämt. „Ich ... ich will dir vertrauen, Marei... Bitte hilf mir... Ach, wenn ich es doch nur dürfte..."

„Man darf es immer", erwiderte sie mit ihrer warmen Stimme. „Selbst wenn Vertrauen auch enttäuscht werden kann, so kann man immer vertrauen. Und es ist so *schön*, zu vertrauen,

Christian! Die Liebe nimmt eine ganz andere Richtung. Irgendwann *will* man gar nichts anderes mehr, als zu vertrauen. Verstehst du? Weil man erlebt, wie unendlich schöner die Liebe dadurch wird, die Seele, alles... Nicht nur um die Liebe geht es, Christian, auch um das Vertrauen. Es geht um *vertrauende* Liebe... Das ist wirklich gesteigerte Liebe, tiefere Liebe..."

„Also gut, Marei, ich vertraue dir. Ich vertraue dir ganz. Und wenn ... wenn mein Vertrauen irgendwann enttäuscht werden wird, werde ich zugrunde gehen..."
„Warum sagst du nicht: wenn *ich* dein Vertrauen irgendwann enttäusche?"
„Weil ich das einfach nicht glauben kann, Marei..."
„Aber dann vertraust du mir doch schon..."
„Wirklich?"
„Ja – oder nicht..."
„Ich vertraue dir, dass du nie etwas Schlimmes tun könntest..."
„Na siehst du", erwiderte sie leise.
„Aber", sagte er zögernd, „es könnte ja sein, dass du etwas nicht schlimm findest, was für mich unendlich schlimm wäre..."
„Glaubst du *das*?"
„Ich weiß es nicht... Nein, ich glaube es eigentlich auch nicht. Du würdest es ja nicht absichtlich machen. Aber ... ich weiß nicht, wie ich es erklären soll."
„Versuch es", bat sie.
„Liebst du mich denn, Marei?"
„Du spürst, was ich tue."
„Ja, aber ist das Liebe?"
„Was spürst du denn?"
„Ach, Marei", sagte er verzweifelt. „Ich spüre, dass es so schön ist! Aber... Aber du kannst mich doch unmöglich so lieben wie ich dich..."

„Muss ich das denn?", fragte sie sanft. „Ist denn nicht die Hauptsache, dass die Liebe diejenige Form findet, in der sie leben kann...?"

„Du meinst", fragte er zögernd, „dass du mich auf deine Art liebst?"

„Ja – genau das meine ich", sagte sie lächelnd.

„Ja... Aber dann habe ich doch Angst, dass du es vielleicht nicht schlimm findest ... nach drei Wochen ... mich... Mich wieder zu verlassen..."

„Glaubst du mir denn nicht, dass ich weiß, dass du davor Angst hast...?"

Beschämt erwiderte er leise:

„Doch, wahrscheinlich spürst du es doch, nicht wahr...?"

„Ja, natürlich weiß ich es."

Beschämt ging er noch immer neben ihr.

„Und würdest du", fragte sie sanft, „glauben, dass ich etwas täte, wovon ich weiß, dass du davor Angst hast...?"

„Ach, Marei, warum quälst du mich so? Ich *kann* es einfach nicht glauben! Ich kann einfach nicht glauben, dass du so etwas tätest. Ich würde zusammenbrechen vor Kummer – nein, ich kann es niemals glauben... Aber wenn doch!?"

„Ach, Christian – warum quälst *du* dich so? Glaube doch einfach an das, was du längst weißt! Glaube doch, was dein Herz dir sagt! Ist es nicht dein Herz? Dann glaube ihm doch! Warum tust du es denn nur nicht? Du bräuchtest es nur zu tun – und das Vertrauen wäre da... Und du *weißt* doch, dass ich das gar nicht könnte..."

„Aber wenn du es aus Versehen tätest? Weil du es doch nicht so spürst...?"

„Christian...", mahnte sie unendlich sanft. „Siehst du, wie der Zweifel immer wieder neue Gründe sucht? Gründe, die man schon längst ausgeschlossen hatte? Aus Liebe, aus Vertrauen, aus sicherem Wissen... Siehst du, wie der Zweifel ein Eigenleben führt? Lass es doch nicht zu, Christian... Denkst du, dass ich etwas aus Versehen tue, weil ich es nicht spüre, wenn ich doch alles spüre? Denkst du, dass ich naiv bin wie ein Kind, wenn ich schon gestorben war und wenn ich Dinge tue, die nicht einmal Erwachsene tun würden? Hab doch Vertrauen in mich, Christian..."

Ohne Vorwarnung stürzten ihm Tränen in die Augen. Zutiefst beschämt brachte er stockend hervor:

„Es – tut mir – leid, Marei! Es ist nur meine Liebe, unendliche Liebe – und, ja – auch unendliche Angst! – Aber ich will – ja versuchen, sie – zu überwinden... Ich – schäme mich – wirklich so sehr! Nie wieder – will ich an dir – zweifeln, Marei! – Ich liebe dich einfach..."

Nun ließ er seinen Tränen freien Lauf...

Er spürte ihre Hand auf seinem Rücken. Einfach nur ihre Hand ... und sie streichelte seinen Rücken so sanft...

Als er schließlich wieder zu sich fand, bat er sie noch einmal mit einem beschämten Blick:

„Es tut mir leid..."

„Nein, das muss es nicht..."

Nun schniefte er und putzte sich mit seinem Taschentuch die Nase. Dann gingen sie langsam weiter. Wieder nahm er ihre Hand...

*

Später, als sie auf dem Rückweg waren, fragte er sie:

„Und die Kinder, Marei... Die Kinder auf dem Spielplatz. Sitzt du diesen ganzen Tag dort, um ihnen zuzusehen ... und ihnen zu helfen, wenn eines deine Hilfe braucht?"

„Nein", lächelte sie. „Aber viele Stunden ... im Moment."

„Aber ... woher hast du die Möglichkeit dazu?"

„Meine Oma ... sie ist zwei Monate nach meinem Unfall gestorben, und sie hat mir viel Geld vermacht. Sie hatte es durch die Firma meines Opas. Er starb schon vor zehn Jahren, als ich vierzehn war."

„Und...", fragte er vorsichtig, „du lebst jetzt von diesem Geld?"

„Ja..."

Nachdem sie ein paar Schritte gegangen waren, sagte sie: „Du findest das nicht ganz richtig..."

„Ich muss mich erst daran gewöhnen", erwiderte er zögernd.

„Wenn du dich an etwas gewöhnen musst, stimmt etwas nicht ganz", sagte sie mit sanftem Vorwurf.

„Wie meinst du das?"

„Es steht zwischen uns ... es trennt uns. Es ist wieder ein Eigenleben der Gedanken – die man bisher gedacht hat..."

„Ja, du hast Recht", gestand er verwundert. „Aber sie sind ja da. Man denkt ja so ... hat bisher immer so gedacht."

„Deswegen stimmt ja etwas nicht ganz ... weil man jetzt *andere* Gedanken denken soll..."

Sie lachte.

Er lächelte und sagte:

„Wenn das immer so einfach wäre."

„Wenn man liebt, müsste es doch ganz einfach sein!", sagte sie lächelnd. „Folgt man dann nicht immer dem geliebten Wesen?"

„Doch", sagte er. „Außer, wenn einen auf einmal etwas ganz daran hindern würde."

„Ist das jetzt so...?", fragte sie traurig.

„Nein", sagte er, „jetzt muss ich nur entschlossen meine bisherigen Gedanken abwerfen..."

„Mein Vater konnte das nicht", sagte sie leise.

„Warum nicht?"

„Er hat mir schlimme Vorwürfe gemacht..."

Er war erschüttert. Diesem wunderbaren Mädchen?

„Aber ... konntest du nicht mit ihm reden?"

„Ich habe es ja versucht ... aber es wurde immer schlimmer. Er hat es immer mehr abgelehnt."

„Das kann ich nicht verstehen", gestand er. „Wie kann man dir gegenüber etwas ablehnen?"

Sie blickte kurz zu ihm hinüber und lächelte verlegen.

„Mein Vater war recht streng und hatte immer *sehr* genaue Vorstellungen von allem. Immer noch."

„Und dann...?", fragte er vorsichtig weiter.

„Es kam hinzu", sagte sie leise, „dass ich, als der Unfall geschah, schon im letzten Jahr meiner Erzieherinnenausbildung war. Ich habe sie dann ... abgebrochen. Ich konnte einfach nicht anders. Ich konnte nicht weitermachen. Ich war ... wie aus allem herausgeworfen. Und ich wusste, dass ich etwas anderes machen sollte. Aber mein Vater verstand das nicht..."

Ihre Stimme war sehr traurig geworden, einsam auch...

Erschüttert erlebte er zum ersten Mal, dass auch dieses Mädchen traurig und einsam sein konnte.

„Marei...", sagte er bestürzt. „Es tut mir so leid."

Wieder blickte sie kurz zu ihm. Dann sagte sie:

„Du kannst ja nichts dafür..."

„Ich kann es nicht verstehen, wie man dich nicht verstehen kann – wie man es nicht einmal will..."

„Vielleicht wollte er ja", sagte sie traurig.

„Nein – bestimmt nicht! Wenn ihm seine Vorstellungen wichtiger waren als du..."

Dankbar schenkte sie ihm wieder kurz ihren Blick.

„Alle waren so dankbar, dass ich ‚wie durch ein Wunder' am Leben geblieben war", sagte sie leise. „Aber es dauerte keinen Monat, da konnte mein Vater es nicht mehr verstehen... Er konnte es eigentlich von Anfang an nicht verstehen – aber nun begann er, immer wieder davon zu reden. Und aus dem Reden wurde ein Drängen. Und aus dem Drängen wurden Vorwürfe..."

Traurig hörte er diesem wunderschönen Mädchen zu...

„Und dann konnte ich nicht mehr, Christian. Ich bin ausgezogen. Bis dahin lebte ich noch bei ihnen..."

Schweigend ging er neben ihr, hielt ihre Hand in der seinen...

„Und dann erst", sagte er schließlich, „kamst du hierher, ich meine..."

„Ja..."

Nun verstand er, warum er sie zuvor nicht gesehen hatte. Sie war da gerade erst umgezogen – hatte all dieses Leid hinter sich ... und hatte sich dennoch voller Liebe den Kindern gewidmet.

Ein tiefes Mitleid mit ihr kam in ihm auf.

Und erst jetzt stand er plötzlich vor einer Frage, die doch so unendlich nahelag – aber durch seine eigenen Empfindungen gegenüber diesem Mädchen hatte er an sie einfach nicht gedacht.

Zögernd fragte er:

„Und ... du hattest auch keinen Freund?"

„Doch...", sie sah ihn wieder kurz an. „Aber auch er kam nicht damit zurecht, dass ich auf einmal so ... anders war. Dass ich nicht einfach mein Studium machte und ansonsten die Zeit mit ihm verbrachte. Sondern dass ich auf den Spielplätzen saß, dass ich lange Spaziergänge machte, dass ich mich sehr viel mit der Frage beschäftigte, was ich mit dem vielen Geld tun sollte..."

„Hat er ... sich nicht um dich gekümmert?", fragte er bestürzt.

„Nein, er hat ... er fand, dass ich mich zu wenig um *ihn* kümmerte..."

„Und dann...", fragte er vorsichtig.

„Dann hat er mich wegen einer anderen Frau verlassen."

„Obwohl du diesen schlimmen Unfall hattest!?"

„Was hat das damit zu tun?"

„Ich darf mir gar nicht vorstellen, dass du diesen Unfall hattest! Wenn ich dein Freund gewesen wäre, ich hätte Tag und Nacht um dich gebangt – und dich nie wieder aus den

Augen lassen wollen... Ich hätte dich noch unendlich viel mehr geliebt als vorher..."

„Das ist lieb...", sagte sie leise.

Sie schwieg einige Zeit. Dann sagte sie: „Mein Freund wollte mich so, wie ich vorher war... Und er wollte, dass er alles für mich war. Aber er war danach nicht mehr alles für mich. Es wurde ... auf einmal alles so groß... So, wie als ich bei Ihm war. Man sah auf einmal immer mehr. Ich konnte nicht einfach so weiterleben wie vorher... Niemand hat das eigentlich verstanden..."

Traurig ging sie neben ihm.

„*Alle* wollten so weiterleben wie bisher..."

Sie sah ihn an.

„Verstehst du?"

„Ja..."

„Und ich fühlte mich immer mehr zu den Menschen hingezogen, die ich *überhaupt* nicht kannte. Vor allem zu den Kindern auf den Spielplätzen. Stundenlang saß ich da... Und meine Liebe zu diesen Kinder, zu jedem einzelnen Kind, wurde so groß, immer größer, unendlich groß... Aber auch zu allen anderen Menschen. Menschen, die einfach so vorbeigingen. Zu *allen* Menschen. Ich habe mir in dem ganzen letzten Jahr viel Mühe gegeben, Projekte zu finden und zu unterstützen, die sich wirklich um Menschen kümmern. Ich habe versucht, wirklich herauszufinden, wo Menschen mit *Liebe* für andere Menschen tätig sind. Und ich habe sehr, sehr viel Geld schon weggegeben. Und noch immer ist viel mehr noch übrig...

Ich weiß nicht, was ich tun soll. Aber ich tue das, was ich als richtig erlebe. Ich lasse mich von meiner *Liebe* leiten. Und wenn sie mich am Rand des Spielplatzes sitzen lässt, dann sitze ich da... Egal, ob es jemand versteht. Ich bin sicher, die Engel verstehen es. Und *Er* auch. Ich habe das Gefühl, dass ich noch jeden Tag mehr Liebe in mir finde – und es ist Seine

Liebe, verstehst du? Ich soll das tun – ich darf das tun – und ich will das tun..."

Er war tief berührt. Er glaubte nicht an Engel, hatte es bisher nicht getan. Aber er hatte das Gefühl, dass sie die Aufgabe hatte, ein Engel zu werden. Er spürte ihre warme Hand in der seinen, und er fragte sich, womit er es verdient hatte, diesem einzigartigen Mädchen zu begegnen.

Auf einmal fühlte er sich viel zu belanglos, um in ihrer Nähe sein zu dürfen, um ihr drei Wochen ihres Lebens zu stehlen – und doch, mit welcher Liebe hing er an ihr!
„Und ausgerechnet ich...", sagte er beschämt. „Womit habe ich das verdient...?"
„Christian...", tadelte sie sanft. „Man *braucht* es nicht zu verdienen. Man kann es auch gar nicht. Liebe ist immer unverdient. Wodurch sollte man sie auch verdienen? Wenn man es verdienen würde, wäre es doch gar keine Liebe mehr. Liebe wird geschenkt – nicht verdient. Aber warum du... Erinnerst du dich nicht mehr, dass ich von dir geträumt hatte? Ich hatte geträumt, dass du Hilfe brauchst. Obwohl ich dich gar nicht kannte! Dich nur immer auf dieser Bank gesehen hatte.
Es sind auch wieder die Engel, und es ist *Er*, der die Wege der Menschen zusammenführt. Das gerade habe ich doch gesehen! Und ... in Seinen Augen *hast* du es vielleicht verdient..."
Er wusste nicht, womit.
„Nein, ich denke nicht."
„Aber man muss es nicht verdienen. Es geht einfach darum, dass sich die Menschen gegenseitig helfen. Dass sie einander lieben. Dass sie füreinander da sind. Und du *brauchtest* Hilfe. Also hat Er mich von dir träumen lassen. Und so sind wir uns begegnet..."
„Aber du hättest mir auch nicht helfen *müssen*."

„Nein – aber warum sollte ich es nicht tun? Ich will es doch! Und wenn Er selbst mir zeigt, welcher Mensch Hilfe braucht – was will ich denn mehr?"

„Du hättest ... jedem helfen können?"

„Ja. Jedem..."

Schweigend ging er neben ihr. Schließlich fragte er leise: „Und, Marei ... hättest du auch jeden lieben können... Ich meine, mit ihm schlafen...?"

Wieder sah sie ihn einmal kurz an, blickte dann wieder auf den Weg.

„Nein", sagte sie weich. „Das hätte ich nicht tun können..."

Er schwieg, leise beschämt und dennoch berührt.

„Warum ist das euch Männern so wichtig?", fragte sie sanft.

Er überlegte.

„Es ist den Frauen doch sonst auch genauso wichtig. Den Menschen, den man liebt, möchte man für sich allein haben. Man liebt ihn einfach zu sehr, um ihn teilen zu können..."

„Und du?"

„Ach, Marei... Wenn ich könnte, wenn ich dürfte, würde auch ich dich so unendlich gern für mich allein haben wollen. Einfach, weil ich jede Minute mit dir zusammen sein wollte..."

„Das ist ja noch verständlich...", sagte sie.

„Und was dann nicht?"

„Dass man nicht möchte, dass dieser Mensch noch jemand anderen lieben könnte."

Er schwieg beschämt.

„Aber das will ich ja gar nicht."

„Aber du wolltest, dass ich nicht mit jedem anderen Menschen hätte schlafen können..."

Nun war er wirklich beschämt.

„Man sehnt sich", versuchte er schließlich zu erklären, „doch danach, in den Augen des geliebten Menschen auch etwas

Besonderes zu sein. Ich zum Beispiel *möchte* mit gar niemand anderem mehr schlafen als mit dir..."

„Ja, Christian", sagte sie sanft. „Aber du liebst ja auch nur mich so sehr..."

Er schwieg. Natürlich war es so...

„Durch die Liebe", sagte sie nun, „wird ein Mensch immer besonders. Die Liebe sieht es, das Besondere. *Jeder* Mensch ist besonders. Denkst du, dass dann die Besonderheit aufhört? Nein, sie fängt überhaupt erst an. Wenn man *einen* Menschen liebt, sieht man das Besondere an diesem einen Menschen. Wenn man alle Menschen liebt, sieht man das Besondere an jedem..."

Noch immer schwieg er.

„Aber...", sagte sie, „wenn man, außer dass man etwas Besonderes für den anderen Menschen ist, für ihn der *einzig* besondere Mensch auf der Welt sein will, dann muss die Liebe traurig erwidern: Du bist für mich besonders, wirklich, und wenn ich bei dir bin, bin ich es ganz. Aber ich – die Liebe – liebe auch die anderen Menschen. Denn auch sie sind besonders, und ich sehe es, und ich liebe auch sie... Du kannst mich nicht für dich haben. Wenn du mich für dich haben willst, liebst du mich nicht wirklich... Ich, die Liebe, muss frei sein, denn ich liebe alles ... und ich liebe jeden Einzelnen..."

Leise erwiderte er schließlich:

„Man kann es sich nicht vorstellen. Dass das möglich ist. Man denkt, dass die Liebe dann beliebig wird. Dass das Außergewöhnliche verloren geht. Die tiefe Liebe. Die wirkliche Liebe."

Sie blieb stehen, stellte sich vor ihn, sah ihn mit ihren wunderschönen Augen an, diesen Augen, die er über alles in der Welt liebte... Er schrak fast zurück vor dieser Schönheit, denn nun würde sie ihn wieder beschämen, er wusste es ... und er schämte sich schon jetzt...

„Christian...", bat sie. „Halte doch nicht fest an den Gedanken, die du bis jetzt gedacht hast. Suche doch *sie* – die Liebe. Und sprich dann aus ihr heraus, wenn du sie wirklich fühlst... Du fühlst sie doch? Warum kannst du nicht aus ihr sprechen? Fühle sie ... und dann sprich. Auch wenn du dann ganz andere Gedanken bekommst. Erst sie sind die Gedanken der Liebe, erst sie, Christian! Du darfst nicht Gedanken aussprechen, die gar nicht aus dem Herzen kommen. Du musst deinen Kopf völlig gedankenlos lassen, bis dein *Herz* Gedanken hat, Christian! Und es hat sie doch... Du musst es nur erleben – und dich trauen, sie ernst zu nehmen..."
Er versank in der Schönheit dieser Augen – die schön waren, weil aus ihnen die Liebe leuchtete, sprach. Die Liebe selbst war es, die zu ihm sprach ... und ihr Tadel war unendlich sanft und ihre Ermutigung unendlich liebevoll...

Und das Mädchen, das diese Liebe in seinem Herzen trug, sagte:
„Die Liebe kann nie beliebig sein. Dieses Wort, in dem die Liebe enthalten zu sein scheint, haben sich böse Menschen ausgedacht, damit man schlecht über die Liebe denkt, die *alles* mit einschließt. Das ist nicht beliebig – das ist erst die allergrößte Liebe! Sie ist nicht beliebig, sie liebt alles Einzelne *wirklich*. Und weil das niemand kann, wird sie verfolgt, mit bösen Worten, mit falschen Gedanken..."
Eine tiefe Rührung stieg in ihm auf. Wie sehr dieses wunderschöne Mädchen leidenschaftlich für die Liebe kämpfte! Auch sie hatte feuchte Augen – um der Liebe willen, die sie voller Liebe verteidigte...
„Das Außergewöhnliche geht verloren?", fragte sie. „Was ist daran außergewöhnlich, *einen* Menschen außergewöhnlich zu finden? Ja, wenn man nur einen Menschen liebt, ist dieser außergewöhnlich – aber das kann gar nicht anders sein. Aber das Außergewöhnliche an *jedem* Menschen zu sehen – das ist außergewöhnlich! Das kann niemand. Sie sehen alle nur ei-

nen Menschen, und die anderen sehen sie nicht, interessieren sie auch nicht. Aber überall kann man das Außergewöhnliche sehen. Man braucht nur die Liebe, Christian! Nur die Liebe braucht man! Warum sieht es denn keiner..."
Sie schluchzte...
Dann drückte sie sich an seine Brust, und hilflos stand er da – war er es doch gerade gewesen, der sie mit seinen Gedanken so traurig gemacht hatte. Er stand da in heißer Scham...
„Warum sieht es keiner, Christian?", schluchzte sie. „*Du* musst es sehen! Versprich mir, dass du es sehen wirst, bevor die drei Wochen um sind... Versprich es mir doch bitte..."
Auch ihm rannen nun leise Tränen aus den Augen.
Er umarmte sie sanft und sagte in tiefster Rührung.
„Ich verspreche es, Marei ... ich will es versprechen... Bitte zeig es mir..."

Zwei Menschen weinten aus Liebe und auf dem Weg der Liebe...

*

Als sie früh ins Bett gingen, weil er sich müde fühlte, und sie einander gegenüberlagen, sah er wieder in ihre Augen, in ihr wunderschönes Gesicht – und fühlte wieder diese tiefe Sehnsucht nach ihr. Unendlich schön war es gewesen, was er mit ihr erlebt hatte, ihr sanfter Körper – der um ein Haar schon hätte tot gewesen sein können, wenn das Wunder sie nicht wieder zurückgesandt hätte, um ein Engel zu werden... Und ein weiteres Wunder hatte ihren Weg mit dem seinen verbunden. Seine Sehnsucht war so groß...
„Marei...", sagte er mit Sehnsucht.
„Ja?"
„Du hast gesagt ... ein zweites Mal darf ich dich nur lieben, wenn ... *du* es willst..."

Die Sehnsucht wurde immer stärker. Er schluckte einmal vor Sehnsucht, vor süßem Begehren. Scheu fragte er:
„Würdest du es denn *wollen*, ich meine..."
Sanft schauten ihn ihre kastanienbraunen Augen an. Und sie fragte:
„Willst du es denn...?"
„Marei, warum fragst du mich... Siehst du es nicht ... wie sehr ich mich nach dir sehne...?"
„Ja...", erwiderte sie sanft. „Dann will ich es auch, Christian. Aber sei bitte unendlich sanft... Verwandle alles in die tiefste Sanftheit, bitte..."

„Ja, Marei... Das werde ich... Du bist etwas so Wunderschönes, etwas so Kostbares. Ich danke dir so unendlich..."
Längst wusste er, was Heiligkeit war. Was er ein Leben lang nicht gekannt hatte, dieses Mädchen brachte es ihm in zwei Tagen bei... An ihr war ihm *alles* unendlich heilig. Zärtlich beugte er sich über sie, um sie zu küssen, unendlich sanft...
Und als er schließlich ihren Körper zu streicheln begann, diesen zarten, sanften Leib, wurde selbst sein Begehren, seine Leidenschaft ganz von Sanftheit durchdrungen – und es war, wie wenn er *ihre* Sanftheit auf einmal noch unendlich viel tiefer spürte.
Bis ins Innerste erschütterte sie ihn, ihre Sanftheit, ihre weiche Anmut. Es war etwas, was er noch nie erlebt hatte. Es war ein Meer von Anmut, in das er tauchte, ein Meer von Glück, von Liebe, bestehend aus der schönsten Anmut – der Seele, des Leibes, ihres Wesens...
Anmutig war ihre sanfte Erwiderung seiner Zärtlichkeit, anmutig ihre Hingabe und ihre eigene, süße, zunehmende Erregung, anmutig war selbst noch der Höhepunkt ihrer Hingabe – und anmutig ihre friedliche Ermattung danach...
Er hatte mit einem Engel schlafen dürfen... Er hatte die tiefe Heiligkeit der Liebe bis in den Leib hinein erfahren.

Und er liebte sie mehr als je zuvor. Er sah den Engel, er liebte den Engel, er war dankbar für jede einzelne Sekunde mit ihr...

Als sie am nächsten Tag wieder spazieren gingen, fragte sie ihn:

„Was erlebst du an Kindern, Christian?"

„Ich weiß nicht", erwiderte er zögernd. „Nicht dasselbe wie du..."

„Ja, aber was erlebst *du*?", beharrte sie sanft. „Kannst du es beschreiben?"

Er schämte sich, denn er erlebte eigentlich gar nichts. Nichts Besonderes.

„Na ja, Kinder sind ganz niedlich, bis zu einem gewissen Alter..."

„Nein, was du *erlebst*, Christian... Warum laufen denn alle Menschen davor weg? Warum machen sie es mit Begriffen klein, viel kleiner, als es ist? Kinder sind nicht niedlich – sie sind viel *mehr*! Was erlebst du, Christian – was erlebst du wirklich?"

Er schämte sich, weil er schon ihre Frage kaum verstand. Was meinte sie, was konnte er ihr antworten?

Zögernd fragte er:

„Wie meinst du das ... ‚wirklich'? Welches Erleben meinst du? Ich habe das nicht..."

„Doch! Du hast es. Jeder Mensch hat es. Aber man muss sich trauen, es zu haben... Es nicht zu überlagern... Was erlebst du, wenn du es nicht überlagerst mit anderem?"

Er war berührt von ihrer Beharrlichkeit, von ihrem Vertrauen, dass er es hatte, haben sollte.

„Vergiss alles andere, Christian. Vergiss die anderen Kinder, die anderen Menschen, die ganze Welt. Du siehst nur *ein* Kind. Und bist mit ihm ganz allein. Für eine behütete kleine Ewigkeit. Was siehst du, was *erlebst* du?"

Er stellte sich ein Kind vor. Seine Gedanken, seine Vorstellung fanden schließlich den Weg zu jenem Mädchen, mit dem er sie zum ersten Mal gesehen hatte. Das Mädchen stand da – und sie ging zu ihm und kniete sich vor ihm hin. Und sie war es, die in seiner Vorstellung war, ihr anmutiges Sich-Hinknien, ihre zauberhafte Bewegung...

„Ich muss an dich denken...", gestand er beschämt.

„Wenn du an Kinder denken sollst?"

„Nein, wenn ich mir das Mädchen vorstelle, vor dem du das erste Mal hinknietest, als ich dich sah."

„Und wenn du jetzt aber an das Mädchen denkst?"

,Das tue ich ja', dachte er, ,du bist das Mädchen, an das ich denke...'

Beschämt über seine Missachtung ihrer Bitte, ihres Wunsches, zwang er sich, an das kleine Mädchen zu denken.

Das Mädchen hatte da gestanden, einsam und verlassen, verzweifelt, weinend – und dann war *sie* gekommen, hatte sich vor ihm hingekniet, hatte seine Hände genommen, und das Mädchen hatte aufgehört zu weinen. Und dann hatte es seine Mutter erblickt und war zu ihr gelaufen, und er hatte es fast undankbar gefunden. Vor sich sah er dann nur noch das Mädchen, das er liebte, noch immer im Sand kniend und dem Mädchen hinterherschauend, voller Liebe...

„Ich schaffe es nicht, Marei, immer wieder sehe ich dich... Du bist auch ein Kind, so rein wie ein Kind, so ein Engel..."

„Nimm das Kind, Christian!", bat sie drängend. „Denke jetzt an das Kind. Sieh das in dem Kind! Bitte sieh es doch – aber wirklich! Sieh es *wirklich*..."

Noch einmal bemühte er sich. Noch einmal stellte er sich das Mädchen vor. Wie es da stand, einsam, verlassen. Wie es nicht wusste, wo seine Mutter war. Wie es sich schon mehrere Augenblicke umgeschaut haben musste – wie es sie nicht sah, seine Mutter. Wie es innerlich Angst bekam, Verzweiflung, und wie es zu weinen begann... Und dann kam sie, weil sie genau *dies* sah. Sie sah ein weinendes Kind. Aber nicht eines – sondern dieses. Sie sah *dieses* weinende Kind, sie sah seine Angst, seine Verzweiflung ... seine *Unschuld*...

Eine große, tiefe Rührung stieg in ihm auf. Ein unschuldiges Kind... Ein schwaches, verzweifeltes, verletzliches Kind, so ohnmächtig, ohnmächtig gegenüber der großen Welt, ohnmächtig gegenüber der eigenen Angst, ohnmächtig gegenüber dem Moment, in dem es nicht mehr wusste, wo seine Mutter war...

Tränen standen ihm in den Augen. Für *einen* Moment hatte er gesehen, was sie sah ... was sie wahrscheinlich *immer* sah...

„Hast du es gesehen?", fragte sie innig. „Du hast es gesehen, nicht wahr, Christian? Du hast es auch gesehen..."

Sie sah ihn noch einen Moment lang fragend, fast bittend an – und fiel ihm um den Hals.

„Du hast es auch gesehen..."

Sie schniefte einmal...

Er war so gerührt von ihrer Reaktion ... sah sie denn gar nicht, wie sie *selbst* war...?

Als sie weitergingen, sagte er nach einer Weile:

„Du bist genauso, Marei..."

„Wie genauso?"

„Wie die Kinder."

„Nein, das bin ich doch nicht."

„Doch, in gewisser Weise. Ein Engel..."

„Nein, ich bin kein Engel. Und auch kein Kind."

„Aber du weißt gar nicht, wie schön du bist, Marei. Und Kinder wissen es auch nicht."

Sie dachte darüber nach.

„Nein, Christian. Es ist ein Unterschied. Was mit Liebe geschieht, ist immer schön. Das weiß ich. Aber ich will es gar nicht wissen, verstehst du? Du darfst mich schön finden. Aber ich will gar nicht daran denken. Ich muss in Liebe handeln können und mich dabei vergessen. Ich *will* gar nicht darüber nachdenken, wie es auf Andere wirkt. Und wenn es schön ist, Christian ... dann finde ich es oft schade, dass die

Menschen es so schön finden, aber nicht versuchen, *genauso* schön zu sein... Verstehst du? Nicht ich bin schön, sondern die Liebe ist es. Warum versuchen das nicht *alle* Menschen? Dann wären alle Menschen so unglaublich schön, wie nur die Liebe sein kann..."

Wieder war er beschämt – zutiefst. Dieses Mädchen wusste so viel, es wusste mehr als alle anderen, über sich und überhaupt...

„Die Liebe macht schön...", wiederholte er langsam, nachdenklich.

„Ja!", lachte sie fröhlich.

„Aber nicht nur die Liebe. Du bist schon schön, Marei... Die Liebe macht dich nur noch schöner... Ja, sie macht dich wirklich zu einem Engel. Aber schön wärst du vorher auch schon..."

„Aber was nützt das denn, Christian? Schönheit ohne Liebe wäre doch wirklich zu gar nichts nütze. Sie wäre doch völlig sinnlos, etwas absolut Trauriges..."

„Ich weiß nicht – es bleibt doch trotzdem Schönheit. Ja, es wäre traurig, aber noch immer schön..."

„Nein, Schönheit ganz ohne Liebe ist nicht mehr schön. Sie wird hässlich. Eine hässliche Schönheit. Eine kalte Schönheit. Kalt und wertlos..."

„Ja, vielleicht hast du Recht. Schon ein wenig Liebe macht die Schönheit erst wirklich schön."

„Ja", erwiderte sie. „*Jeder* Mensch hat in sich Liebe. Und nur sie macht ihn wirklich schön. Alles, was nicht Liebe ist, macht schon wieder weniger schön..."

„Hässlich?"

„Nein, nicht unbedingt hässlich. Aber weniger schön..."

Berührt erlebte er, wie sie nun selbst noch die Schönheit verteidigte, die fast ohne Liebe war, aber eben nicht ganz. Selbst ihr Urteilen war noch sanfter und schöner als seines...

„Aber ich", sagte er nun, „*bin* gar nicht schön. Auch mit Liebe werde ich nicht schön."

„Du denkst viel zu äußerlich, Christian. Kommt es denn auf die äußerliche Schönheit an? Wie lange werde *ich* denn äußerlich schön sein? Liebe macht immer schön. Sogar bis in die äußerliche Erscheinung! Aber vor allem innerlich. Und diese Schönheit ist doch viel wichtiger..." Wieder beschämte sie ihn. Er liebte sie bis in die äußere Erscheinung so sehr...

„Marei... Wärst du mir denn sehr böse, wenn ich auch dein Äußeres so unendlich lieben würde?"

„Nein, natürlich nicht. Warum denn auch? Aber wenn ein Mensch aufhören würde, zu lieben, bloß weil das Äußerliche weniger schön wird – oder ist –, das wäre traurig..."

„Aber wenn einen die äußere Schönheit so anzieht?"

„Dann kann es die innere doch auch?"

„Aber nicht so. Die äußere zieht einen doch auch körperlich an..."

„Ja, ich verstehe das ja. Aber ... wenn du dich gar nicht schön findest ... denkst du, ich hätte mit dir schlafen können, wenn ich das auch nicht finde? Wenn es nur nach dem Äußerlichen gehen würde, wie könnte dann eine junge Frau mit einem alten Mann schlafen? Aber darum geht es doch gar nicht. Für euch Männer vielleicht. Und das kann ich auch verstehen. Aber für mich nicht. Und weißt du, wie schön du bist? Du weißt es vielleicht gar nicht... Aber die Sanftheit, um die ich bat... Du warst *so sanft* gewesen... Du bist so schön, Christian... Aber das ist nichts Äußerliches, das ist etwas, was du innerlich bist ... nur dadurch kannst du es..."

„Ich kann es doch nur durch dich, Marei..."

„Es ist doch egal, durch wen. Aber jetzt, wo du es kannst, *bist* du es auch. Jetzt bist du schön – weil du auf einmal so sanft bist. Das ist Schönheit, Christian, reine Schönheit..."

„Aber ich bin es doch nur zu dir, Marei..."

99

„Dann lerne, es nicht nur zu mir zu sein. Wenn du es nicht nur zu mir bist, sondern in allem, dann bist du wahrhaft schön! Lerne, nicht nur mich zu lieben, Christian, sondern die Sanftheit *selbst*. Lerne zu empfinden, wie schön *sie* ist... Und lerne zu empfinden, wie schön du durch sie wirst... Sie ist es, die dich schön macht. Sie ist es, die in dir schön ist. Aber durch sie wirst *du* schön. Es ist etwas, was die Seele wirklich anders macht, zu einer anderen; was sie wirklich verwandelt... Man wird aus einem weniger schönen Menschen zu einem wirklich immer schöneren Menschen..."

„Wie meinst du das?", fragte er. „Wenn die Seele nur durch die Sanftheit schön ist – was ist sie dann noch selbst? Sie ist durch die Sanftheit schön und ohne sie nicht schön. Was meinst du mit ‚verwandelt'?"

„Die Sanftheit ist doch nicht etwas, was man an- und ausschalten kann, Christian. Das meinte ich gerade mit der Liebe zur Sanftheit selbst. Wenn die Seele lernt, sanft sein zu *wollen*, dann will sie irgendwann nichts anderes mehr. Und dann hat sie doch sich *selbst* auch verwandelt? Dann ist sie doch nicht nur eine Seele, die nun einmal gerade sanft ist, sondern dann ist die Sanftheit ihre eigene Eigenschaft geworden. Die Seele selbst ist sanft geworden – nicht nur heute und morgen, sondern immer. Ihr *Wesen* hat sich verwandelt... Vorher war die Sanftheit für sie etwas Äußeres, was sie mal in sich aufnehmen konnte und mal nicht. Jetzt aber ist sie etwas Inneres. Es ist ihr Eigenes. Sie selbst ist dies jetzt..."

Eine eigenartige Berührung erfasste ihn bei ihren Worten. Eine sanfte Sehnsucht – nach dieser Sanftheit.

„Das klingt sehr schön, Marei..."

„Siehst du?", sagte sie freudig. „Und genauso schön bist du... Denn die Sanftheit ist längst dein eigenes Wesen geworden – und sei es nur mir gegenüber. Aber das bleibt nicht so. Liebe sie einfach – und sie wird *ganz* dein Eigenes werden..."

„Woher weißt du das alles, Marei...", fragte er fast ehrfürchtig.

„Ich habe das alles gesehen", sagte sie leise.

Und während sie weitergingen, nach einer kleinen Weile: „Die Menschen sollen einander gerade *dabei* helfen. Gerade das ist das Leuchtende in all den wunderbaren Schicksalsverbindungen: Dass wir uns helfen sollen, unsere Seelen zu verwandeln und immer schöner werden zu lassen. Indem wir das aufnehmen und ganz etwas Eigenes werden lassen, was die Seele schön macht. Indem wir dies alles so sehr wollen, dass wir irgendwann gar nicht mehr anders können. Dann sind nicht einzelne Taten sanft – und noch vieles andere –, sondern die ganze Seele ist es, und dann sind es *alle* Taten..."

„Aber ich weiß gar nicht, wo das einmal geschieht. Mir scheint, das geschieht überhaupt nie. Wie kannst du dann diese Leuchtende gesehen haben, wenn gerade das gar nicht passiert?"

„O, Christian, es passiert so viel! Die Menschen wissen es nur gar nicht. Jedes harte Wort, das einem hinterher leid tut, ist eine Verwandlung der Seele. Jeder Schmerz, den man empfindet, weil man jemandem etwas gesagt hat, was man danach bedauert, verwandelt die Seele. Und so helfen die Menschen einander, ohne es zu wissen – wirklich ganz ohne es zu wissen. Und selbst dies ist schon das Leuchtende, es ist schon wunderschön, jedes Kleinste, noch das kleinste Bedauern, selbst wenn man es schon bald wieder vergisst. Aber *Er* vergisst nicht – Er sieht dieses Leuchtende *immer*... Und dann ... Christian, es sieht nur so aus, als ob alles immer wieder vergessen wird. Und vielleicht wird es das auch. Aber die Seele der Menschen ringt immer. Fortwährend lebt in ihr eine Sehnsucht. Und selbst wenn sie ganz verschüttet ist, lebt sie doch! Und auch das ist dieses wunderbar Leuchtende. Selbst wenn der Mensch es gar nicht weiß, so leuchtet in seiner Seele doch diese Sehnsucht, dieses Streben – und er strebt ja auch, selbst wenn er es nicht weiß. Es ist *so viel* im Menschen wunderschön, in jeder einzelnen Seele. Noch in dem hartherzigsten Menschen. Ach, wenn du es nur auch gesehen hättest!"

Sie lebte wieder in der Erinnerung an das einzigartig Schöne, was sie gesehen hatte... Unvergesslich, selbst wenn es nur eine Sekunde gedauert hätte, unauslöschlich, ein tiefster Eindruck musste es gewesen sein...

Aber ihre Worte hatten auch ihn tief ergriffen. Noch der hartherzigste Mensch... Ihre Worte gaben ihm eine zarte, heilige, wirkliche Ahnung, wovon sie sprach. So viel im Menschen ist wunderschön ... das waren ihre Worte. Und immer stärker spürte er, wie sehr ihre Seele *sehend* sein musste, sehend durch die Liebe, die sie in sich trug. Die Liebe sah nicht die Schwächen, die Liebe sah das Leuchtende, das Ringende, das nach Licht Ringende...

Rührung... Dankbarkeit...

„Marei...", brachte er hervor. „Du führst mich wirklich seltsame Wege. Meine Seele – ich schäme mich fast noch, das Wort auszusprechen, denn es fühlt sich so an, als ob ich immer noch kaum daran glauben kann, viel zu wenig –, meine Seele spürt immer mehr das, was man nie zuvor gespürt hatte, was man gar nicht für real hielt. War es vorher auch da? Man hat es einfach übersehen. Und kann man lernen, es immer mehr zu sehen? Kann man das wirklich lernen?"

„Ja, das kann man, Christian!", sagte sie glücklich. „Spürst du es wirklich? Kannst du ... kannst du durch meine Worte wirklich spüren, wovon ich spreche? Ist es nicht nur ein Verstehen, sondern ein Spüren? O, Christian, ich bin so glücklich..."

Wieder umarmte sie ihn zart...

Und auch dies spürte er wieder, wie er es nie zuvor gespürt hatte.

*

Als sie von ihrer Wanderung zurückgekehrt waren und wieder vor dem Häuschen standen, sagte er:

„Wir müssen wohl noch etwas einkaufen."

„Ja, gut. Kannst du noch?"

„Ja, es muss ja sein."

„Ich könnte auch allein einkaufen gehen", sagte sie.

Er lächelte.

„Aber dann wäre ich auch allein... Lieber bin ich mit dir zusammen. Immer."

Nun lächelte sie und senkte dann die Augen.

Von einer plötzlichen, leisen Furcht ergriffen, fragte er:

„Ist das ... falsch, Marei?"

Wieder blickte sie ihn lächelnd an.

„Nein...", erwiderte sie mit ihrer weichen Stimme.

Wieder schweiften ihre Augen ein wenig ab.

„Aber...", fuhr sie vorsichtig fort, „was ist, wenn unsere drei Wochen vorbei sind...?"

Ein innerer Schmerz durchfuhr ihn. Er wusste nicht, was er sagen sollte...

Noch immer sahen ihre warmen, wunderschönen Augen ihn an. Leise sagte sie:

„Ich bin dann ... noch immer da, Christian. Aber ... es werden nicht mehr diese drei Wochen sein. Diese drei Wochen gehören *nur* dir... Aber sie werden irgendwann zu Ende sein, Christian. Kannst du ... kannst du mich auch wieder freilassen...?"

Er sah ihre besorgten Augen – und er liebte sie so sehr, dass er immer alles tun würde, worum sie bat ... auch wenn er nicht wusste, wie.

Mit einer tiefen Rührung erwiderte er mit belegter Stimme:
„Ja. ... Ja, Marei – ich muss es ja..."
Sie trat einen Schritt auf ihn zu. Leise sagte sie:
„Du musst dich ... sogar von deinem eigenen Leben verab-
schieden, Christian..."
Schmerzerfüllt sah er sie an. Nicht wegen seines eigenen Le-
bens, sondern wegen ihr...
„Es ist umgekehrt, Marei. Ich muss mich von meinem eige-
nen Leben verabschieden. Und sogar von dir..."
Tief gerührt sah sie ihn an, ihre Augen wurden groß...
Sie legte ihre Arme um seinen Hals und küsste ihn zärtlich.
Dann flüsterte sie:
„Noch hast du diese drei Wochen."

Er war zutiefst erschüttert von ihrer Geste – und unendlich
dankbar für das, was sie ihm schenkte.
Und doch konnte er den Gedanken nicht abwehren, der sich
ihm nun aufdrängte.
„Was ist, wenn unsere Vermieterin das jetzt gesehen hat?"
Sie sah ihn erstaunt an.
„Daran denkst du? Das ist doch vollkommen unwichtig..."

Als sie Richtung Ort fuhren, beschäftigte ihn dies noch immer.
„Wie kommt es, dass ich daran denken musste, Marei? Ich
will es ja selber nicht."
„Lass uns nachher in Ruhe darüber sprechen, Christian. Ich
brauche dafür immer wirkliche Ruhe. Sonst kann man es gar
nicht..."
Ein leiser Friede breitete sich in ihm aus.
„Danke, Marei", sagte er glücklich. „Danke, dass du mich
immer wieder daran erinnerst."
Er fühlte, wie seine Augen auf einmal feucht wurden.

„Es ist so schön mit dir! Jeder Moment... Jetzt, hier, wie wir mit dem Auto fahren. Du mit mir, du bei mir... Ich weiß nicht, was ich sagen soll. Es ist so eine große Dankbarkeit..." Er wischte sich einmal über die Augen.

„Christian...", erwiderte sie gerührt. Dann sagte sie mit ihrer unendlich sanften Stimme, die er so liebte: „Merkst du, wie ... deine Seele immer *schöner* wird...? Es ist auch mit *dir* so schön! Es ist das Leuchten, Christian..."

Seine Tränen strömten leise...

Sie fanden einen kleinen Supermarkt, und er parkte sein Auto auf dem Parkplatz.

Sie holte einen Einkaufswagen, und zusammen betraten sie das Geschäft. Die Frau an der Kasse grüßte. Es war hier alles sehr überschaubar...

Als sie durch den Gang mit dem Gemüse gingen, fragte sie leise:

„Hast du gesehen? Die Frau hat gegrüßt. Und wir haben zurückgegrüßt. Ist das nicht schön...?"

Es war ihm fast nicht aufgefallen.

„Ja...", erwiderte er zögernd.

Sie blieb stehen, und wieder sahen ihre wunderschönen Augen ihn an, wieder leise bittend.

„Du musst das bemerken, Christian!", bat sie. „Versuch es, bitte... Das Leuchten ... überall, und wenn es noch so klein ist... Du weißt doch, für *Ihn* ist nichts zu gering... Aber wir *sollen* es bemerken. Gerade dann hört es auf, gering zu sein. Wenn *wir* es sehen..."

Ihr inniges, sanftes Bitten berührte etwas in ihm sehr tief. Um ihretwillen würde er es sehen lernen. Es war *ihr* Leuchten, was er so unendlich stark wahrnahm...

Sie kauften etwas Gemüse, ein wenig Käse, Brot für die nächsten Tage, Nudeln und Spaghetti.

Als sie an der Fleischtheke vorbeikamen, begegneten sie ihrer Vermieterin. Als diese sie sah, spürte man sofort ihre Abneigung. Fast peinlich berührt sagte sie:

„Ah, Sie sind auch hier..."

Selbst einen Gruß hatte sie ganz vergessen.

„Guten Tag!", sagte Marei freundlich.

Er konnte kein Wort herausbringen.

„Was haben Sie gegen uns?", fragte sie nun.

Er glaubte seinen Ohren nicht zu trauen. Instinktiv fürchtete er sich vor dem, was nun drohte...

„Ich?", sagte die Frau. „Wieso? Ich habe doch nichts gegen Sie..."

„Doch", erwiderte sie mit ihrer sanften Art, „man merkt es doch. Sie haben nicht einmal gegrüßt..."

„Ach – habe ich das nicht? Entschuldigung."

„Nein, darum geht es ja nicht", sagte Marei. „Aber Sie sollen bitte nichts gegen uns haben. Wir haben Ihnen doch gar nichts getan..."

Die Frau stand gleichsam mit offenem Mund vor ihnen.

„Wenn Sie etwas gegen uns haben, sagen Sie es uns bitte. Und wenn Sie uns nichts sagen, dann haben Sie bitte auch nichts gegen uns..."

Noch immer konnte die Frau nichts sagen. Schließlich rang sich als Antwort hervor:

„Also der Altersunterschied ist ja schon *sehr* groß..."

Er stand einfach nur hilflos dabei und sah, wie Marei mit der Frau sprach – sie, das Mädchen, mit unwandelbarer Wärme...

„Aber warum kümmern Sie sich darum?", fragte sie sanft. „Das ist doch völlig egal... Sind Sie denn auf einen von uns eifersüchtig? Oder was stört Sie daran?"

Die Frau sah einmal zur Bedienung – als suchte sie Hilfe oder müsste sich zumindest vergewissern, dass sie hier berechtigt urteilte. Die Frau hinter der Fleischtheke machte nur eine kurze Bewegung mit dem Mund, die vieles bedeuten konnte:

Dass sie sich heraushalten wollte; dass die Frau Recht hatte; dass vielleicht sogar das Mädchen Recht hatte...

Ihre Vermieterin sah sie wieder an und sagte nun, die Worte betonend, um die eigene Sicherheit zu behalten:

„So etwas schickt sich einfach nicht!"

„Was ist denn dieses ‚schickt sich'?", fragte Marei ganz unbedarft.

Die Frau sah sie verständnislos an. Dann fragte sie:

„Wie kommt ein junges Mädchen denn dazu?"

„Zu was?"

Die Frau hatte sich in ihren eigenen Gedanken verfangen. Sie wagte es nicht, klarer zu werden.

Aber nun sagte Marei mit ihrer ganzen Anmut:

„Wissen Sie, wir müssen alle einmal sterben. Das müssen wir doch? Warum machen wir uns das Leben vorher denn nur immer so schwer...? Sollte man denn nicht immer tun, was einem sein Herz sagt? Sie kennen uns doch gar nicht? Sie wissen doch gar nichts über uns... Sie sehen nur, was Sie sehen – aber was ist, wenn dies nur ein winziger Ausschnitt ist? Warum verurteilen Sie das, was Sie sehen? Wollen Sie den ersten Stein werfen...? Warum? Gegen wen? Wegen was? Warum werfen wir Steine? Immer ... und überall? Warum können wir einander nicht *leben* lassen? Leben lassen ... und lieben lassen, wie es die Herzen tun? Warum kämpfen wir gegen die Liebe? Warum verurteilen wir sie? Warum urteilen wir über etwas, was wir gar nicht verstehen, in seinem ganzen Zusammenhang? Wir sollten *lieben* – nicht die Liebe steinigen..."

Ihm standen Tränen in den Augen...

Die Frau konnte nichts sagen. Er wusste nicht, was sie verstand – oder was sie vorgeben würde, zu verstehen oder nicht zu verstehen. Es war ihm egal. *Er* verstand auf einmal unendlich viel...

Schließlich sagte die Frau:

„Tun Sie, was Sie wollen. Sie haben Recht. Es geht mich nichts an..."
Er sah die leise Dankbarkeit in Mareis Augen – aber auch ihre Sehnsucht nach einer noch tieferen Antwort.
Noch einmal machte sie einen Versuch...
„Es geht Sie schon etwas an", sagte sie, fast bittend. „Aber wenn Sie nicht mit den Gedanken urteilen würden, sondern mit dem Herzen..."
Es war ein unvollendet bleibender Satz, es war eigentlich eine offene Bitte. Und wieder erschütterte ihn gerade an einem solchen Satz ihre ganze Sanftheit...

Er sah, wie die Frau nun wirklich nichts mehr erwidern konnte. Er sah, wie Marei die Frau jetzt noch einmal ansah und dann warm sagte:
„Auf Wiedersehen..."
Sie schob ihren Einkaufswagen weiter, und er folgte ihr. Tief berührt erlebte er, wie sie die Frau unmittelbar frei ließ, als ihre ganze Sanftheit sie hilflos gemacht und eigentlich ganz beschämt hatte... Dieses Mädchen wollte keinen einzigen Sieg erringen – sie wollte nur die Herzen der Menschen berühren, sie spüren lassen, was Liebe eigentlich war...
Wieder ging er mit Tränen in den Augen neben ihr...

Als sie mit dem Auto wieder zurückfuhren, lebte in dem Schweigen eine ganze Welt – unendlich tief lebte das gerade vergangene Geschehen in ihm nach. Unendlich tief liebte er dieses Mädchen, spürte er das Heilige ihres Wesens...
Und mit dieser Liebe, dieser allertiefsten Dankbarkeit fuhr er die kurze Strecke zurück, sah die Bäume die Landstraße säumen, sah das Spiel von Licht und Schatten, und alles, alles war erfüllt von einem unsäglichen Glück...

*

Später, als sie zu Mittag gegessen hatten und auf der Couch die Ruhe des frühen Nachmittags genossen, bat sie ihn: „Erzähle mir von dir, Christian, von deiner Familie..." Ihre Bitte erinnerte ihn daran, dass er eine Familie hatte. Und eigentlich wünschte er sich, ihr diese Bitte abschlagen zu dürfen – es kam ihm so vor, als ob dies von ihrem eigenen Zusammensein ablenkte. Er wollte aber gerade so innig wie möglich mit *ihr* zusammen sein. Und doch war es ja ihre Bitte ... und er spürte, dass selbst dies doch ihr Zusammensein war. Und es war doch auch schön, sein Leben mit ihr teilen zu können, zu fühlen, dass sie daran Anteil nahm. Ja, er wollte so gerne alles mit ihr teilen – selbst Wehmut und Kummer, selbst Versagen und Schwächen. Solange sie nur da war ... solange er nur ihre Wärme spüren durfte... Dennoch blieb es mit Scham verbunden, davon zu sprechen, und er spürte diese stark, als er begann.

„Meine Familie, Marei...? Ach... Wenn ich davon erzählen soll, muss ich mir dir beginnen... Ja, du wunderst dich, aber es ist so. Als ich dich sah, fühlte ich eine so unendliche Wehmut... Ich wünschte mir, ich wäre dir früher begegnet. Das geht natürlich nicht, denn du bist ja so jung. Aber ich wünschte ... wir wären gleichzeitig ... zur gleichen Zeit geboren worden. Nun habe ich schon mein Leben gelebt ... und kann es nicht mehr mit dir...."
Sie schwieg und hörte betroffen zu.
„Und meine Frau ... ja, sie habe ich auch einmal geliebt. Als wir uns kennenlernten. Aber nicht so wie dich. Jetzt weiß ich erst, was Liebe ist. Was unendliche Schönheit ist, die man auch nur unendlich lieben kann... Aber meine Frau ist mit den Jahren *nicht* schöner geworden, ich meine auch innerlich, sondern...."
Er ließ den Satz unvollendet, schämte sich zugleich auch, über sie wirklich zu urteilen, konnte es vor den Augen dieses Mädchens gar nicht bis zuletzt...

„Wie ist sie denn?", fragte Marei nun sanft.

„Ach...", sagte er wiederum. „Ich weiß nicht, wie ich es beschreiben soll. Sie liest Apothekenzeitschriften, interessiert sich fortwährend für die Gesundheit. Wir fahren ... wir fuhren zweimal im Jahr zur Kur ... und mehr fällt mir kaum ein, Marei – verstehst du? Es ist alles so traurig... Als ich dir begegnete, erlebte ich erst, wie traurig alles ist. Ich habe eigentlich mein Leben versäumt. Weil ich *dich* versäumt habe..."

Er sah, wie sie nichts sagen konnte. Was sollte sie auch sagen. Aber hatte er sie jemals vorher sprachlos erlebt? Auch das tat ihm wieder leid...

„Es tut mir leid, Marei!", sagte er. „Ich weiß, du kannst damit gar nicht ... was sollst du darauf erwidern? Es tut mir so leid! Es ist nur *meine* Tragik... Bitte verzeih mir..."

Die Wehmut trieb ihm erneut die Tränen in die Augen...

„Christian...", sagte sie nun sanft. „Es ist ja gut... Du brauchst mich doch nicht um Verzeihung zu bitten. Ich verstehe doch alles... *Mir* tut es so leid..."

Leidvoll sah er in ihre wunderschönen Augen.

„Aber du kannst ja auch nichts ändern!"

„Nein..."

Er atmete einmal tief durch, um seiner Rührung Herr zu werden. Die Wehmut wurde von einem leisen Frieden durchzogen...

„Wie ist sie noch...?", fragte sie nun leise. „Das kann doch nicht ganz alles gewesen sein. Warum hast du dich in sie verliebt, damals?"

Getragen von ihrer sanften Frage, die wiederum eine Bitte war, wurde er in die Erinnerung geführt. Und er versuchte, sich so gut wie möglich zu erinnern, um ihrer Bitte zu folgen...

„Ach, Marei. Sie war schön, sie war attraktiv. Sie war nett... Ein bisschen frech, ein bisschen herausfordernd. Ich weiß es nicht. Ich fühlte mich von ihr angezogen – und habe mich in sie verliebt. Und so kamen wir zusammen."

„Und sie? Warum hat sie sich in dich verliebt?"

Er überlegte.

„Das weiß ich noch weniger. Gewiss fand sie mich genauso attraktiv – und war von meinen Sympathien für sie geschmeichelt. So geht das doch dann..."

„Ja...", sagte sie langsam. „Aber das ist doch ziemlich wenig..."

„Das sage ich ja!", klagte er. „Nur merkt man das leider erst zu spät."

„Wie ‚zu spät'?"

„Wenn man schon zusammen ist. Und wenn dann schon Kinder kommen..."

„Wolltest du da nicht mehr mit ihr zusammen sein?"

„Man merkt das so nicht. Man merkt es alles eigentlich erst wirklich, wenn man dreißig Jahre später einem jungen Mädchen begegnet – und erfährt, dass man sterben muss..."

Sie atmete einmal hörbar ein. Er spürte, wie sehr auch ihr dies alles naheging.

Aber was sollte er tun? Es war ja die Wahrheit. Er senkte den Blick...

„Aber trotzdem", sagte sie nun. „Was ist denn die andere Seite, Christian? Wenn ihr zweimal im Jahr weggefahren seid, war da *nichts* schön? Was war es, was schön war? Was hat sie, was schön ist? Es muss doch etwas geben? Was sind ihre schönen Seiten, Christian?"

„Ich weiß nicht..."

„Warum hast du sie nicht verlassen, Christian?"

„Tut man das denn, Marei?", sagte er nachdenklich. „Vielleicht, weil ich sie nicht verletzen wollte..."

„Und warum nicht...?", fragte sie weiter.

Dieser weiche Klang ihrer Stimme...

„Weil sie mich doch vielleicht auch noch liebte..."

111

„Auch...?"

„Weil sie mich doch vielleicht noch liebte", änderte er seine Worte.

„Vielleicht...?"

Ihre warmen Fragen...

„Ach, Marei – warum quälst du mich so?", bat er.

„Ich quäle dich nicht ... bitte bleib bei mir, Christian! Bitte bleib bei dem, was ich dich fragen möchte. Beantworte die Fragen mit deinem Herzen, Christian, nicht mit Gedanken. Bitte sag es mir: *Vielleicht*?"

Er quälte sich selbst und versuchte, um ihretwillen, bei der Frage zu bleiben. Vielleicht... Liebte Emma ihn noch? Warum hatte er sie nicht verlassen? Warum wollte er sie nicht verletzen?

„Ich weiß es nicht, Marei. Ich weiß nicht, ob sie mich noch liebt."

„Du sollst es nicht *wissen*, Christian!", bat sie. „Du sollst es fühlen... Was *fühlst* du? Liebst sie dich noch? Lass es nicht den Kopf beantworten. Fühle, was du fühlst..."

Er erinnerte sich an kleine Momente. Er wusste nicht, warum. Völlig unwesentliche Momente kamen ihm in den Sinn. Aber in diesen erlebte er, dass die Liebe nicht ganz abwesend war. Er fühlte *etwas*.

Er dachte an ihre Frage. ‚Verheimlichst du mir etwas?' Er wusste noch genau, wo sie gestanden hatte, wo er gestanden hatte. Er wusste fast noch den genauen Klang ihrer Worte. Den Ausdruck ihrer Augen. Er hatte nur den Argwohn gehört. Und dieser war berechtigt gewesen. Er hatte nur so schnell wie möglich fort gewollt, sich auch geschämt. Aber nun war da noch etwas anderes.

„Ich weiß nicht, Marei... Ich weiß nicht, was ich fühle."

„Woran denkst du gerade?", drängte sie. „Sag mir ein Beispiel!"

„Als ich mit dir wegfahren wollte und sagte, dass ich drei Wochen für mich brauche, etwas, was mir der Arzt geraten hätte. Hals über Kopf eröffnete ich ihr dies. Ich hatte davon schon eine Woche zuvor gesprochen, als ich das erste Mal die Diagnose erhalten hatte, nach dem Ultraschall, noch nicht völlig sicher. Da hatte ich nur alleine fliehen wollen. Und dann hatte ich immer wieder dich gesehen, wie du da saßt, und meine Wehmut wurde unendlich ... und dann kam die endgültige Diagnose. Und an dem Tag kamst du dann auf mich zu..."

Mitleid stand in ihren Augen. Dennoch erinnerte sie ihn unendlich sanft:

„Und was ... war dann mit deiner Frau?"

„O, ja, tut mir leid... Als ich dann ... als ich ihr dann sagte, dass ich schon morgen fahren würde, da fragte sie mich, ob ich ihr etwas verheimliche..."

„Und, Christian...?", hielt sie ihn mit tiefer Wärme bei diesen Worten fest. „Was kannst du in diesen Worten fühlen? Wie hat sie sie gesagt... Wie hat sie dich angeschaut...?"

„Sie hatte einen Verdacht. Sie hat befürchtet, dass ich ihr etwas verheimliche – und so war es ja auch."

„Aber darum geht es nicht, Christian", bat sie noch einmal. „Wie war ihre Stimme? Wie war ihr Blick? Darin liegt doch die Seele, Christian. Wie war *das*? Was lag in ihrem tiefsten Herzen? Was würdest du sehen und hören, wenn du mit *deinem* tiefsten Herzen sehen und hören würdest?"

„Ich weiß es doch nicht Marei", versuchte er zu fliehen. „Wie soll man das wissen? Ihr tiefstes Herz? Kenne ich das überhaupt? Ist da etwas?"

„Christian", erwiderte sie bestürzt, und die Traurigkeit ihrer Augen erschütterte ihn zutiefst, „wie kannst du so etwas sagen? Natürlich hat sie tief im Herzen etwas – genau wie du, genau wie wir alle."

Eine heiße Scham stieg in ihm auf, während er sah, wie ihre Augen feucht zu glänzen begannen.

„Wie kannst du denken, dass da nichts ist? Ich kann es nicht glauben. Du kannst doch deine Frau nicht ... nicht *so* verurteilen...!"

Eine Träne rollte ihre Wange hinunter...

Er nahm allen Mut zusammen und wagte es, sie scheu fortzuwischen.

Auch ihm standen die Tränen in den Augen – wenn er sie so sah. Und es waren ihre Worte, die in ihm eine tiefe Rührung erweckten, die Scham begleitend.

„Sag du es mir, Marei", bat er. „Was siehst *du*?"

„Nein, Christian", sah sie ihn mit tief traurigen, bittenden Augen an, „*du* musst es sagen! Und ich weiß, dass du es kannst. Nimm doch nur alle Kraft zusammen – keine Gedanken, nur dein Herz, und das Herz hat dann die *richtigen* Gedanken und Empfindungen. Du brauchst nur den Mut dazu, bitte, Christian. Es heißt ja nicht, dass ihr euch nicht immer wieder sehr enttäuscht habt – aber bitte sieh doch jetzt einen einzigen Moment lang auf das, was *dahinter* liegt! Sieh einmal nur auf das Gute. Nur auf das, was am tiefsten liegt und reicht! ‚Verheimlichst du mir etwas?' – sag es mir, Christian! Was liegt im tiefsten Herzen deiner Frau? Liebt sie dich da noch oder nicht? Was *fühlst* du? Bitte fühle es, mit allem Mut, Christian! Fühle um ihretwillen, was *da* ist – da, in ihrem Herzen... Nicht, ob es dir reicht, Christian. Sondern was da *ist*. Was wirklich da ist... Warum fragt sie so etwas, Christian? Was ist der tiefste, der allertiefste Grund...?"

Die leidenschaftliche Liebe dieses Mädchens zur Wahrheit, zur Wahrheit der Liebe, trieb ihm die Tränen in die Augen. Und aufgebend schluchzte er einmal auf und brachte dann mühsam hervor:

„Du hast Recht, Marei – in jedem Herzen ist – dieses Leuchten... Aber warum nur – warum quält man sich dann doch so sehr...!"

„Komm einmal her...", sagte sie nun voller Mitleid und Wärme und legte ihre Hand auf ihr Bein, und unendlich dankbar und wehmütig legte er seinen Kopf in ihren Schoß. Er fühlte ihre Hand einmal sanft über sein Haar streicheln...

„Liebe...", sagte sie sanft, „Liebe ist unsere Aufgabe, Christian... Aber die Menschenherzen sind noch gar nicht bereit dazu. Und so muss die Liebe fortwährend kämpfen, nicht zu sterben. Aber sie stirbt, weil sie noch gar nicht wirklich geboren ist. Liebe und Lieblosigkeit, sie kämpfen miteinander in den Herzen. Und so oft siegt die Lieblosigkeit, weil die Herzen Liebe bekommen wollen – und viel weniger schenken. So oft siegt die Lieblosigkeit, weil sie von Anfang an gesiegt hat. ‚Liebe' ist so oft nur ein Liebe-bekommen-Wollen. Man liebt einen Menschen, weil man hofft, von *diesem* Menschen Liebe zu bekommen, seine Zuneigung. Ganz am Anfang schenkt man ihm auch selbst Liebe. Aber dann, wenig später... Wie ist es dann? Ist es dann immer noch so? Und wann hört es auf? Lieblosigkeit... Irgendwann hört es auf. Die Liebe hört auf. Aber, verstehst du, Christian, Liebe, die *aufhören* kann, ist noch gar nicht wirkliche Liebe! Die wirkliche Liebe kann niemals aufhören, weil sie niemals aufgibt! Egal, was passiert, sie gibt nicht auf, und sie weiß, dass man niemals aufgeben muss. Dass alles nur davon abhängt, niemals aufzugeben, sondern immer weiter zu lieben. Die Liebe wirft niemandem Lieblosigkeit vor – nur sich selbst! Aber sie lebt in den Menschenherzen noch gar nicht. Und dann quälen sich die Herzen, ja, das ist schlimm... Es würde sich alles ändern, wenn die Liebe geboren werden würde, die wirkliche Liebe. Eine Liebe, die nicht darin besteht, jemanden attraktiv zu finden und sich von ihm angezogen zu fühlen, sondern die jemanden wirklich liebt, für immer, weil sie ... durch nichts erschüttert werden kann. Und selbst wenn das andere Herz seine Liebe vergisst, so vergisst *sie* nicht das andere Herz, sondern *erinnert* es immer wieder, unerschütterlich, bittend, voller Hoffnung, voller Liebe, niemals aufgebend, höchstens stärker werdend... Die Herzen müssen lieben lernen – und sie müssen lernen, einander *beizustehen*... Das ist Liebe, Christian, erst das..."

Ihre Worte erschütterten sein ganzes Inneres. Er wusste, dass er diese Liebe sein Leben lang nicht gekannt, gelernt und geübt hatte. Erst jetzt, am Ende seines Lebens, lernte er sie kennen. Durch die Begegnung mit einem Mädchen, das von Anfang an diese Liebe in ihm erweckt hatte...
„Ja, Marei, du hast Recht. Ich verstehe jedes Wort von dir..."
Ein wehmütiger Friede breitete sich in seinem Inneren aus, eine friedliche Wehmut. Er würde es in diesem Leben nicht mehr ändern können...

„Es ist egal", sagte sie nun leise, „es ist egal, *wann* man diese Liebe findet, Christian. Es kommt nur darauf an, *dass* man sie findet. Sie ist es, die man über die Schwelle des Todes mitnimmt... Sie ist es, was man behalten darf. Sie ist das Leuchten, Christian, das volle Leuchten!"
Sein Herz erzitterte, und es war ihm, als weitete es sich bis in Räume, die er nicht mehr erfassen konnte. Er war in der Gegenwart eines Engels, eines menschlichen Engels...
Er schloss die Augen und erschauerte vor tiefster Rührung und tiefster Dankbarkeit.

*

„Und eure Kinder, Christian?", fragte sie schließlich. „Erzähle mir von ihnen..."
„Ich habe eine Tochter und einen Sohn –"

„*Wir*...“

„Wir?“

„Ja – *ihr*...“, lächelte sie. „Habe doch den Mut, ‚wir' zu sagen, Christian. Ich habe doch jetzt verstanden, dass es nicht leicht für dich ist. Aber es *sind* doch eure Kinder. Und deine Frau ... du hast es doch eben noch gefühlt... Jeder Mensch verdient es, geliebt zu werden. Jeder Mensch verdient es, dass man sieht, wieviel Liebe auch in ihm lebt... Bitte, Christian, vergiss das nie! Tu es für mich... Und was auch immer ihr versäumt habt, oder falsch gemacht habt, oder vielleicht auch gelitten habt ... ihr habt eure Kinder doch zusammen großgezogen, oder nicht? Zusammen, Christian... Durch alle schwierigen Zeiten hindurch. Es sind *eure* Kinder! Und sie lieben euch ... und ihr seid für sie ihre Eltern. Christian ... Kinder haben immer zwei Eltern. *Ihr* habt eine Tochter und einen Sohn. Lerne doch, trotz allem, was du jetzt bedauerst und nicht mehr ändern kannst, das Wort ‚wir' zu lieben. Es ist fast das schönste Wort auf Erden... Und ... in seinem Licht *wird* auch wieder schön, was vielleicht nicht so schön war. Die Liebe kann alles heilen, Christian. Nicht immer ändern, aber heilen. Und die Worte können es auch. Wage es doch nur, ‚wir' zu sagen. Tu auch das für mich, Christian – bitte...“

Er atmete vor Wehmut einmal tief ein. Er spürte so innig, was sie mit all ihrer Liebe versuchte... Und es tat so weh, zu akzeptieren, dass nicht sie, dieses Mädchen, für die letzten Wochen seines Lebens seine große Liebe werden konnte.
Für ihn konnte sie es sein, aber für sie war er dies nicht. O ja, er fühlte ihre Liebe, die so groß war – aber es war, wie sie sagte: Ihre Liebe konnte man nicht begrenzen. Es war nicht *ein* Mensch, dem sie galt, auch er war es nicht. Nur in diesen drei Wochen war sie für ihn so da, dass man es fast glauben konnte...

117

Und was sie mit all ihrer Liebe versuchte, das war, ihn zurückzuführen zu seiner Frau, zu einer Erkenntnis ihrer Liebe, zu einer Erkenntnis seiner Liebe zu ihr – zu einem Wiederfinden dessen, was da war, in den Herzen, in jedem Herzen ... und zu einem Wiederfinden ihrer gemeinsamen Vergangenheit, all der Jahre, die sie gemeinsam verbracht hatten, im Großziehen der Kinder.

Und ja, es waren auch schöne Jahre gewesen. Die Kinder hatten sie immer wieder schön gemacht. Kinder waren wirklich so ein Wunder. Jetzt, im Rückblick, erkannte er dies erst richtig. Die Urlaube. Die täglichen Freuden und Sorgen, mit der Schule, mit den Freunden, Geburtstage, Weihnachten. Kleine Momente.

Ihm fiel wieder der Tag ein, an dem Emma ihm das erste herausgefallene Zähnchen von Dorit gebracht hatte. Er wusste noch, wie er im Sessel saß, mit der Zeitung, und sie es ihm zeigte, mit dieser Freude, mit diesem innigen Wunsch, ihn daran teilhaben zu lassen... Wie konnte er diesen Moment nur so viele Jahre vergessen haben? Jetzt erinnerte er sich wieder so deutlich daran – und eine heiße Scham darüber, dass er diesen Moment vergessen hatte, überkam ihn. Ja, in diesem Moment hatte ihre Seele zutiefst geleuchtet! Er fühlte auf einmal eine tiefe, tiefe Rührung. Und Tränen der Wehmut, des Bedauerns, dass sie nicht an *solchen* Augenblicken weitergemacht hatten... Dass ihr Leben immer weniger aus solchen Augenblicken bestanden hatte...

Er atmete einmal tief ein, unterdrückte ein Schluchzen... Und er blickte hoch zu ihr, zu dem Mädchen, das ihm dies alles wieder in die Erinnerung bringen wollte – und das ihn jetzt mit großen Augen sanft anschaute.

„Danke, Marei...", sagte er aufrichtig. „Danke, dass du dies alles tust..."

Sie lächelte schweigend.

„Ich weiß nicht", gestand er wehmütig, „wie weit ich auf diesem Weg noch komme. Aber ich will dir folgen – ich will dir auf diesem Weg weiter folgen. Um deinetwillen, um der Liebe willen – die auch unsere gemeinsame Vergangenheit viel mehr hätte durchziehen sollen... Bitte höre nicht auf, mir dabei zu helfen..."

„Ach, Christian", erwiderte sie mit tiefer Rührung. „Siehst du, schon wieder bist du so *schön*... Deine Seele wird immer schöner... Ja, geh weiter, immer weiter... Wir haben noch so viel Zeit für diesen Weg..."

Nach einem friedvollen Schweigen, in dem die tiefen Empfindungen weiterlebten, fragte sie leise von neuem:

„Und ... kannst du mir jetzt von euren Kindern erzählen, Christian?"

„Ja, unsere Ältere ist ein Mädchen, Dorit. Sie ist vor einem Monat neunundzwanzig geworden. Sie ist eine wunderbare Tochter! Wir telefonieren fast immer etwa alle zwei Wochen. Sie ist ... ein wenig wie du. So fröhlich, so lieb... Ich könnte mir keine liebere Tochter wünschen. Ihr Sohn ist jetzt schon vier Jahre alt."

Er erinnerte sich an ihre besorgten Bitten.

„Wegen ihr bin ich überhaupt nur zum Arzt gegangen..."

„Wegen ihr?"

„Ja, weil sie sagte, ich soll die Bauchschmerzen einmal untersuchen lassen."

„Hast du jetzt auch Bauchschmerzen, Christian?"

„Ja, ein wenig."

„Müssen wir dagegen nicht etwas tun?", fragte sie besorgt.

„Dagegen können wir nichts mehr tun, Marei...", sagte er. „Es wird irgendwann schlimmer werden. Dann kann man Schmerzmittel nehmen. Später Infusionen..."

Er sah das tiefe Mitleid, in das ihre Augen getaucht wurden...

„Es tut mir so leid, Christian..."

„Es ist schon gut...", erwiderte er.

Ihre Gegenwart gab ihm einen solchen Frieden...

„Wo tut es weh?", fragte sie und legte sanft ihre Hand auf seinen Bauch.

Er zeigte auf die Stelle, die etwas höher lag.

„Hier..."

Unendlich zart begann sie, die Stelle zu streicheln.

In einer heißen Woge erfüllte eine unendliche Rührung sein Inneres, und still rannen ihm fast ohne Übergang die Tränen die Wangen hinab. Er spürte so unmittelbar ihre Liebe – und diese war so viel größer als alle Liebe, die er bisher bei Menschen gekannt, ja, für möglich gehalten hatte... Tiefste Dankbarkeit vereinte sich mit tiefer Wehmut – und zusammen ließen sie heiße Tränen fließen...

Ja, Liebe bestand aus Sanftheit – und noch immer lernte er jedes Mal wieder von ihr, was dies eigentlich war...

Schließlich fragte sie, während sie die Stelle, unter der der Tumor saß, weiter streichelte:

„Und euer Sohn, Christian?"

„Ach, Elias... Ja, mit ihm hatte ich schon meine Schwierigkeiten. Spätestens, als er dreizehn war, wurde es zwischen ihm und mir immer schwieriger. Und dies änderte sich erst lange, nachdem er erwachsen geworden war... Jetzt hat auch er ein zweijähriges Töchterchen. Aber wenn wir telefonieren, sprechen wir nur wenige Minuten, wenn überhaupt. Vielleicht würden wir es anders wollen – aber selbst wenn wir wollten, können wir nicht. Er ist nicht Dorit ... und ich kann ein Gespräch nicht in Gang halten."

„Warum nicht?"

„Ich weiß nicht. Vielleicht habe ich zu wenig Fragen. Dorit hat immer Fragen. Und wenn sie keine Fragen hat, erzählt sie selbst. Und ich höre ihr so gerne zu, wenn sie erzählt..."

Sie lächelte.

„Kannst du es von ihr dann nicht lernen?"

„Zu erzählen?"

„Ja, zu erzählen und auch Fragen zu haben..."

„Wie soll ich das denn lernen?"

„Denke an den Tod, Christian."

„Den Tod?"

„Ja – du hast nicht mehr viel Zeit in diesem Leben. Wenn dieses Leben zu Ende gehen wird, wirst du nichts mehr erzählen können ... und keine einzige Frage mehr stellen können. Was du nicht unerzählt und ungefragt mit in den Tod nehmen möchtest, das musst du *jetzt* sagen und fragen können. Aber auch hier gibt es wieder nur einen Weg: den des Herzens..."

Ihre warme Stimme erweckte wiederum eine große Rührung in seinem Inneren.

„Manchmal wünschte ich, Elias hätte mich mehr gefragt. Dann hätte ich einen Ansatzpunkt gehabt. Ich hatte immer das Gefühl, er war froh, mich aus seinem Leben ziemlich draußen zu haben. Er interessiert sich für mich gar nicht. Was soll ich dann erzählen?"

„Christian ... lege doch dieses irdische Denken immer mehr ab. Im Tod nützt es nichts mehr ... und jetzt auch schon nichts mehr. Du hast nur noch so kurze Zeit. Denkst du nicht, dass sich, wenn er dies weiß, alles ändern könnte und würde? Und denke doch daran, dass die wirkliche Liebe niemals aufgibt! Aber dafür muss sie erst da sein. Suche in deinem Herzen deine wirkliche Liebe zu deinem Sohn, Christian – und dann geh mit *dieser* Liebe auf ihn zu! Du hast keine Zeit mehr für Scham, für falschen Stolz, für halbe Versuche. Sonst wirst du nach deinem Tod eine Ewigkeit unter all dem leiden, was du nicht mehr getan hast..."

Er schluckte, weil ihre Wärme immer wieder sein Herz bewegte.

„Aber", er wagte vor Scham die Frage kaum zu stellen, „aber wie finde ich ... diese wirkliche Liebe zu meinem Sohn?

Kannst du mir noch einmal helfen, Marei... Ich bin so hilflos..."

„Tue es, wie du es bei deiner Frau geschafft hast, Christian",
erwiderte sie sanft.

„Bitte", bat er noch einmal innig. „Ich brauche deine Hilfe.
Bitte..."

Wieder sah er in ihren Augen dieses große Mitleid.

„Tut mir leid", sagte sie warm, „ich wusste nicht, dass es für
dich so schwierig ist."

Sie schwieg einen Moment, und er wusste inzwischen, dass
sie nicht so sehr überlegte, als vielmehr in ihr Herz ein-
tauchte, in dem alle Gedanken viel weiser lebten, weil sie
hier voller Liebe sein durften und waren...

„Elias heißt euer Sohn?", sagte sie dann schließlich.

„Ja", sagte er, dankbar für all ihre Liebe. Eine Woge tiefster
Dankbarkeit durchdrang ihn, als er bei ihren Worten in erschütternder Tiefe und Klarheit erlebte, wie sie dies alles für
ihn tat, in jeder Minute, mit jedem Bemühen...

Sie bemühte sich so sehr, immer wieder. Sie tat so viel. Sie
gab nie auf. Sie gab alle Wärme, die sie hatte... Was war die
Liebe nur für ein unendliches Wunder, und wie sehr lebte
dieses Wunder in ihr! Unerschütterliche Liebe, die nie aufgab, nie die Hoffnung aufgab, ihresgleichen zu finden – auch
im anderen Herzen die Liebe zu erwecken...

„Die Liebe beginnt mit dem Namen, Christian... Und manchmal findet man sie zuletzt noch in dem Namen. Erinnere dich
doch, wie oft ihr beide seinen Namen genannt habt! Ihr habt
ihn gerufen, ihr habt ihn getröstet, ihr habt ihn gefragt, ihr
habt ihm etwas gezeigt ... und immer habt ihr seinen Namen
dazu genannt. Elias...

Erinnere dich doch, wie ihr, wenn er schon schlief, manchmal
über ihn gesprochen habt. Wenn ihr euch über etwas gefreut
habt. Wenn ihr einander erzählen wolltet, was der Andere mit
ihm an diesem Tag erlebt hatte. Wenn ihr Sorgen hattet.

Wenn etwas für ihn getan werden musste. Ihr habt über ihn gesprochen, und in euren Herzen lebte die Liebe, und zwischen euch lebte sein Name, Elias... Er selbst war es – um euer Wohl ging es ihm, so viele Jahre. So viele Stunden, wenn einer an seinem Bett wachte, wenn er krank war. Oder viel später vielleicht, wenn er einmal zu spät nach Hause kam... Jahre, Monate, Stunden, unzählige Stunden voller Liebe, Christian! Man muss doch nur *zurückgehen* in die Erinnerung – es ist doch alles da, das ganze Leuchten...
Suche doch nur, wo es geleuchtet hat, Christian! Es gibt doch ganz gewiss unzählige Beispiele..."

Wieder musste er ein Schluchzen unterdrücken.
„Danke, Marei...!", sagte er in tiefster Berührung. „Ja, es gibt so viel... Ich denke gerade an einen Moment nicht lange, bevor seine Pubertät begann. Er sollte den Rasen mähen. Er hat es getan, aber er hat den Rasen dann nicht nochmal nachgeharkt. Immer wieder vergaß er das – oder fand es nicht wichtig. Ich habe mit ihm dann sehr geschimpft, ich war richtig sauer – und ich sehe noch heute sein Gesicht. Es war vielleicht das letzte Mal, wo ich ihn tief betroffen und verletzt gesehen habe... Später hat er immer nur noch anders reagiert. Ich habe mich nie dafür entschuldigt, Marei. Ich werde diesen Gesichtsausdruck nie vergessen... Und doch habe ich es so viele Jahre getan..."
Sie trocknete sanft die beiden Tränen, die an seinen Wangen hinabliefen.
„Siehst du...", sagte sie mit tiefster Wärme und sogar Dankbarkeit. „Siehst du? Dies alles ist das Leuchten, das du überall finden wirst. Jener eine Moment, in dem das Herz deines Sohnes so verletzt war, so traurig, so getäuscht in seiner tiefen Hoffnung auf deine Liebe, deine Anerkennung, deine Zuneigung... Und wo es noch nicht mit Gegenwehr reagierte, mit Abwehr, mit eigenem Ärger ... sondern mit Verletzung, mit reiner Erschütterung, mit tiefer Traurigkeit..."

„Ja...“, sagte er mit bebender Stimme.

„Aber auch dein eigenes Leuchten, Christian. Dass du diesen Moment nie, in Wirklichkeit nie vergessen hast... Dass du jetzt noch darüber weinen kannst... Das ist es, Christian. Das sind die Wege der Herzen zueinander. Wir müssen sie einfach nur *gehen*...!“

Auch sie war zutiefst gerührt. Er hörte es an ihrer Stimme. Unendlich gerührt war sie jedes Mal, wenn ein anderes Herz diesen Weg fand, und sei es nur ein einziges Leuchten am Rande dieses Weges – dieses eine Leuchten würde doch auch den weiteren Weg erhellen können...

*

Als sie nach diesem Tag im Bett lagen, war er noch immer und wieder von neuem von tiefer Dankbarkeit erfüllt.

Er sah in ihre wunderschönen Augen, deren Braun für ihn immer der Inbegriff dieser Farbe bleiben würde; er sah ihre wunderschön geschwungenen Augenbrauen, ihr seidiges Haar, alles der Inbegriff des Weichen, weil es zu ihr gehörte...

Und wieder empfand er diese unendliche Liebe zu ihrer *ganzen* Schönheit.

„Marei...?“

„Ja?“

„Würdest du mich heute ... würden wir ... darf es auch heute ... ach, Marei ... ich möchte dich auch heute wieder lieben... Ich habe solche Sehnsucht nach dir... Immer wenn ich dich so sehe, so nah, im Bett, bei mir... Du bist so wunderschön...“

„Wird es für dich nicht etwas Gewöhnliches? Eine normale, wenn auch sehr schöne Begierde...?“

„Ich weiß nicht, was das ist, Marei. Ich weiß nicht, ob ich dir gegenüber jemals etwas Normales empfinden könnte. Nein, es ist eine unendliche Sehnsucht. Eine unendliche Liebe –

und Sehnsucht. Es ist etwas ganz Außergewöhnliches. Ach, wenn ich daran denke, wie wenige Tage wir nur haben..."

„Aber für mich ... darf es das doch auch nicht werden..."
Mit leiser Wehmut blickte er in ihre Augen.
„Würde es das denn?", fragte er traurig.
„Ich bin nicht sicher, Christian. Bitte verzeih mir... Ich kann es nur mit meiner Liebe tun. Ich habe ja nicht diese Sehnsucht. Ich kann nur deine Sehnsucht erfüllen – aber das kann ich nur, wenn es auch für mich trotzdem nicht gewöhnlich wird. Ich weiß nicht, ob ich es jeden Tag kann..."
Traurig sagte er:
„Ja, das verstehe ich. Verzeih *du* mir, Marei..."
Mit warmen, großen Augen sah sie ihn weiter an.
„Aber deine Sehnsucht ist so *lieb*, Christian... Sie berührt auch mich so. Ich kann es nicht sagen, wann ich es kann, Christian. Aber wenn du das verstehst ... wenn du es immer verstehen wirst ... und ich frei bleiben kann, weil ich es selbst nicht weiß, dann ist es gut... Ja, Christian, ja ... heute darfst du mich wieder lieben..."

Und wieder erwiderte sie seine Zärtlichkeit mit all ihrer sanften Hingabe. Und noch immer lernte er von ihr, was dies eigentlich war... Immer mehr wurde es eine unendlich große Welt, immer tiefer durchzog das heilige Wesen der Sanftheit sein Herz, seine ganze Seele, alles...

Lange gingen sie schweigend. Es war wie ein stilles Einverständnis. Er hatte nur gefragt, ob er wieder ihre Hand nehmen dürfe, und sie hatte dies liebevoll zugelassen...

Schließlich fragte er:
„Marei, du hast gesagt, dass man immer wiedergeboren wird. *Weißt* du das?"
„Ja – ich habe es gesehen."
„Was hast du gesehen?"
„Dass dieses Leuchten, dieses wunderbare Geflecht der unbeschreiblichen Beziehungen zwischen den Menschen, dass dies lauter Ursprünge hat. Dass es keinen Zufall gibt, sondern Beziehungen ... Beziehungen, die schon vorher da waren. In vielen Leben geknüpft, gewoben, geflochten... Ach, Christian, dass du es nicht gesehen hast! Es ist nur *deshalb* so stark! Nur deshalb leuchtet es so... Alles sind Beziehungen, und *in* diesen Beziehungen soll die Liebe entstehen – und entsteht sie auch..."
„Und ... leuchten die Beziehungen oder die Liebe darin?"
„Du sollst nicht mit dem Kopf fragen", tadelte sie unendlich sanft.
Sie ging eine Weile schweigend.
„Die Liebe ist es, was leuchtet. Aber Beziehungen sind nur *möglich* aus Liebe. Es gibt auch Beziehungen, die durch Hass entstehen, durch Verletzung, Unrecht. Auch das knüpft Beziehungen, die wieder zu neuen Begegnungen führen – und die Möglichkeit schenken, das Vergangene wieder gutzumachen. Diese Beziehungen leuchten erst, wenn das geschieht. Aber jeder kleine Impuls dazu ist schon so ein Leuchten... Selbst wenn er scheitert... Und jeder Mensch kommt wieder auf die Welt mit diesem Willen. Er *will* alles wieder gutmachen. Dass es so oft nicht gelingt oder scheinbar sogar vergessen wird, ist nicht die *ganze* Wirklichkeit, Christian! Die

ganze Wirklichkeit ist, dass jeder Mensch mit unendlich guten Absichten wieder auf die Welt kommt..."

„Aber warum geht dann alles so – warum wird alles so schlimm?"

„Man kann es doch *sehen*, Christian! Es ist so offensichtlich. Ein Kind, das *immer* geliebt werden würde, würde niemals vergessen, mit was es auf die Welt gekommen ist. Sein eigener guter Wille würde von der Liebe, die es umgibt, lebendig genährt werden ... und würde irgendwann voll zu dem erwachen, was gerade dieser Mensch mitgebracht hat an Absichten, an Zielen. Die Ziele würden erwachen, wenn es groß geworden ist. Aber die Liebe würde von Anfang an erwachen und nie wieder sterben. Wir brauchen die Liebe, damit unsere eigene Liebe nicht stirbt, die wir aber alle mitbringen!

Du *siehst* doch, was Kinder für einen guten Willen haben. Sie haben den besten Willen von allen. Und du siehst doch, was dann geschieht..."

„Ja..."

Nach einer Weile fragte er:

„Aber was kann man dann tun?"

„Alles mit Liebe durchdringen."

„Und im Großen?"

„Genau das gleiche – wieso? Ist das ein Unterschied?"

„Ich meine, was ist mit der Politik und so weiter?"

„Ich habe das nie verstanden", erwiderte sie. „Warum kann man nicht auch die Politik ganz mit Liebe durchdringen?"

„Wäre es dann noch Politik?"

„Wenn es dann nicht mehr Politik ist, ist es um die Politik auch nicht schade gewesen. Aber ich verstehe Politik als eine Suche nach dem, was das Beste für die Menschen ist. Und das ist, wenn alles mit Liebe durchdrungen wird. Die Suche danach, wie das möglich werden kann ... das ist für mich Politik."

„Aber vorschreiben kann man das doch nicht?"

„Natürlich nicht! Das meine ich doch gar nicht. Wie es *möglich* werden kann, das meine ich. Wie kann man so arbeiten, dass man keine Angst um seinen Arbeitsplatz haben muss? Wie kann man so mit Tieren zusammenleben, dass man selbst mit *ihnen* in Liebe lebt? Wie kann man sich um alte Menschen kümmern, ohne die Minuten zählen zu müssen? Ach, Christian, es gäbe für die Politik so viel zu tun – wenn sie nur wüsste, was das Wichtigste ist!"

„Ja, du hast Recht", sagte er leise.

Wieder gingen sie eine Weile schweigend weiter.

Er spürte, wie sie über etwas nachdachte – oder etwas in ihrem Herzen bewegte.

„Christian?", sagte sie schließlich.

„Ja?"

„Wenn die Menschen wüssten, dass *Er* da ist – sie würden ganz anders handeln. Egal, ob Politiker oder nicht..."

Vorsichtig fragte er:

„Und du? Woher weißt du es?"

„Weil ich es gesehen habe. Weil Er es mir gesagt hat. Und weil ich es immer mehr spüre..."

„Aber ... ich verstehe nicht ganz, Marei. Wenn Er dort ist, nach dem Tod, wie kann Er dann hier sein?"

„Es gibt für Ihn kein ‚hier' und ‚dort'. Er ist überall, wo die Liebe ist. Und überall, wo Er ist, ist die Liebe. Für die Liebe gibt es kein Entweder-Oder."

„Also ... ist Er überall?"

„Ja, überall ... außer in den Herzen der Menschen."

„Was?", fragte er bestürzt. „Ich dachte, dann *gerade* da."

„Nein, Christian. Da *möchte* Er sein. Aber Er kann es nur, wenn ein Mensch Ihm dort Wohnung gibt..."

Schweigend ging er neben ihr.

„Und du hast Recht", sagte sie. „Dieser gute Wille, den jeder Mensch mitbringt... Aber später wird dieser wieder so klein, weil er überdeckt wird mit anderem, was *nicht* mehr dieser gute Wille ist."

Traurig sah sie ihn an.
„Einst hat Er die Wechsler aus dem Tempel getrieben. Jetzt wird Er aus dem Tempel getrieben..."
„Wie meinst du das?"
„Die Wechsler. In der Bibel. Kennst du das nicht?"
Beschämt gestand er:
„Es ist sehr lange her, dass ich die Bibel mal gelesen habe..."
„Das habe ich nach meinem Unfall auch gemacht. Es ist ja Seine Geschichte. Ich weiß nur nicht, ob man Ihn dadurch je kennenlernen wird, wenn man nicht zuerst Ihm selbst begegnet ist. Sonst denkt man doch immer nur, dass es irgendwie ein normaler Mensch war."
„Aber wie ist das dann überhaupt?"
Jetzt wurde ihm diese Frage erst deutlich.
„Wenn es *nicht* ein normaler Mensch war, sondern dieses ... Wesen. Wie konnte es dann trotzdem ein Mensch werden? Und warum ist es das jetzt nicht mehr?"

Lange ging sie schweigend.
„Ich weiß nicht", sagte sie schließlich mit leiser Traurigkeit. „Das habe ich nicht gesehen... Es war auch ganz unwichtig. Wichtig war nur, dass Er dieses Wesen ist. Aber ... Er *ist* zugleich auch Mensch. Mehr Mensch als wir alle... Ich weiß nicht, wie ich es erklären soll. Wir wollen so werden wie Er, Christian! Das ist unser tiefster Wille... Nicht, dass wir das könnten. Und doch können wir Ihm immer näher sein – und gerade *das* ist es, was uns zu Menschen werden lässt!
Ich weiß nicht, wie Er dann Menschengestalt annahm. Ich weiß nicht, wie ich das wirklich verstehen kann. Ich verstehe auch vieles nicht. Aber ich weiß, was ich gesehen habe – und das ist unendlich sicher..."

„Und", fragte er vorsichtig, „wer treibt Ihn aus dem Herzen aus?"

„Das weiß ich auch nicht..."

Wieder spürte er ihre Traurigkeit.

„Ich weiß nur, *dass* es geschieht. Die Menschen lassen es zu, sie können die Liebe nicht in ihrem Herzen halten. Und du siehst ja, es geschieht schon sehr früh. Dadurch, dass schon ein Kind lernt, dass nicht alles Liebe ist, verliert es auch selbst das, was es mitgebracht hat, nach und nach. Und so muss Er das menschliche Herz verlassen. Aber dies ist sein Tempel. Im Herzen will Er wohnen..."

„Aber wovon lässt Er sich denn vertreiben? Könnte Er nicht einfach darin bleiben? So dass die Welt liebevoll wäre, weil die Herzen liebevoll wären?"

„Nein, Christian", erwiderte sie sanft. „Es ist *unsere* Aufgabe, Ihm wieder Wohnung zu geben, wenn wir Ihn vertrieben haben... Unsere Aufgabe ist es, eine Sehnsucht danach zu bekommen. Wir müssen um die Liebe kämpfen, Christian. Wenn wir nicht kämpfen müssten, *wäre* es keine Liebe..."

„Das heißt, ein Kind muss die Liebe verlieren, weil es sie sonst gar nicht wirklich hätte?"

„Nein ... nicht der einzelne Mensch. Aber wir alle, als Menschen. Die Liebe darf nicht selbstverständlich im Herzen sein. Sie muss verlorengehen *können*. Und der Mensch muss wollen, dass sie nicht verlorengeht – oder dass er das Verlorene wiederfindet.

Deswegen müssen wir einander beistehen, Christian. Wir sind zu schwach, es allein zu tun – und vielleicht sollen wir es auch gar nicht. Wir sollen uns gegenseitig helfen! In jedem Herzen kann die Liebe verlorengehen – und geht sie verloren. Aber wenn wir sie wiederfinden, während wir hier auf Erden leben, Christian – dann geht sie nicht mehr verloren.

Nach dem Tod wird sie immer wiedergefunden – denn nach dem Tod begegnen wir Ihm! Aber dann bringen wir sie mit,

und hier geht sie verloren, denn hier erleben wir Ihn nicht...
Aber gerade deshalb können wir sie wiederfinden. Selbst,
verstehst du? Und wenn dies geschieht, Christian – wenn dies
geschieht, dann geht die Liebe *nie* wieder verloren... Dann
haben wir das erreicht, was unsere große, heilige Aufgabe ist.
Wir haben unser Herz für Ihn geöffnet..."
Er lauschte dem Klang ihrer Stimme nach...
Dann fragte er vorsichtig:
„Er *will* also vertrieben werden, um wieder zurückkehren zu
dürfen?"
„Er will nicht vertrieben werden. Aber Er will, dass Er nicht
‚automatisch' im Herzen wohnt. Ich weiß nicht, wie ich es
sagen soll."
„Aber würde Er das nicht in einem Kind, das nie die Liebe
verliert?"
„Du verstehst das nicht!", klagte sie, und sofort tat ihm seine
Frage leid – er wollte sie niemals leiden sehen...
„Tut mir leid, Marei...", sagte er betroffen. „Ich höre auf zu
fragen..."
„Nein...", sagte sie leidvoll. „So meinte ich es nicht. Es tut
nur so weh... Man *möchte* es so gern erklären und kann es
nicht! Es ist ... wenn ein Mensch nie die Liebe verlieren würde, so würde er das trotzdem *wollen* – sie nie verlieren. Weil
ein Mensch sie immer verlieren kann. Selbst ein Mensch, der
nur in Liebe aufwächst und selbst liebevoll ist, könnte irgendwann egoistisch werden wollen – und dann ist er ja schon
lieblos. Aber wenn er das nicht will, dann ist es auch *sein*
Wille, verstehst du? Wenn ein Kind voller Liebe aufwächst,
ist es leicht, die Liebe zu behalten – aber es könnte sie trotzdem verlieren, jederzeit, wenn es will. Wenn es aber nicht
will, dann will es nicht. Und dann gibt es Ihm in seinem Herzen Wohnung, *weil es will*. Die Liebe muss verlorengehen
können. Und das kann sie immer. Man muss es *immer* wollen, dass es nicht geschieht. Er möchte, dass wir Ihm Woh-

nung geben *wollen*. Die Liebe ist nie etwas Selbstverständliches. Nie..."

„Aber wir wissen doch gar nicht, dass die Liebe mit Ihm zu tun hat."

„Darauf kommt es nicht an. Es kommt auf die Liebe selbst an. Ob wir *ihr* Wohnung geben wollen, weil wir es wirklich wollen. Wir müssen es wollen – es geht nicht anders. Bei ganz kleinen Kindern ist sie immer da, in ihnen, und deswegen lieben wir die kleinen Kinder ebenfalls gerade! Aber später ist sie nur noch da, wenn wir es wollen. Er will nichts gegen unseren Willen...

Und ja, Christian, Er will auch erkannt werden. Aber das kommt später. Nur durch die Liebe selbst kann Er erkannt werden – wie soll man Ihn vorher erkennen? Erst müssen wir Ihm Wohnung gegeben haben, dann können wir erkennen, was wir eigentlich getan haben..."

„Aber du hast Ihn erst erkannt..."

„Ja, weil ich tot war. Wie könnte man Ihn nicht erkennen, wenn man Ihm *begegnet*? Aber hier auf Erden begegnen wir Ihm nur, wenn wir Ihn vorher *aufnehmen*, verstehst du?"

„Oder wenn wir jemandem begegnen, der Ihn aufgenommen hat..."

Tief berührt sah sie ihn an.

„Ja", sagte sie leise. „Darum geht es doch..."

*

Als sie schließlich langsam wieder in Richtung ihres Häuschens unterwegs waren, sagte sie leise:

„Ich habe immer Angst, dass sich das nicht verbindet..."

„Was, Marei?"

„Das beides... Die Liebe und Er. Wir haben jetzt so viel darüber gesprochen. Aber erlebst du es dann auch? Dass das verbunden *ist*? Dass alles, was wir vorher schon über die

Liebe gesagt und erlebt haben, und das, worüber wir jetzt gesprochen haben ... *dasselbe* ist? Dass wir Ihn nicht vergessen dürfen, wenn wir über die Liebe sprechen ... und die lebendige Liebe nicht vergessen dürfen, wenn wir über Ihn sprechen? Es muss im Erleben immer mehr ein und dasselbe werden. Sonst kann es ... vielleicht doch noch immer wieder verlorengehen..."

Beschämt dachte er daran, dass er ihre Liebe tatsächlich noch immer nicht in seinem eigenen Herzen aufrechterhalten konnte. Er musste immer wieder die Wege suchen, die sie ihm gezeigt hatte – immer wieder neu.

„Du meinst, man würde die Liebe viel stärker behalten, wenn man dabei auch immer an Ihn denken würde?"

Sie widersprach ihm unendlich sanft:

„Nein, Christian... Ich meine, dass man die Liebe dann wahrhaft finden würde, für immer, wenn man zu Ihm eine wirkliche Beziehung finden kann. Wenn Er ... nicht nur noch immer nur Gedanke bleibt, sondern ... wenn man begreift, dass Er wirklich da ist. Wenn das eine völlige Sicherheit wird. Wenn dies sicherer als alles andere wird..."

„Eine Beziehung...?"

„Ja, eine Sehnsucht, ein Wissen, eine Gewissheit, eine tiefe Beziehung. Vielleicht hat man *das* früher Glauben genannt, Christian. Es war mehr als ein Glauben, es war ein Wissen. Es war ein *Leben* mit Ihm..."

„Ein Leben?"

„Ja, in jedem Moment. Er ist es, der einen begleiten kann. Er ist es, zu dem man seine Zuflucht nehmen kann, wenn man niemanden sonst hat. Er ist es, von dem man weiß, Er ist da, wenn die wirkliche Liebe da ist – es ist ein und dasselbe. Wie könnte das kein wirkliches Leben sein, keine tiefste Beziehung? Es ist eine *Realität*, Christian! *Er* ist eine Realität!"

„Ich verstehe, was du sagen willst, Marei... Was du selbst erlebst... Aber – wie kann ich das? Kannst du mir hier noch einmal helfen...?"

Sie sah ihn traurig an. Dann sagte sie:

„Ich versuche es doch die ganze Zeit..."

Schweigend und beschämt ging er neben ihr...

Schließlich sagte sie:

„Man braucht eine Sehnsucht, Christian... Wenn man sie nicht hat, geht es nicht. Man muss spüren, dass einem etwas fehlt... Und diese Sehnsucht muss so groß werden... Sehnsucht nach Liebe, Christian! Aber nicht danach, Liebe zu bekommen – sondern Liebe schenken zu können! Sehnsucht danach, lieben zu können, in Wahrheit... Du könntest das, mehr als alle Anderen. Denn du stirbst, Christian."

Sie sah ihn mit tiefstem Mitleid an, ging dann weiter.

„Denke wieder an den Tod. Es tut mir so weh, das sagen zu müssen... Bitte verzeih mir... Aber ich weiß nicht, wie es anders gehen soll. In den Tod *kann* man nur mitnehmen, was wertvoll ist – in Seinen Augen. Und das ist nur die Liebe, Christian, in all ihren Formen... Aber ... je tiefer die Liebe, je wahrer, je realer, desto *mehr* kannst du mitnehmen. Das ist das Einzige, was dir nicht verloren gehen wird. Das ist es, was du behalten darfst ... die Liebe. Du wirst alles verlieren. Nur nicht das, was die Liebe ist, Christian! Aber du sollst sie nicht deswegen suchen – du sollst dies wissen, und dann eine Sehnsucht nach der Liebe selbst fühlen. Nicht, um etwas für dich zu retten, sondern weil du erkennst, dass dies überhaupt das Einzige ist, was zählt. Immer gezählt hat – und jemals zählen wird... Verstehst du, Christian? Alles andere zählt nicht...""

Sie blieb stehen.

„Aber man kann es auch wiederum andersherum sagen. Es zählt nur, was Ihm ähnlich ist, Christian. Aber das soll kein

135

Zwang sein, sondern eine Erkenntnis – eine Erkenntnis, die so tief geht, dass sie die tiefste Sehnsucht danach erweckt, Ihm ähnlich zu werden... Ihm näherkommen zu dürfen. Immer mehr würdig zu sein, Ihm Wohnung geben zu dürfen – denn das gerade ist diese ‚Ähnlichkeit'. Die Liebe selbst macht uns Ihm ähnlich. Sehnsucht, Christian! Nur das brauchen wir – eine wirkliche Sehnsucht! Das Leben hat keinen Wert, wenn wir nicht *danach* eine Sehnsucht haben und alles dafür einsetzen. Wir müssen *Menschen* werden wollen, aber wir werden es nur dadurch..."

Sie sah ihn mit innigen Augen an – sie hoffte so sehr, dass er ganz und gar verstand und fühlte, was sie sagte...
„Ach, Marei...", sagte er beschämt und zugleich wehmütig. „Meine tiefste Sehnsucht gilt immer wieder *dir*... Ich weiß nicht, wie ich das je ändern könnte. Ich will es überhaupt nicht ändern..."
Gerührt und traurig zugleich sah sie ihn an.
Leise ratlos ging sie dann langsam weiter – und er ging mit leiser Scham neben ihr. Es tat ihm ebenso leid, sie zu enttäuschen, wie es ihm unmöglich war, ihr nicht mehr den Platz seines Herzens zu geben...
„Aber", bat sie, „wenn du mich liebst, musst du doch verstehen wollen, was ich sage?"
„Ich will es ja auch – und ich verstehe es ja auch. Aber weil ich dich liebe, bist trotzdem *du* es, der ich in meinem Herzen Wohnung gebe... Ich kann einfach nicht anders."

Schweigend ging sie eine Weile. Dann sagte sie leise:
„Es ist nicht gut, dass du mich so liebst... Mache ich überhaupt etwas richtig...? Ich schaffe es einfach nicht, dir zu zeigen, was mir so unendlich wichtig ist..."
Bestürzt, in tiefstem Schmerz über ihr Leid, blieb er stehen, sah sie betroffen an und bat:

„Marei, bitte, sprich nicht so! Du zeigst mir so unendlich viel! Das weißt du doch... Es ist schon so viel geschehen, mit mir... Das alles hast nur du erreicht. Ich weiß, dass du es richtig machst... Ich weiß nur nicht, was ich machen soll – ich kann dich nicht aus meinem Herzen austreiben..."

Sie sah ihn an, mit diesen traurigen, wunderschönen Augen. Nie wollte er diese Augen traurig sehen – aber nun waren sie es... Und dennoch war sie auch jetzt so wunderschön... Und auf einmal sagte sie verzweifelt:

„Wenn du mich so liebst, Christian – warum vergisst du Ihn dann? Warum verstehst du es nicht? *Ihm* hast du alles zu verdanken! Alles! Meine Liebe zu dir, mein Wesen, meinen Traum, der mich zu dir führte – und sogar deine eigene Liebe, Christian. Nichts, nichts von alledem wäre da ohne Ihn! Ich wäre nicht einmal mehr am *Leben*, wenn Er mich nicht zurückgeschickt hätte! Du *musst* das erleben, Christian! Du musst! Sonst..."

Sie sah ihn verzweifelt an.

„...sonst muss ich dich verlassen..."

Sie begann zu weinen. Und weinend sagte sie:

„Nein, bitte verzeih mir... Das wollte ich nicht. Das ist auch nicht richtig. Ich bin nur so verzweifelt. Du musst das einfach erleben, Christian. Nichts wäre da ohne Ihn! Ich nicht, wie ich bin, nicht – und du wärst gar nicht fähig, mich zu lieben. Wie kann das alles nicht deine tiefste Dankbarkeit finden? Aber wenn es sie fände – du würdest Ihn unendlich lieben. So sehr wie mich – und mehr noch, weil du endlich begreifen würdest, wer Er wirklich ist!"

Sie weinte nun hemmungslos und schlug in anmutiger Verzweiflung schluchzend an seine Brust...

Die Tränen strömten in seine Augen. Er war völlig überwältigt von ihrer unendlichen Liebe – Liebe zu ihm und Liebe zu Ihm. Es war nicht mehr zu unterscheiden. Ihre Liebe zu Ihm ließ sie alles versuchen, um ihm zu helfen, diese Liebe ebenfalls zu finden...

Und ihre Liebe und seine Liebe zu ihr und ihre Worte – sie öffneten das Tor seines Herzens. Er begriff auf einmal, dass er sie nicht aus diesem Herzen austreiben musste, indem er Ihm Einlass gab. Er begriff, dass er sie ganz und gar Ihm verdankte. Und seine Liebe zu ihr ließ seine Liebe zu Ihm geboren werden... Sie wurde geboren aus der allertiefsten Dankbarkeit... Und die Liebe wurde zu Verständnis, ja, *war* das Erkennen...

Sanft schloss er sie in seine Arme und sagte, während sich sein Herz in tiefer Erlösung staunend weitete:
„Ich erlebe es, Marei..."
Sie hielt inne und sah ihn mit tränennassen Augen an.
„Du erlebst es?", fragte sie, noch fast ungläubig.
„Ja..."
In ihren Augen verwandelte sich alles Leid auf einmal in schmerzliches Glück, in größte Dankbarkeit, staunenden, stillen Jubel ... und mit diesem Ausdruck in ihren Augen umschlang sie seinen Hals und küsste ihn innig...
Fast verlor er dadurch wieder sein Erleben; das Erleben ihres eigenen Wesens und seiner Liebe zu ihr war so stark... Und doch verlor er es nicht, jenes Erleben, dass er all dies jenem höchsten Wesen verdankte, zutiefst verdankte, in jedem einzelnen Moment, jetzt und immer...

Als sie schließlich weitergingen, sagte sie nach einer kleinen Weile:
„Verstehst du jetzt, Christian? Dass die Liebe zu einem Menschen nicht abnimmt, wenn man Ihn erkennt? Sondern dass sie *zunimmt*? Alle Liebe nimmt dann zu. Man findet, was die Liebe wirklich ist. Erst, wenn man Ihn begreift, wirklich begreift, begreift man auch die Liebe. Aber wenn man Ihn wirklich begreift, entsteht diese Sehnsucht. Man begreift die

Liebe – und man will immer mehr fähig werden, *so* zu lieben.
So wie Er, so wirklich, so vollkommen, so rein... Man begreift die Liebe, und man bekommt die Sehnsucht, so lieben zu können. Liebe wirklich schenken zu können, ohne Bedingung. Ohne eigene Sehnsucht, ohne eigenes Bedürfnis. Als *Quelle* der Liebe – weil Er in einem ist. Das ist Liebe, Christian, das ist Seine Liebe. Liebe ohne alles. *Nur* Liebe..."
„Ist es auch diese Sehnsucht nach Sanftheit, Marei?"
„Die Sehnsucht, sanft zu sein, ja..."

*

Am Nachmittag blieben sie wieder zuhause und sprachen auf der Couch weiter miteinander.
„Man kann es nicht festhalten, dieses Erlebnis...", sagte er, „es droht doch immer wieder zu entschwinden. Was muss ich machen, Marei? Was kann ich tun, damit ... damit es nicht verschwindet?"
Sie sah ihn an.
„Darf ich mich einmal in *deinen* Schoß legen...?", fragte sie.
Er war erschüttert.
„Ja...", brachte er hervor.
Sie legte sich zu ihm, ihren Kopf in seinen Schoß.
Unschuldige Anmut...
Er war von dieser Geste so tief berührt, dass sich sein ganzes Inneres mit fast schmerzlicher Dankbarkeit zu füllen schien.
Ihre wunderschönen Augen sahen ihn an.
„Fühlst du etwas?", fragte sie leise.
„Ja ... unendliches Glück...", erwiderte er fast ehrfürchtig.
„Warum?", fragte sie sanft.
„Weil ich dich so sehr liebe..."
„Aber warum noch...", fragte sie mit zarter Beharrlichkeit.
„Weil es ein solches Glück ist, dass du dich so zu mir legst. Dass du das *wolltest*... Es ist so eine wunderschöne ... Hingabe..."

„Bist du dafür ... dankbar?", fragte sie leise.

„Ja – unendlich..."

„Das ist *auch* Hingabe, Christian", sagte sie fast flüsternd, mit einer geradezu heiligen Innigkeit. Sie sah ihn an, wie um zu sehen, ob er sie verstand. „Darum geht es, Christian!", fuhr sie mit stiller, sanfter Leidenschaftlichkeit fort. „Die Seele muss sich selbst vergessen, um lieben zu können. Und sie tut es, wenn sie liebt. Aber wenn sie dies kann, sich wirklich vergessen, um zu lieben – dann kann sie *alles* lieben. Dann aber weiß sie – kann es wissen –, wer Er ist. Denn dann liebt sie mit Seiner Liebe! Nur ganz loskommen von sich, darum geht es. In der tiefen Dankbarkeit *ist* man es! Man hat sich ganz vergessen – und wie schön ist das! Denn nun kann man *alles* andere sehen lernen – und lieben! In diesem Zustand, in diesem wunderschönen, schwebenden Zustand, in dem man sich selbst überhaupt nicht braucht. Mit allem, was man hat und ist, kann man zu dem *anderen* gehen – zu dem, dem man sich zuwenden möchte. Diesen Zustand muss man nur kennenlernen – wenn man ihn einmal kennengelernt hat, kann man ihn immer wiederfinden, denn man *will* ihn wiederfinden..."

„Ich versuche, zu verstehen, was du meinst, Marei ... und ich verstehe es auch. Aber bitte sprich noch weiter – hilf mir noch weiter..."

„Christian...", sagte sie auf einmal überraschend mit einem sanftesten Tadel. „Du versuchst noch immer, all dies auf die alte Weise zu verstehen. Zu sehr mit dem Kopf! Der Kopf aber kann nur verstehen, nicht fühlen... Helfen kann ich dir nur, wenn ich dir helfe, zu *fühlen*... Denn wenn du fühlst, wenn du es wirklich erlebst, dann ist es da. Die Verwirklichung liegt im Fühlen. Die Liebe ist etwas, was man fühlt; die Sehnsucht danach auch. Der Zustand, den ich meine ...

da, wo man sich selbst ganz vergessen kann, das ist wirklich reines *Gefühl*, weil es reine Sehnsucht und reine Liebe ist. Man hört auf, an *sich* zu denken und sich zu fühlen – und man fühlt nur, dass man an anderes denken und anderes lieben kann ... und man *tut* es! Weil man es will, weil man es möchte, weil man fühlt, dass dies das Schönste ist, das unendlich Schöne – schöner, als jemals das An-sich-Denken oder Nur-bei-sich-Sein sein könnte. Man muss es erleben, Christian – und man erlebt es, wenn man es fühlt..."

„Von sich loskommen...?", fragte er langsam.

„Ja", erwiderte sie innig. „Du tust es schon, wenn du mich liebst. Du tust es schon, wenn du tiefe Dankbarkeit empfindest. Dann bist du schon nicht mehr bei dir – sondern bei mir, bei dem tiefen Dankesgefühl, dem Glück, bei Ihm... Du bist nicht bei dir, sondern woanders, bei allem anderen, im Zwischenraum, außerhalb von dir...

Und wenn du *jetzt* ...", sie sah ihn mit anmutiger Eindringlichkeit an, „wenn du jetzt diese Liebe, diese Dankbarkeit, die mit *mir* zu tun hat, sanft – sanft, Christian! – *weiterfließen* lassen könntest ... so, dass sie sich auch anderem zuwenden könnte, allem anderen, dann hättest du es! Dann würdest du erleben, was ich meine. Schenke deine fließende Liebe, die dich aus dir herausführt, nicht nur mir, sondern auch dem anderen – *alles* verdient die Liebe, Christian! Und du verdienst es, diese Liebe in dir zu finden... Und die Liebe verdient es, gefunden zu werden...

Suche sie, Christian, fühle sie – und lasse sie dann nie wieder los... Lasse sie fließen... Fühle, wie dies *dein* Leuchten wird, Christian... Das ist das unendlich schöne Wunder, das von *dir* ausgehen kann. Und wenn dies geschieht, so geschieht es, weil du in demselben Moment Ihm Wohnung gegeben hast. Er ist es, der dem Herzen hilft, von sich loszukommen und hinauszugehen, hinaus in die Welt, zu allem, was so sehr die Liebe verdient hat..."

„Und wenn meine Liebe doch nur dich lieben will ... oder kann?", fragte er scheu.

Sie schwieg einen Moment. Dann sagte sie:
„Nein, das kann sie nicht. Wenn du mich wirklich liebst, Christian, dann kannst du auch alles andere lieben. Du weißt es nur noch nicht. Aber dein Herz weiß es längst – es konnte es schon immer, du musst es es nur tun lassen. Das Herz kann alles lieben – es ist nur der Mensch, der es nicht zulässt. Er hält sein eigenes Herz zurück – aber lass es einfach lieben, Christian! Beschränke es nicht auf mich, es selbst *möchte* längst auch das andere lieben. Und du hast es durch deine Liebe zu mir längst gelernt. Erlebe es doch nur!"
Sie sprach mit innigster Leidenschaft – und fuhr fort:
„Ich sage noch einmal, dass *alles* so sehr die Liebe verdient hat. Denke doch nur an das weinende Mädchen auf dem Spielplatz, an deinen Sohn nach dem Rasenmähen... Du musst auf dieses Leuchten achten, Christian. Auf das, was die Liebe unmittelbar erweckt, wenn sie nur *sieht*! Und wir können überall sehen. Selbst in der Dunkelheit können wir das Licht sehen lernen. Die Liebe sieht es immer. Das Einzige, was wir brauchen, ist die Sehnsucht, jemand zu werden, der das Leuchten sieht, Christian. Die Welt braucht so sehr Menschen, die es sehen! Es gibt zu viele Menschen, die es nicht sehen. Sei du nicht auch einer von ihnen, Christian. Sei du einer, der das Leuchten sieht – und der alles, alles lieben lernt, weil *die Welt die Liebe braucht*! Werde ein Helfer, Christian, werde ein Licht – werde einer, der die Liebe in die Welt trägt.
Christian ... werde einer, der du bist! Christian, dein Name ... du sollst jemand sein, der Ihm Wohnung gibt! Schenke doch diese Wochen mir und dieser unendlich heiligen Aufgabe!"

Zutiefst berührt und mit vielfältigsten, in ihm wirkenden und webenden Empfindungen sagte er:

„Danke, Marei ... danke...! Ja, das werde ich versuchen ... das werde ich tun..."

*

Als sie schon schlief, lag er noch lange wach.

Wieder hatte er sie lieben dürfen... Er spürte, wie sehr sich zwischen ihnen eine Vertrautheit entwickelte – wie sehr sie ihn mochte, auch wenn sie ihn nicht in derselben Weise liebte wie er sie. Aber sie hatte ihn ihre Sanftheit gelehrt, das Geheimnis, ja, das Wunder der Sanftheit überhaupt – und dieser konnte sie sich dann auch selbst hingeben ... aus Liebe, die zugleich Mitleid war. Und *in* ihrer reinen Hingabe, die auch wieder ein Wunder war, konnte auch sie es dann schön finden...

Nun hörte er ihren Atem neben sich – und war immer wieder erschüttert über das Geschenk, das sie ihm machte. Sie schenkte ihm sogar ihren Leib, aber das war nicht alles, sie schenkte ihm vor allem überhaupt diese ganzen drei Wochen. Was dies hieß, das spürte er so unsäglich tief, als er jetzt ihren Atem neben sich hörte... Wirklich ein schlafender Engel...

Was war dies für ein Wunder? Dass ein so wunderbares Mädchen dies tat... Aber überhaupt. Dass ein Mensch einem anderen Menschen sein Leben zum Geschenk machte – und sei es nur für drei Wochen. Es war völlige Hingabe. Was hatte sie gesagt? Sich selbst vergessen...

Es *war* ein Wunder, ein ganz unbeschreibliches. Ein Mensch schenkte sich ganz, er tat etwas aus reinster Liebe. So wie sie... Ihr ruhiger Atem... Sie schenkte sich einfach... Die Rührung in seinem Inneren wurde immer stärker...

Wieder erlebte er diese Dankbarkeit, aber diesmal überschritt sie jedes Maß, das sie vorher noch gehabt hatte. Tiefste Dankbarkeit... Und dann ... dann verwandelte sie sich. Das tiefe Gefühl verwandelte sich ... in ein Staunen, ein ebenfalls grenzenloses Staunen. Es musste vorher schon dagewesen sein, jetzt war *nur* noch dieses Staunen da. Und auch dieses ... wurde wiederum leise etwas anderes, allmählich, verwandelte sich weiter, in ein heiliges Gefühl der Ehrfurcht. Und auf einmal war es all dies zusammen: Tiefste Ehrfurcht, Dankbarkeit, Staunen ... und tiefste Liebe zu ihr...

Als diese Empfindung langsam abnahm und er wieder zu sich kam, wusste er nicht genau, wieviel dies mit dem zu tun gehabt hatte, wovon sie gesprochen hatte. Es war alles immer noch *ihr* zugewandt gewesen. Und doch war es etwas Neues gewesen, etwas Heiliges, was er so – so deutlich, so stark – zuvor noch nicht erlebt hatte. Und er fühlte, dass dies der Weg war, den sie meinte...

Als sie am nächsten Tag wieder aus dem Haus gingen und die schönen, einsamen Wanderwege erreichten, fragte er wieder:

„Marei ... darf ich wieder deine Hand halten...“

„Ja...“

Immer wieder war er von ihrer winzigen, anmutigen Bewegung berührt, mit dem sie ihre Hand ein wenig von ihrem Körper wegbewegte, damit er sie ergreifen konnte. Nie gab sie sie ihm selbst – aber dass sie diese Bewegung machte, rührte ihn eigentlich noch viel tiefer... Es war nicht ihr Bedürfnis, sondern seines – aber sie schenkte sich ganz... Er spürte, dass sie es nicht nur zuließ, sondern dass sie sich schenkte. Er spürte es an ihrer Hand...

„Wieso möchtest du das immer...?“, fragte sie diesmal warm.

„Ist es ... ist es dir nicht recht?“, fragte er unsicher.

„Doch – doch, Christian. Ich möchte es nur wissen, ich möchte es verstehen. Noch mehr, als ich es schon tue...“

„Und was verstehst du?“, fragte er berührt.

Sie lächelte mit einer sanften Verlegenheit.

„Dass es schön ist? Von einem Mädchen die Hand zu halten...?“

„Es ist nicht nur schön, es ist unendlich schön. Wenn man dieses Mädchen liebt. Und wenn man es unendlich liebt, dann ist es ... unvorstellbar schön... Ich habe das vorher nicht gewusst – nicht so. Ich habe das Gefühl, ich weiß es erst, seit du mir gezeigt hast, was Sanftheit ist...“

Sie lächelte wieder.

„Doch, wirklich, Marei. Weißt du, es ist unvorstellbar, was die Hand eines Mädchens ist... Deine Hand... Es ist so ein tiefes Gefühl, es ist...“

Auf einmal erlebte er, was es war.

„Es ist tatsächlich das tiefe Erleben der Hingabe. Man empfindet es wie mit einer heiligen Ehrfurcht – dass das Mäd-

145

chen, das einem seine Hand gibt, *sich selbst* gibt. Wenn man seine Hand hält, halten darf, darf man eigentlich viel mehr halten... Ich empfinde es jedenfalls so. Es ist unglaublich tief... Wenn du mir deine Hand gibst, dann ist das für mich etwas Heiliges..."

Sie schwieg tief berührt.

„Das erlebst du...?", fragte sie schließlich staunend.

„Ja."

„Aber ich *gebe* sie dir doch gar nicht...", erwiderte sie fast beschämt.

„Doch, du gibst sie mir. Schon mit dieser kleinen, wunderschönen Bewegung, mit der ich sie nehmen darf. Und wenn ich sie nehmen durfte, wenn ich sie halte, dann gibst du sie mir wirklich. Es ist so ein unbeschreibliches Gefühl..."

Leise sagte sie:

„Es beschämt mich fast, dass du so viel dabei empfindest..."

„Das muss es nicht, Marei. Ich liebe dich doch. Soll man nicht gerade so viel empfinden?"

„Doch, Christian, das soll man. Es ist wunderschön, wie du darüber sprichst..."

„Ja, Marei, man könnte fast zum Dichter werden, wenn man deine Hand halten darf..."

Schweigend und etwas verlegen ging sie neben ihm.

Schließlich fragte sie vorsichtig:

„Christian?"

„Ja?"

„Was du vorhin gesagt hast... Dein Erleben... Es hat so viel Ähnlichkeit mit dem, was man erlebt, wenn ... wenn man fühlt, dass ... wenn man die Liebe erlebt, von der ich zu sprechen versuche. Es ist, wie wenn ... dann *Er* einem Seine Hand gibt."

Sie sah ihn einmal an, unsicher, ob sie jetzt davon sprechen konnte. Sein Blick beruhigte sie völlig, und ehrfürchtig fuhr sie fort:

„Man spürt, wie es Er selbst ist, der sich gibt, und wie das viel mehr ist als nur die Hand. Und wie es unendlich heilig ist – nicht zu beschreiben... Genau das erlebt man, wenn man fühlt, wie man beginnt, *alles* zu lieben, lieben zu können – eine Liebe in sich zu fühlen, die sich allem zuwenden kann... Das ist Seine Liebe. Und man erlebt es so ... wie du es beschrieben hast..."

Er dachte eine Weile darüber nach. Dann sagte er: „Ja, Marei. Ich verstehe... Und vielleicht ist es ja noch egoistisch, nur *ein* Mädchen zu lieben – und doch komme ich in meiner Liebe zu dir schon von mir los. Das weiß ich jetzt. Ich würde dich so gerne für mich haben. Aber ich würde genauso *alles* für dich tun – auch wenn ich nur einen winzigen Teil deiner Liebe bekäme. Dieser winzige Teil würde mir bereits reichen. Und vielleicht nicht einmal das, sondern allein nur schon, dich zu sehen... Als du gestern neben mir eingeschlafen warst, da war es so unbeschreiblich, nur deinen Atem zu hören... Das ist doch kein Egoismus mehr, Marei...?"

„Nein...", erwiderte sie berührt. „Nein, Christian. Du bist doch schon längst auf dem Weg zu Ihm... Jeder einzelne Schritt führt zu Ihm... Und du weißt nicht, wie viele Schritte du schon gegangen bist. Aber ich weiß es..."

„Wie kann ich dann weitergehen, Marei? Es tut mir leid, wenn ich oft dasselbe fragen werde..."

„Nein, das ist doch wunderschön, Christian. Es gibt doch keine unnötigen Fragen, wenn wirklich die Sehnsucht zu erwachen beginnt. Und ich kann mir nichts Schöneres wünschen, als dir dabei zu helfen. Denke nicht, dass ich ungeduldig werden kann. Ich merke doch, dass du nie fragst, wenn es nicht nötig ist."

„Aber ich denke doch oft zu sehr mit dem Kopf..."

„Das ist jetzt auch schon gar nicht mehr so. Merkst du denn gar nicht, dass deine Sehnsucht wirklich zu erwachen beginnt?"

„Doch ... wahrscheinlich. Aber denkt man dann schon nicht mehr mit dem Kopf?"

„Die Sehnsucht ist eine Sache des Herzens – und Fragen, die aus ihr entspringen, entspringen aus dem Herzen, selbst wenn der Kopf sie dann stellt..."

„Danke, Marei..."

„Und so kannst du weitergehen, Christian. Folge einfach dieser Sehnsucht. Wenn du das Halten meiner Hand so tief empfindest, Christian ... bin ich zutiefst gerührt... Das sollst du überhaupt nicht verlieren! Das sollst du unbedingt behalten, wenn du es kannst... Und dann noch weitergehen. Was du ... an meiner Hand empfindest, Christian, das versuche, selbst auch zu schenken! Versuche, auch dich ganz zu schenken – sodass der Mensch oder die Dinge, die deine Liebe erfahren dürfen, staunend davorstehen würden, tief berührt, so tief wie du von meiner Hand..."

„Aber welche Liebe kann ich denn noch schenken – ich habe doch gar keine Zeit mehr. Ich werde nur noch von Liebe oder Hilfe abhängig sein..."

„Doch, Christian – du hast noch Zeit! Bedenke, was für Ihn Zeit ist – es ist egal, ob Jahre oder eine Minute. Es kommt nur darauf an, *ob* man diese Liebe geboren werden lassen kann. Es ist nicht wichtig, wann dies geschieht. Aber *dass* es geschieht – das ist das Wichtigste im ganzen Leben... Christian, du bist dabei, dasjenige noch tun zu können, was das Wichtigste deines ganzen Lebens ist... Und ... du bist dabei, dasjenige zu tun, was deinen Namen *wahr* werden lässt... Ach, wenn du wüsstest, wie wunderschön dein Name ist!"

Er war tief berührt. Jedes Mal, wenn sie dies sagte, wuchs sein Gefühl, dass sein Name eine Verantwortung bedeutete. Er trug ihn, ohne ihn je wahr gemacht zu haben, bis jetzt... Noch hatte er Zeit...

„Müsste ihn dann nicht jeder Christ wahrmachen?", fragte er.

„Doch, natürlich...", antwortete sie mit trauriger Bestimmtheit.

Nach wenigen Schritten fügte sie hinzu:

„Aber bei dir ist es sogar dein eigener Name. Es ist *dein* Name. Du wärst nicht nur ein Christ, du würdest auch so heißen. Und du heißt sogar schon so..."

Verantwortung... Es war wie ein Ruf...

„Weißt du...", sagte sie nach einer Weile, „es ist doch eigentlich unvorstellbar, dass die ersten Christen für ihren Glauben an Ihn freiwillig in den Tod gegangen sind – oder?"

Er hatte sich darüber noch nie Gedanken gemacht. Die Vorstellung hatte tatsächlich etwas Erschütterndes.

„Ja..."

„Sich vorzustellen", sagte sie, „dass da die Löwen auf einen warten... Oder auch das Kreuz..."

Sie erschauderte.

Er fragte sich, ob man auch junge Mädchen so hatte sterben lassen. Aber er zweifelte nicht daran. Allein schon die Vorstellung war furchtbar.

„Und doch hätte ich es auch getan", sagte sie nun.

„Was!?", fragte er bestürzt, fast instinktiv.

„Natürlich!", erwiderte sie.

„Wieso ist das ... natürlich?"

„Hast du nicht selbst gesagt, dass auch du aus Liebe alles tun würdest?"

Schweigend ging er neben ihr und überlegte, ob er aus Liebe zu ihr sterben würde. Bisher wollte er nur aus Liebe zu ihr am Leben bleiben...

Er stellte sich vor, dass sie nicht wüsste, dass er sie liebte. Oder dass er sie früher hätte lieben wollen, sie ihn aber abgewiesen hätte. Und dass er jetzt vor der Wahl stand, zu sterben, wenn er seine Liebe zu ihr bekennen würde. Er stellte sich vor, dass sie davon hören würde – und noch im Augenblick seines Todes davon gerührt werden würde...

„Ja, ich glaube, ich würde für dich sterben..."
Sie war berührt. Befangen sah sie ihn kurz an, blickte dann wieder nach vorn...

„Siehst du...", sagte sie leise. „Man kann, wenn man wirklich liebt, nicht *weniger* als alles geben, selbst wenn es das eigene Leben wäre..."
„Aber würde denn Christus je wollen, dass man für Ihn sterben muss?"
„Nein, Er würde es nicht wollen – aber Er würde niemals wollen, dass man Ihn verleugnet. Verstehen ja, aber nicht wollen. Und in Seinen Augen ist nicht der Tod das Entscheidende, sondern die Liebe. ‚Tod, wo ist dein Stachel?' Christian, die ersten Christen sind *singend* in den Tod gegangen! Ich könnte es nicht ertragen, Ihn zu verleugnen. Ich würde sterben, wenn ich das müsste – also sterbe ich lieber, *ohne* dies zu tun!
Wenn man das eigene Leben mehr liebt als Ihn, Christian, hat man es noch gar nicht verdient, mit Seiner Liebe lieben zu können – und dann kann man es auch noch nicht. Denn Seine Liebe besteht doch gerade darin, sich selbst zu vergessen. Wie könnte man das nicht gerade dann tun, wenn man vor der Frage steht, ob man *Ihn* liebt, mehr als sein Leben? Seine Liebe *ist* mein Leben. Wenn ich Ihn also verleugnen würde, würde ich mich selbst verleugnen. Dann hätte mein Leben keinerlei Sinn mehr. Für Ihn aber zu sterben, ist nie ohne Sinn. Die Märtyrer haben Zeugnis für Ihn abgelegt. Das bedeutet der Name gerade..."

„Für Ihn zu sterben...", wiederholte er langsam.
„Für Ihn zu sterben und für Ihn zu leben, das ist das, was allein Sinn hat. Ohne Ihn zu sterben und ohne Ihn zu leben, macht das Leben sinnlos, lässt es sinnlos bleiben. Der Sinn des Lebens liegt gerade darin, Ihn zu finden. Im Tode wartet Er auf einen – aber wir sollen Ihn bereits im *Leben* finden, Christian!"
„Und das Leben aller Menschen, die Ihn nicht finden ... hat keinen Sinn?"
„Ich habe das gesagt, damit man es mit dem Herzen versteht, Christian. Es soll ein *Gefühl* geben... Wie soll man sonst je erkennen, wie unendlich groß die Bedeutung dessen ist? Ich würde natürlich nie selbst ein anderes Leben als sinnlos beurteilen. Ich kann nur von mir aus sagen, dass ein Leben ohne Ihn in letzter Hinsicht keinen Sinn macht. Aber andererseits musst du an alles denken, was ich über das Leuchten gesagt habe, Christian. Deswegen ist es in Wirklichkeit so, dass jede Seele Ihn längst sucht – auch wenn sie es gar nicht weiß. Und nicht nur sucht, sondern ja auch schon etwas von Seiner Liebe in sich hat. Kein Mensch ist ganz ohne Liebe! Und überall, wo Liebe ist, ist Sinn. Die Frage ist nur: Kann man das immer tiefer erkennen? Dass es ohne die Liebe keinen Sinn gibt? *Das* kann man nun wirklich absolut sagen! Ohne die Liebe hat das Leben keinerlei Sinn. Aber die Liebe ist bereits immer der Weg zu Ihm..."

Nachdenklich ging er neben ihr.
Schließlich sagte sie, ebenfalls nachdenklich:
„Weißt du, für die ersten Christen ging es ja auch um die Frage, ob sie den Cäsar anbeten würden. Man hat es von ihnen gefordert. Da war die Sache doch wirklich klar... Könntest du je jemand anderen anbeten als den einzigen Gott...?"
Wieder dachte er an sie...
„Das kommt mir so ähnlich vor wie meine Schwierigkeit, noch etwas anderes zu lieben als nur dich, Marei..."

Bestürzt schwieg sie einen Moment.
Dann erwiderte sie innig:
„Nein, Christian, bitte denke so nicht! Liebe ist etwas Heiliges, ja, das stimmt. Aber die Geliebte ist nicht Gott... Auch wenn man sagt, es ist die Angebetete. Aber es ist anders, und gerade das ist das Wunder, Christian! Das gerade will ich dich immer wieder so gerne erleben lassen. Es ist...“
Sie suchte nach Worten.
„Gerade weil es Gott gibt, und gerade weil es Ihn gibt, kann man mehr als nur einen Menschen lieben. Die Liebe ist ohne Grenze, sie braucht nie aufzuhören. Denn Seine Liebe ist grenzenlos. Jede Liebe hat diese eine Quelle, Christian! Darum ist Gott einzig, und nur Ihm darf unser Gebet gelten, unsere Anbetung, unsere tiefste Verehrung. Aber die Liebe, die Er uns schenkt, damit wir mit ihr lieben können – diese Liebe kann sich auf alles richten. Sie wird nie weniger...“
Mit sanfter Anmut blickte sie ihn kurz an, dann sagte sie:
„Die Angebetete – das ist das Mädchen, dem die tiefste Liebe gilt. Aber sie wird geliebt mit einer Liebe, die wir Ihm verdanken. Die Liebe ist heilig, und deshalb kann sie auch das Geliebte so heiligen, wie man es sich kaum vorstellen kann. Aber die Liebe hat einen Ursprung – und dieser ist das Allerheiligste... Es ist *ein* Ursprung. Und etwas anderes ,anzubeten‘, heißt, noch nicht zu sehen, was der Ursprung aller Liebe ist – und was die Liebe überhaupt erst heilig macht und was auch alles Geliebte überhaupt erst heilig macht...
Er ist der einzige Ursprung alles Heiligen ... nur durch Ihn alles heilig, und deshalb hat das Leben keinen Sinn, wenn man Ihn nicht findet, denn man findet schon das Heilige nicht, und auch wenn man dieses fände, so hätte man noch immer nicht die Quelle dessen gefunden... Für diese heilige Quelle aber, Christian, wer würde für sie nicht freiwillig in den Tod gehen...? Verdanken wir doch nur ihr auch unser Leben ... unser Leben und alles, was diesem Wert gibt...“

Ihre Worte hatten ihm tiefe Empfindungen gegeben. Immer tiefer verstand er, wovon sie sprach, immer tiefer fühlte er es...

„Ja, Marei", sagte er berührt, „du hast Recht. Ich danke dir so sehr, dass du nie aufgibst..."

„Weißt du, was ich so schlimm finde?", fragte sie auf einmal.

„Nein – was denn?"

„Dass es heute keine ‚ersten Christen' mehr gibt. Ich meine nicht die, die ständig von Christus sprechen, vom ‚Glauben' und vom ‚an Ihn glauben müssen'. Ich meine Menschen, die eine tiefe Liebe in sich tragen und die alles aus Liebe tun – und die dann noch bekennen, woher diese Liebe entspringt... In der Politik, im öffentlichen Leben, wo alles es sehen. Nicht wie die Amerikaner, sondern wie die ersten Christen – so, wie ich mir die ersten Christen vorstelle. Weißt du, Christian? Sanft, gewaltlos, in reiner Liebe... Ich –"

Ihre Stimme stockte.

„Ich muss gerade an das Lamm denken. Christus war *das* Lamm – unschuldig gestorben für alle. Die Lämmer, die zur Schlachtbank geführt werden..."

Er spürte ihre tiefe Rührung. Sie musste sich Mühe geben, um weiterzusprechen.

„*So* müssen Christen sein, Christian! Zutiefst unschuldig, ganz und gar sanft. Und *so* von der Liebe zeugen – weil sie nur diese in sich tragen... Wo sind diese Menschen? Wo sieht man sie? Wer ist wirklich ein Träger Seiner Liebe? Wer bezeugt Seinen Namen durch seine Taten – in allem? Warum gibt es heute keine ersten Christen mehr...? Warum gibt es keine Lämmer mehr, die sich zur Schlachtbank führen lassen, Christian? Wir brauchen sie... Wir brauchen sie!"

Berührt war er neben ihr gegangen.

„Marei...", sagte er mit betroffenem Herzen. „Deine Worte, du selbst, es erschüttert mich immer wieder so tief... Du sollst das wissen, selbst wenn ich nichts erwidern kann..."
Sie schenkte ihm einen dankbaren Blick, er sah ihre feuchten Augen.
„Danke...", sagte auch sie leise.

Sie gingen eine ganze Weile schweigend, einander nur an der Hand haltend und die tiefen Empfindungen zwischen sich... Schließlich aber begann sie zögernd:
„Es ist nicht so, dass ich nicht glaube, dass es viele Menschen gibt, die jeden Tag ganz viel Gutes tun und sich sehr für das Gute einsetzen. Ich sehe das natürlich, habe ich doch eine so große Sehnsucht danach. Und gerade solche Menschen habe ich gesucht, um ihnen helfen zu können, mit dem Geld meiner Oma... Aber..."
Wieder ging sie einige Schritte schweigend. Er fühlte so sehr ihr geliebtes Wesen...
„Vielleicht verstehst du das gar nicht Christian, diesen Unterschied..."
Traurig, fast bittend, sahen ihre Augen ihn an.
„Doch, Marei, ganz sicher...", sagte er unendlich berührt.
„Sprich nur weiter – ich werde dich immer verstehen..."
Noch einmal schenkte sie ihm einen dankbaren Blick.
„Danke, Christian. Weißt du, es tut auch so gut, mit dir zu sprechen. Du bist so ein besonderer Mensch..."

Ihre Worte erschütterten ihn – sie trafen ihn völlig unerwartet. Tiefes Mitleid erfüllte ihn auf einmal – wie sehr musste auch sie Menschen suchen, mit denen sie so sprechen konnte!
„Marei...", brachte er mit belegter Stimme hervor.
Ihre glänzenden Augen sahen ihn nun an.
„Ich weiß nicht, wann ich jemals schon *so* mit einem Menschen habe sprechen können... Und wir tun es jetzt schon fünf

Tage. Du weißt nicht, wieviel auch du mir schenkst, Christian. Ich bin auch dir auf einmal so *dankbar* dafür..."

Es war, wie wenn eine Woge der Empfindungen in seinem viel zu kleinen Körper Platz suchte... Wie wenn eine übergroße Wehmut nicht mehr wusste, wohin – und doch zugleich auf einmal eine Art Erlösung fand.

Mit Tränen in den Augen blieb er stehen, um sie umarmen zu dürfen...

Als sie es überrascht zuließ, brachte er aufschluchzend hervor:

„Ach, Marei ... das hätte ich – nie für möglich gehalten – dass ich *dir* wirklich etwas – schenken könnte... Weißt du, wie unendlich glücklich du mich damit machst? Ich bin so – unendlich glücklich! Ich – liebe dich so...!"

„Ich liebe dich auch, Christian..."

Und auch diese Worte erschütterten ihn zutiefst. Es war egal, wie sie sie meinte – sie hatte sie ausgesprochen... Heiße Tränen flossen über seine Wangen...

Erst nach einer langen Weile gingen sie wieder mit einem heiligen, sanft befangenen Schweigen weiter...

Schließlich hatte er Sehnsucht danach, dass sie ihre Gedanken zu Ende führen dürfen könnte, und sagte vorsichtig:

„Du wolltest vorhin über den Unterschied sprechen, Marei..."

„Über den Unterschied?", fragte sie unendlich sanft.

Tief berührt spürte er noch einmal, wie besonders für sie das gewesen war, was dazwischen lag...

„Zwischen den Menschen, die Gutes tun, und den ersten Christen, die es auch heute geben müsste..."

„Ach, Christian... Was wir eben erlebt haben... Das ist doch genau das Gleiche! Warum gibt es das alles nicht mehr? Diese tiefe Rührung, diese ... diese ... es ist doch *alles* Berührung durch Ihn. Aber warum gibt es das nicht mehr? Es soll nicht nur das Gute getan werden – es soll voller Liebe getan werden. Aber die Liebe soll wirklich *Seine* Liebe sein – und Seine Liebe lebt ... in der tiefen Berührung... Sie lebt in der Sanftheit... Sie lebt da, wo das Herz erzittert, verstehst du? Ich kann es niemandem erklären... Außer dir, das weiß ich jetzt. Du verstehst es, immer mehr, das fühle ich... Seine Liebe ist nicht einfach, das Gute zu tun. Seine Liebe ist ... Schmerz, der schönste Schmerz, die zarteste Berührung, so, wie eine Wunde ... wie wenn man eine Wunde berührt, so empfindsam... *So* muss man die Liebe spüren. *Diese* Liebe ist Seine... Empfindsam werden ... das müssen die Herzen, die Seelen, Christian. Dann werden sie erste Christen. Dann werden sie das *Lamm*... Die Herzen müssen *so* viel von Seiner Liebe in sich tragen, dass sie noch der kleinste Eindruck erschüttert. Ein weinendes Mädchen ... aber nicht aus gewöhnlichem Mitleid, sondern aus ... allertiefstem Mitleid... Und alles – alles muss so werden...“

Ihr ganzes Wesen offenbarte sich ihm – und das ganze Geheimnis der Liebe, von der sie sprach. Es war, wie wenn ein Schleier weggezogen würde – und er erkannte, auf welchem Weg er sich befand und *warum* sie gesagt hatte, dass er sich längst auf dem Weg befand. Ihre Liebe aber, ihre Worte über diese Liebe, die sie doch selbst in sich trug – sie erschütterten ihn unendlich. Und seine eigene Liebe zu diesem Mädchen wurde so groß wie nie zuvor ... und ohne dass er es in diesem Moment wusste, wurde es auch jene Liebe, von der sie immer sprach...
Er blieb stehen, er hielt sie fest, und sie sah ihn mit großen, verwunderten Augen an.
Er küsste sie innig ... und er spürte zuerst ihr Erstaunen, ihr Zögern ... und dann ihre tiefe Hingabe... Sie erwiderte seine Zärtlichkeit so lange, wie er sie ihr schenkte, eine kleine Ewigkeit...

Als er sie wieder freigab und sie ihn von neuem in tiefer Verwunderung ansah, brachte er hervor:

„Marei ... du hast mir alles gezeigt. ... Mit diesen Worten hast du mir dein ganzes Wesen gezeigt – und hast mich verstehen lassen, wovon du sprichst... Ich habe es auf einmal *so tief* erlebt... Jetzt weiß ich, was der Weg ist, Marei. Jetzt weiß ich, welchen Weg du gehst – und welchen Weg ich, während ich dich liebe, auch längst begonnen habe, und nun weiter gehen kann. Ja, jetzt habe ich verstanden, was du meinst ... und was du hoffst, auch von mir... Ja – diese Liebe ist wahrhaftig grenzenlos. Und du ... du bist ihre Lehrerin..."

Fast ungläubig starrten ihre Augen ihn an. Einen Moment schien sie wie erstarrt. Dann begannen ihre Augen zu zittern ... weil sich in ihnen das Nass ihrer Tränen sammelte...

Nun war sie es, die ihm um den Hals fiel. Sie küsste ihn nicht wieder, sondern drückte ihr Gesicht an seine Brust – und er fühlte ihre innigste Dankbarkeit und Freude...

*

Manchmal begegneten ihnen andere Menschen. Es war zwar eine abgelegene Gegend, aber die Lüneburger Heide war nirgendwo mehr eine mittelalterliche Einöde. Sie hatten nie aufgehört, einander anzufassen, wenn ihnen andere Menschen begegneten. Am Anfang hatte er noch diesen Impuls gehabt, aber sie hatte ihn durch ihre eigene Sicherheit gelehrt, diesen zu überwinden.

Auf ihrem Rückweg begegnete ihnen eine Mutter mit einem etwa neunjährigen Jungen. Als diese gerade vorbeigegangen waren, sagte der Junge:

„Mama, ist der Mann nicht schon viel zu alt?"

„Sei still!", sagte die Mutter.

Die Worte begleiteten sie auf ihrem weiteren Weg...

Er schämte sich, nicht für sich selbst, sondern weil *sie* sie hatte hören müssen...

„Tut mir leid, dass du so etwas hören musst", sprach er seine Gefühle schließlich aus.

„Christian... Du weißt doch, dass mir das ganz egal ist."

„Danke, Marei..."

„Es ist nur schade, dass die ganze Welt schon den Kindern solche Gedanken eingibt. Es war noch eine unschuldige Frage, aber wenn es in unserer Welt mehr Liebe gäbe, würde selbst sie nicht gestellt werden... Das Kind hatte noch Liebe, denn es hatte noch eine Frage. Die Mutter aber hat selbst die Frage erstickt. Sie hat uns damit nicht in Schutz genommen, es war ihr vor allem peinlich. Aber wie soll die Liebe in der Welt Wohnung finden, wenn sie als peinlich erlebt wird?"

„Es war ja die Frage des Kindes..."

„Ja, aber wenn die Liebe nicht peinlich wäre, wäre auch die Frage nicht peinlich. Dann könnte die Mutter einfach sagen: Nein, warum denn... Oder: Für das Mädchen anscheinend nicht..."

Er war gerührt...

„Warum urteilt in unserer Welt niemand mit dem Herzen?", fragte sie nun leidvoll. „Warum passiert alles mit dem Kopf? Und warum gibt es dann im Herzen höchstens Antipathien, weil der Kopf sagt, wie alles zu sein hat? Das Herz müsste dem Kopf sagen, was er denken soll!"

Ihre von Liebe durchdrungene sanfte Leidenschaft berührte ihn immer wieder. Und ihr Leid tat ihm immer wieder weh...

„Du weißt doch", sagte er vorsichtig, „dass in unserer Welt der Kopf regiert. Man würde ja denken, dass man alle Klarheit verlöre, wenn es nicht so wäre."

„Ja, aber man verliert alle Klarheit, wenn man nicht mit dem Herzen denkt!", beharrte sie mit anmutigem Starrsinn, der eigentlich nichts anderes als Weisheit war...

„Das werden Wissenschaftler und Politiker nie so sehen, Marei...“

„Doch, das werden sie! Es wird eines Tages eine Wissenschaft geben, die mit dem Herzen betrieben wird – und von der Politik haben wir ja schon gesprochen...“

„Und die Wissenschaft?“, fragte er vorsichtig.

„Herzenswissenschaft einfach“, sagte sie schlicht. „Das Herz *weiß* doch, was richtig ist? Der Kopf weiß es eben nicht. Er weiß nur, was ... was ... äußerlich richtig ist. Was funktioniert. Was irgendwie funktioniert – aber selbst das nicht, weil es alles kaputt macht. Was weiß denn der Kopf? Nichts! Er weiß nichts. Er weiß nicht einmal seinen eigenen Untergang. Doch, er weiß es – und tut trotzdem nichts! Der Kopf ist etwas Furchtbares!“

Er dachte: ,*Das* ist ein Mädchen. Ein Mädchen ist reines Herz ... genau das. Aber mit so viel Weisheit...'

„Die Mädchen müssten Wissenschaft machen“, sagte er.

„Wie?“

Verwundert sah sie ihn an.

„Die Mädchen müssten Wissenschaft machen“, wiederholte er. „Das wäre Herzens-Wissenschaft.“

„Ja...“

„Aber dann bräuchte es doch trotzdem den Kopf.“

„Ja, ich sagte ja doch: Das Herz müsste dem Kopf sagen, was er denken soll.“

„Dann würde die Wissenschaft kommen und sagen: Es gibt keine Vorschriften, die Forschung ist frei.“

„Die Wissenschaft? Wer ist denn die Wissenschaft? Die Forschung ist doch nicht frei, wenn sie vom Kopf regiert wird und ohne Herz ist. Der Kopf nimmt sie doch gerade gefangen. Frei ist sie, wenn sie vom Herzen ausgehen darf. Es gibt nichts Freieres als das Herz. Denn in ihm lebt die Liebe – und die Liebe allein kann alles befreien... Vorher hat es doch nicht einmal *Leben*!“

„Das würde ein Wissenschaftler niemals verstehen..."

„Ein *Kopf*-Wissenschaftler", verbesserte sie.

„Ja – aber das sind sie ja, die heute forschen."

„Und doch sind es doch *Menschen*, Christian – ich verstehe es einfach nicht..."

Er ging eine Weile nachdenklich und schweigend neben ihr. Dann sagte er:

„Entstand die Wissenschaft nicht auch so, dass sie sich von der Kirche löste und gerade deshalb behauptete, man müsse alles erforschen und denken dürfen, ohne Vorschriften des Glaubens?"

„Ja, vielleicht..."

Er erinnerte sich wieder an einzelne Bruchstücke...

„Was ist mit Galilei? Hat die Kirche nicht verboten, zu glauben, dass die Erde rund sei – oder sich gar um die Sonne drehe?"

„Ja, kann sein", erwiderte sie traurig.

Ratlos ging sie nun schweigend neben ihm. Schließlich sagte sie:

„Aber es hat doch nichts mit dem Herzen zu tun, wenn die Kirche verbietet, zu glauben, was doch eine Tatsache ist."

„Vielleicht", erwiderte er vorsichtig, „haben die Bischöfe ja mit ihrem Herzen gedacht, dass es nicht zur Schöpfung Gottes passe – oder dass dann an ihn nicht mehr geglaubt wird."

Nachdenklich schwieg sie.

„Warum muss es so kompliziert sein?", klagte sie schließlich leidvoll.

Sie waren schon eine Weile gegangen, da sagte sie plötzlich: „Christian, das Herz muss einfach lieben! Der Kopf soll Wissenschaft betreiben – aber das Herz soll ihm sagen, *wie*. Die Bischöfe haben nicht geliebt. Was Galilei tat, war ja nicht schlecht – und was er fand, war wahr. Galilei war ein wunderbarer Wissenschaftler. Ich rede von Giften, von Bomben, von Computerspielen. Erkenntnisse von der Welt dürfen doch sein – aber was tun wir damit? Die Liebe soll dem Kopf sagen, was wir damit *tun* sollen – was überhaupt Sinn hat, was mit der Liebe zu tun hat. Wir sollen nur erforschen, was Sinn hat – und vor allem sollen wir mit den Erkenntnissen nur tun, was *gut* ist...‟

„Der Kopf will aber alles erforschen, Marei. Es ufert immer mehr aus. Je mehr es zu erforschen gibt, desto besser. Und dann wird auch alles gemacht.‟

„Ja, das ist es doch gerade!‟, sagte sie leidvoll. „Der Kopf ist alles, und das Herz wird völlig vergessen. Wenn das Herz aber dabei wäre, dann würde der Kopf gar nicht mehr alles erforschen *wollen* – denn dann ... würde er das Herz als seine geliebte große Schwester betrachten, auf die er hört... Meinetwegen auch als die geliebte kleine Schwester, auf die er aber nicht weniger hört, weil er sie eben liebt...‟

„Aber wenn der Kopf nun nicht lieben kann, sondern nur das Herz?‟

„Christian, der Kopf *kann* lieben! Er muss es nur wollen! Er muss seine Schwester, das Herz, nur lieben und auf sie hören wollen – dann kann er es auch.‟

Es tat ihm immer weh, ihr widersprechen zu müssen – und es kam ja eigentlich niemals vor. Aber diesmal musste er doch noch etwas sagen, auch damit er selbst es ganz verstand.

„Aber Marei ... wozu braucht es dann noch das Herz? Wenn schon der Kopf lieben könnte? Für den Kopf sind doch alle Forschungsergebnisse gleichbedeutend. Ihm ist es egal, ob er eine Bombe oder einen Brunnen erfindet.‟

Sie dachte nach. Er spürte ihre Leidenschaftlichkeit. Sie war nicht gegen ihn gerichtet, sondern gegen eine Welt, die der Liebe nicht ihre sanfte Herrschaft einräumte...

„Dann sage ich es eben anders. Der Kopf muss aufhören, sich als großer Bruder aufzuspielen. Er muss einfach aufhören, wenn das Herz spricht – und darf nur tun, was das Herz sagt.

Er muss akzeptieren, dass er keine Gefühle hat und dass er dafür das Herz braucht. Er muss verstehen, dass er nicht mehr weitermachen darf, wenn das Herz nein sagt."
Er musste lächeln. Jetzt hatte er neben sich eine kleine Kämpferin. Eine kleine Kämpferin mit einen unendlich großen Herzen...
„Auf diesen Handel werden sich die Köpfe aber nicht einlassen."
„Dann werden sie mitsamt den Herzen zugrunde gehen – und die Herzen werden ihnen noch am Ende sagen: Wenn ihr auf uns gehört hättet, liebe Brüder..."
Eine große Rührung stieg in ihm auf. Sie hatte so tief Recht...

„Aber Christian...", beharrte sie traurig. „Es *sind* doch alles Menschen. Und es ist doch gar nicht so, dass Kopf und Herz Feinde sind, auf ewig getrennt – im Menschen sind sie doch nicht getrennt. Es ist doch *ein* Mensch! Also warum nur – warum?
Der Kopf *kann* doch auf das Herz hören! Er tut es doch bei ... allen Frauen. Nur bei den Männern ist es umgekehrt. Nein, nicht mal umgekehrt. Der Kopf regiert, und das Herz hat überhaupt nichts zu sagen. Nur wenn ein Mann eine Frau liebt. Nicht nur ihren Körper, das ist dann auch nicht das Herz. Aber wenn die Männer die Liebe auch kennen – warum können sie dann nicht auch mit dem Herzen Wissenschaft betreiben? Warum kann dann nicht auch da der Kopf sagen: Ich höre auf dich, mein Herz... Bei den Frauen hören die Männer doch sogar auf ein *fremdes* Herz. Wieso hören sie in ihrem Labor nicht wenigstens auf ihr eigenes?"
Ihre Weisheit war für ihn erschütternd. Er stand vor einer völlig offenen Frage...
Nachdem er lange darüber nachgedacht hatte, sagte er:
„Du hast Recht, Marei... Der Kopf könnte auf das Herz hören. Er könnte *vernünftig* werden. Steckt das nicht sogar schon im Wort? Vernünftig, weise... Das würde der Kopf

werden, wenn er nicht völlig blind allein regiert und lauter Unheil anrichtet. Der bloße Verstand ist reiner Unverstand, denn er ist ohne Vernunft... Die Liebe macht den Kopf vernünftig, denn er begreift auf einmal, worauf es ankommt... Er muss es eigentlich nur wollen..."

„Ja...", sagte sie tief zufrieden. „Danke, Christian..."

*

Zuhause sprachen sie weiter darüber.

„Du hast gesagt", sagte sie, „der Kopf muss es eigentlich nur wollen. Aber zuerst ist es das Herz, das wollen muss. Ich glaube, das ist das Wesentliche. Wenn das Herz wirklich will, dann will auch der Kopf – oder tut einfach nichts anderes. Es ist doch derselbe Wille. Entweder er enthält die Liebe oder nicht. Und die Liebe enthält er nur, wenn das Herz wirklich spricht.

Es gibt heute keine ersten Christen mehr, weil alle Menschen zwar fast schon zu Wissenschaftlern erzogen werden, aber kein Mensch mehr zur Liebe – zur wirklichen Liebe..."

„Und wie würdest du das tun?", fragte er vorsichtig.

„Worüber wir sprechen – und wie wir sprechen, das ist der Weg zur Liebe, Christian. Man muss die Liebe einfach in alles hineintragen. Liebe ist kein Lehrfach, sie kann es auch werden, aber nur, wenn Menschen voller Liebe es lehren werden – und sie werden es lehren, indem sie aus dem Herzen sprechen. Es ist wie mit der Religion. Wenn sie ein Fach wird, ist es schon falsch, weil der lebendige Glaube gar nicht mehr sein darf! Das *Fach* Religion darf keine Religion sein – und da liegt schon der Fehler."

„Die Schule soll heute nicht mehr weltanschaulich sein. Auch die anderen Fächer nicht. Man unterrichtet zwar Ethik und so etwas. Aber alles schön neutral, als Unterricht eben."

„Ja, darüber könnte ich viel sagen, Christian. Wir haben in der Schule in der Oberstufe ein Halbjahr Ökologie gehabt. Da haben wir gelernt, dass durch die Pflanzenschutzmittel – schon das Wort! – die Insekten vergiftet werden, wodurch wieder die Vögel seltener werden und verschwinden. Wir haben über Monokulturen gesprochen und noch vieles andere. Und immer hat man gespürt: Das ist nicht gut, das wollen wir überhaupt nicht. Und doch ... hat man es nur gelernt, war es ‚Lernstoff'. Es enthielt etwas, was mit Liebe zu tun hatte, Liebe zur Natur, Liebe zu unseren Lebensgrundlagen, aber das drang überhaupt nicht wirklich durch. Es blieb ... es blieb verborgen ... es blieb vom *Kopf* regiert. Es wurde abgefragt und durfte nicht tiefe Liebe werden..."

„Alle meinen es sicher gut, Marei..."
„Natürlich – das weiß ich doch, Christian. Aber wenn das nicht reicht? Das ist es doch gerade... Wo sind die ersten Christen, die Ökologie unterrichten – die aus heißer Liebe zur Natur unterrichten, weil es *Seine* Schöpfung ist, und mehr als das, weil Er in ihr da ist? Er ist da! Aber niemand weiß es..."
Wieder sah sie ihn mit glänzenden Augen an.
Traurig sagte er:
„Es würde aus weltanschaulichen Gründen verboten werden..."
„Weltanschaulich!?", fragte sie mit funkelnden Augen, „Christian, weltanschaulich!? Ja, es ist weltanschaulich, denn man schaut die Welt an. Aber wenn man sie nicht anschaut, ist man doch blind! Und natürlich ist man blind, wenn man nicht mit dem Herzen schaut – denn dann sieht man ja nichts, das wusste schon der Fuchs im Kleinen Prinzen!"
Er liebte sie, diese kleine Kämpferin – und er fürchtete um sie, wenn er an die Armeen hohler Köpfe dachte, die mit ihren starrenden und starren Gedanken rasseln würden, sobald sich die Liebe erhob...

„Aber", wandte er von neuem vorsichtig ein, „es gibt so viele Christen, die alle behaupten, Seine Schöpfung müsse ge-

schützt werden – du weißt doch, wie das ist und dass so nicht unterrichtet werden darf, höchstens an kirchlichen Schulen..."
„Ja...", sagte sie traurig. „Das Schlimme ist, dass die Liebe nicht durchdringt... Die Liebe und das, was nicht nur Glaube ist, sondern ein lebendiges Wissen, dass Er *da* ist. Das sagen auch wieder viele, aber bei ihnen ist es doch trotzdem noch Glaube. Ich meine ein Wissen, ein absolutes Wissen. Und ich meine, dass man dann auch so lebt. Dass Er dann auch ... in einem selbst da ist. Ich würde das nie so aussprechen wollen, aber ... es ist doch dennoch so... Es braucht Menschen, die nichts anderes wollen, als Seine Liebe in sich zu tragen – aber Seine Liebe, das ist unendlich groß, denn es zieht wirklich keine Grenzen ... und fürchtet nicht einmal den Tod. *Diese* Christen gibt es nicht – aber nur sie könnten die Welt verwandeln, zu einem wirklichen, zu einem echten ... Ort der Liebe machen..."
„Ja, Marei, du hast Recht."
„Und es müsste damit beginnen, dass nicht nur Wissenschaftler erzogen werden, sondern liebende Herzen! Denn damit kommen die Kinder auf die Erde – mit liebenden Herzen! Vertrauenden Herzen, hoffenden Herzen, unendlich guten Herzen... Wenn man einmal wissenschaftlich erforschen würde, dass es so *ist* – dann würde man auch begreifen, dass man das *schützen* müsste und dass man es nicht selbstverständlich nehmen dürfte, auch sein Verschwinden nicht selbstverständlich nehmen dürfte. Wenn man einmal erforschen würde, was die Liebe wirklich ist..."

„Das unterteilt man wahrscheinlich immer fein säuberlich in Neurologie, Biologie, Psychologie und Religion..."
„Und das ist der Fehler, Christian! Man müsste mit der Religion anfangen – und wieder aufhören... Aber nicht mit dem Fach, sondern mit der Erfahrung. Und wenn man diese Erfahrung nicht hat, so hat man doch die Erfahrung der Liebe. Was soll dann Neurologie und ‚Psychologie'? Wenn ich ein Mu-

sikstück höre, untersuche ich doch auch nicht die Schwingungen der Schallwellen! Ich kann die Harmonien untersuchen, aber dafür muss ich sie wirklich erleben! Vielleicht müsste man die Menschen ‚untersuchen' und befragen, die tot waren und *Ihn* gesehen haben ... um die *Liebe* zu erforschen. Denn diese Menschen sind der Liebe begegnet... Alles andere sind bloße Theorien und falsche Annahmen. Es kann sich Wissenschaft nennen, aber es führt nicht zu wahren Erkenntnissen über die Liebe!"

„Ich glaube, die Liebe erforscht man ohnehin nicht so gerne...", wandte er ein.

„Aber das ist doch schlimm?"

Sie sah ihn innig fragend an.

„Das Wichtigste erforscht man nicht gerne? Wenn man sie wenigstens nur hätte! Oder nur die wirkliche Sehnsucht danach! Stattdessen forscht man lieber nach den kleinsten Teilchen ... und dem größten Unsinn! Aber, ach, Christian, selbst in dem Wort ‚lieber' steckt die Liebe noch drin. Wenn die Menschen das, was in ihnen lebt, doch nur *verstehen* würden ... und es zur richtigen Liebe anwachsen lassen würden..."

„Ich glaube, die ganze Forschung ist ein Weglaufen. Man läuft fortwährend weg. Und weißt du, wovor? Vor der Erkenntnis, dass man nicht weiß, was der Sinn von allem ist... Die Liebe scheint zu wenig zu sein... Der Kopf will mehr. Mehr! Kannst du das verstehen? Es gibt doch gar nicht mehr... Aber er will mehr, er will immer weiter ... an der Liebe vorbei, aber sonst immer weiter... Und man läuft auch weg vor der Endlichkeit. Man muss sterben... Ständig sterben Menschen, in der Verwandtschaft, in der Nachbarschaft, man weiß es doch... Aber alle laufen weg. ‚Mich trifft es nicht', ‚noch nicht', aber selbst das ‚noch' lässt man noch weg... Und weil man den *Tod* vergisst, Marei, forscht der Kopf immer weiter, sinnlos, aber beschäftigt... Wenn er nicht beschäftigt wäre, bräche die ganze Sinnlosigkeit über ihn herein..."

Sie sah ihn mit großen Augen an.

„Ja, Christian...", sagte sie langsam. „Das ist es. Man läuft weg, und man kennt die Liebe nicht. Aber warum geschieht das – wenn man *mit* der Liebe gar nicht mehr weglaufen müsste...?"

„Es gehört beides zusammen. Man muss entweder die Liebe finden oder zumindest das Weglaufen stoppen, wodurch man zum Nachdenken käme ... und vielleicht diese Sehnsucht spüren würde, die einen schließlich erlösen könnte..."

Sie sah ihn mit traurigen Augen an und sagte:

„Stattdessen erzieht man Wissenschaftler, die aus Mangel an Liebe immer wieder von neuem weglaufen..."

Wieder legte sie ihren Kopf in seinen Schoß... Und wieder rührte ihn ihre Geste zutiefst... Nun sagte sie: „Es müsste wirklich alles von einem *Erleben* ausgehen. Schon in der Schule. Man kann natürlich nicht alles erleben – aber warum eigentlich nicht? Zumindest die Liebe, das Interesse, die Begeisterung könnte immer da sein. Dann würde auch in den Kindern die Liebe nicht verloren gehen. Wie soll je die Liebe überleben, wenn schon das Kennenlernen der Welt etwas Unangenehmes wird? Das ist doch furchtbar! Man müsste nicht Lehrer werden, wenn man den Stoff gut ‚anbringen' kann, sondern wenn man die Liebe und das Interesse der Kinder gut bewahren kann! Und man müsste lernen, dass es auf nichts anderes ankommt. Aber vor allem müsste man selbst lernen, immer mehr Liebe zu haben. Es müsste Hochschulen der Liebe geben – aber dadurch, dass die Menschheit endlich begreift, was das ist, worauf es ankommt, wie man diese Liebe findet und wie man sie vertieft... Liebe *kann* wissenschaftlich werden, wenn die Liebe selbst den Studiengang schafft... Man würde an den Hochschulen einen Weg betreten, der wirklich zu Ihm führt!"

Sie sah ihn mit leuchtenden Augen an. Er begriff, dass sie hier die schönste aller Zukunftsperspektiven schilderte: eine Vereinigung von Wissenschaft und wahrer Religion...

„Ja...", sagte er aus ganzem Herzen und streichelte ihr Haar...

„Und doch sind wir immer wieder am Anfang", sagte sie traurig. „Wo sind die ersten Christen? Die ersten Christen der modernen Zeit, Christian? Es braucht die Menschen, die so empfindsame, so sanfte Herzen haben, dass sie all die Theorien nicht mehr ertragen ... die eine völlig neue Erziehungswissenschaft begründen. Die Liebe braucht einen Boden, auf dem sie wachsen kann! Sie braucht empfindsame Herzen. Eine neue Pädagogik müsste der Verhärtung der Herzen entgegenarbeiten – zuerst bei den Herzen der Lehrer! Man müsste verstehen, wie alles zusammenhängt. Was das Fernsehen mit dem Herzen macht. Das Handy. Die Zeitungen. Die Politik. Aber wer sind die Ersten? Wer *hat* noch so empfindsame Herzen, dass er erkennt, was da geschieht? Und wer kann es so gut erklären, dass es verstanden wird? Wem wird man zuhören? Wer wird die Sehnsucht erwecken? Wer sind die Zeugen Seiner Liebe, die so sprechen können, dass die Sehnsucht in den Herzen der anderen Menschen entflammt? Wer wird den Menschen zeigen, dass wir die Liebe alle noch nicht haben, dass wir sie aber haben *können*. Die Liebe, Christian – wer wird den Menschen die Liebe zeigen?"

„Jemand wie du, Marei..."
„Ich? Aber ich kann es doch nicht allein!"
„Doch, du kannst andere Menschen finden – und diese dann wieder andere, ihr gemeinsam andere..."
„Aber ich habe noch niemanden gefunden...", erwiderte sie traurig. „Man weiß nie, wo man ansetzen kann. Es scheint, dass alle Menschen so weit weg von der Liebe sind ... dass man gar nicht weiß, wie man *einen* erreichen soll. Ja, man

kann so sprechen wie mit unserer Vermieterin, aber davon hat sie noch immer keine wirkliche Liebe. Sie hat nur nicht mehr diese wirkliche Abneigung... Aber sie wird keine neue Erziehungswissenschaft begründen... Bisher konnte ich wirklich nur mit dir so sprechen, so viel, so tief..."

Er streichelte ihr Haar. Seine arme Kämpferin ... sie war so allein.

„Vielleicht musst du direkt zu den Erziehungswissenschaftlern gehen und ihnen zeigen, was das Wesentliche ist..."

„Ach ... wer hört dann auf ein Mädchen, das sagt, ‚auf die Liebe kommt es an'? Würde ich da einen einzigen Menschen so wie dich finden?"

„Ja, Marei, verliere doch nur nicht den Mut! Deinen wunderbaren Mut, mit dem du auch bei mir niemals aufgegeben hast! Du hast doch selbst gesagt, die Liebe gibt niemals auf... Sie hat selbst vor dem Tod keine Angst! Wie kannst du jetzt Angst oder Hoffnungslosigkeit vor den Wissenschaftlern haben? Du hast doch selbst gesagt, dass sie auch nur Menschen sind. Dass sie ihre Frauen lieben, dass auch sie die Liebe kennen – und es nur nicht zusammenbringen können. Es *muss* doch möglich sein, einem Menschen erlebbar zu machen, was die Liebe ist! Und es müssen doch genügend Menschen eine Sehnsucht danach haben, die *du* erwecken könntest. Wer, wenn nicht du?"

Traurig und schwach sah sie ihn an, in seinem Schoß liegend...

„Denkst du etwa, ich soll Erziehungswissenschaften studieren und *dabei* versuchen, etwas zu ändern?"

Auf einmal hatte auch er wieder Angst um diese sanfte Kämpferin der Liebe...

„Ich weiß es nicht, Marei... Ich weiß nicht, wie du deine eigene Liebe unbedingt bewahren kannst und zugleich so viele andere Herzen wie möglich berühren kannst..."

„Es ist schon eine Hilfe, zu wissen, dass man nicht allein ist...", sagte sie.

„Meinst du mich...", fragte er bestürzt.

„Ja..."

Tief gerührt schluckte er. Noch gestern musste sie immer wieder neu versuchen, ihm etwas erlebbar zu machen – und heute betrachtete sie ihn schon als eine Hilfe, die ihr so wichtig war...

„Ich ... werde ... ich werde dich bald wieder allein lassen...", sagte er, und etwas schnürte ihm die Kehle zu...

„Ach, Christian...", sagte sie mit schimmernden Augen. „Bitte verzeih mir ... ich hatte es ... für einen einzigen Moment wirklich vergessen..."

„Nein...", erwiderte er sanft und streichelte wieder über ihr Haar. „Ich hätte dich so gerne nicht allein gelassen..."

Sie erhob sich, tiefes Mitleid in ihren Augen, und umarmte ihn.

„Es tut mir so leid, Christian... Wenn wir uns früher kennengelernt hätten..."

Tränen standen ihm in den Augen. Mühsam brachte er hervor:

„Wir hätten es nicht, Marei..."

„Dann im nächsten Leben...", sagte sie innig.

*

An diesem Abend liebten sich zwei Menschen, die einander in diesem Leben nie auf ganz gleiche Weise lieben würden, die sich aber dennoch täglich mehr bedeuteten... Und sie beide kannten das Geheimnis der Sanftheit und der Liebe nun so sehr, dass der Unterschied des Alters immer mehr nur etwas wie ein Stück Eis in der Sonne wurde...

Es war etwas Außergewöhnliches, sich in so wenigen Tagen so intensiv kennenzulernen. Dies brachte es mit sich, dass auch jede normale Handlung außergewöhnlich wurde. Wenn sie frühstückten und gemeinsam am Tisch saßen, führten sie keine tiefen Gespräche, sondern suchten eine Vertrautheit, die ohne Gespräch auskam. Dann konnte es passieren, dass er sie ansah und sie seinen Blick bemerkte und ihm dann ein warmes Lächeln schenkte. Es konnte aber auch passieren, dass sich ihre Blicke einfach so trafen, und sie ihn dann verlegen anlächelte, mit ihren warmen Augen... Dann war er jedes Mal so tief berührt, dass er es nicht hätte ausdrücken können. Er lernte von ihr die Sanftheit – und selbst ihr Kennenlernen war noch immer so zart... Manchmal hätte er weinen mögen, so schön war sie und das, was sie tat. Mehr als einmal hatte er einen wehen Kloß in der Kehle...

Als es ihm wieder einmal so ging, fragte sie ihn:
„Christian, was ist...? Bist du wegen etwas traurig?"
Er sah sie mit seinen glänzenden Augen an. Ihre so liebe Frage hatte ihn endgültig hilflos gemacht. Er konnte plötzlich nicht mehr sprechen...
Mühsam brachte er schließlich eine Antwort hervor.
„Marei... Ich ... ich werde dies alles hier so vermissen..."
Er musste einmal schniefen, dann auch noch sein Auge wischen. Hilflos sah er sie an.
„Tut mir leid... Ich weiß nicht, was mit mir los ist..."
„Christian..."
Ach, wie konnte jemand nur eine so sanfte Besorgtheit in seine Stimme legen! Er musste seinen Kopf in seiner Hand verbergen, einmal leise aufschluchzen...
Er spürte ihre warme Hand auf seiner anderen...
„Christian...", sagte sie langsam und voller Liebe.
Er sah sie wieder an, mit seinen tränennassen Augen.

„Was ist nur mit mir los, Marei?", fragte er bittend. „Es wird jeden Tag nur immer schöner... Ich kann es fast nicht aushalten. Ich muss einfach immer fast weinen..."

Er begegnete Augen tiefster Liebe.

„Du weißt es...", sagte sie unendlich sanft. „*Du* wirst immer schöner, Christian. Es ist das Leuchten..."

Er sah auch ihre Augen glänzen.

Wie sie sprach ... so voller Rührung. Immer wenn sie dieses Wort aussprach, fühlte er überall um sie eine so reine Heiligkeit. So konnte nur ein Mädchen sprechen, dessen Herz dieses Heilige ganz in sich wohnen ließ... Es war, wie wenn es gerade mit diesem Wort jedes Mal unmittelbar aus ihr herausfloss, direkt jedes andere Herz berührte...

„Marei, bitte ...", mit heißen Schleiern vor seinen Augen sah er sie flehend an, „werden wir uns im nächsten Leben *wirklich* wieder begegnen?"

Er bat sie ... er bat sie, ihm eine Sicherheit zu geben, ein Versprechen...

„Ja, Christian, das werden wir."

„Werden wir ... werde ich dich *dann* lieben dürfen? Wirst du..."

Er schluchzte auf.

„Ach – ich darf es nicht fragen..."

„Doch, Christian...", ihre Stimme eilte ihm innig entgegen. „Doch, du *darfst* es fragen... Wenn es ... wenn es in meinem Schicksal liegt; wenn ich es beeinflussen darf; wenn ich wählen darf, Christian ... ja, dann *werde* ich dich suchen, dich lieben, deine Frau sein..."

Sie sah ihn voller Liebe an.

„...oder umgekehrt, Christian..."

Er legte seine noch von Tränen feuchte andere Hand auf die ihre und hielt sie innig fest...

„Ach ... danke, Marei, danke!", schluchzte er hilflos. „Ich bin so glücklich ... Dann kann ich ... dann kann ich ... doch mit Ruhe sterben ... wenn es soweit ist..."
Die Tränen rannen seine Wangen hinab, tropften in der Nähe ihrer Hände auf den Tisch...
„Christian...", sagte sie leise, mit tiefer Erschütterung. „Ich habe noch niemanden *so* lieben gesehen!"
Noch einmal schluchzte er auf. Dann brachte er inmitten all seiner Tränen hilflos hervor:
„Was soll – ich denn machen... Ich muss doch – deiner – unendlich schönen Liebe – deinem wunderbaren – Leuchten – irgendwie würdig werden..."
„O, Christian..."
Nun hörte auch er ihr leises Schniefen, selbst dies war noch so unendlich anmutig... Ein Engel saß ihm gegenüber...

*

An diesem Morgen empfingen selbst die einsamen Wege die beiden Menschen gleichsam heilig. Innig fühlten sie beide die Hand des Anderen, und lange, sehr lange sprachen sie kein einziges Wort...

Schließlich, als sie vielleicht schon länger als eine halbe Stunde so miteinander gegangen waren, fragte sie warm:
„Und welche Kindheitserinnerungen verbindest du mit der Heide, Christian..."
Berührt fragte er sich, ob sie sich an alles erinnerte, was er einmal gesagt hatte. Es war so ein tiefer Eindruck, dass sie nun auf einmal darauf zurückkam – sanft und wie selbstver-ständlich an eine Antwort von ihm anknüpfend, die schon so viele Tage zurückzuliegen schien...
„Erinnerungen an meine Großmutter... Es war die Mutter meines Vaters. Ich glaube, wir haben sie überhaupt nur drei- oder viermal zusammen besucht. Sie starb, als ich neun oder

zehn war. Mein Vater hatte viel zu tun, und meine Mutter mochte die einsame Landschaft nicht. Damals war es ja *noch* einsamer... Und die Ferien lagen nicht einmal in der Heideblüte. Aber ich liebte diese Landschaft. Ich liebte selbst die letzten vertrockneten Heideblüten im Herbst. Und das grüne Kraut. Diese sanften Hügel. Und ich liebte meine Großmutter. – Sie war eine schweigsame Frau, auch etwas streng. Ich glaube, weder mein Vater noch meine Mutter, ihre Schwiegertochter, liebten sie so recht. Zu mir war sie auch streng – und trotzdem merkte ich, wie sehr sie mich doch mochte. Und ich liebte sie wirklich, Marei... Das versteht man vielleicht nicht – ich weiß selbst nicht, was ich an ihr liebte. Ich tat es einfach..."

„Doch, Christian, ich verstehe dich..."

Er fühlte ihre Hand ganz sanft etwas mehr die seine drücken...

Er empfand einen tiefen Frieden. Wie unendlich schön war dies ... *verstanden* zu werden, von einem Menschen, den man so sehr liebte. Was für ein Wunder war dies überhaupt... Das Verstehen ... sich verstehen. Es war doch ein Fühlen der Seele, unmittelbar... Es war ein Begegnen der Seele, ein sanftes Begegnen. ‚Ich verstehe dich...' *Das* war das Leuchten... Wieder standen Tränen in seinen Augen...

‚Ich verstehe dich...' Immer mehr entfalteten diese Worte und ihre Bedeutung ihr unendlich tiefes Geheimnis. Man war in der Seele nicht voneinander getrennt. Es war vielmehr innigste, zärtlichste Verbundenheit. Die eine Seele war bei der anderen, *ganz*, liebend war sie mit der von ihr geliebten anderen Seele ganz verbunden – so tief, wie man es nur fühlen konnte... Das *Verstehen* ... es war allertiefste Liebe. Es war die wirkliche Vereinigung...

Er spürte ihren Blick und erwiderte ihn mit zarter Verlegenheit, wegen seiner tiefen Gedanken und Empfindungen – aber schon spürte er wieder den innigeren Druck ihrer Hand...

Wie war dies nur möglich – dieses Glück zweier Menschen in der einsamen Heide, die nicht einmal blühte... Wie war es nur möglich – dieses Glück mit diesem Mädchen, das alle Worte der Welt nicht ausdrücken konnten...?

„Meine Oma war so ähnlich...", sagte sie schließlich leise. Schweigend war er bei ihr, bis sie weitersprach... „Du kannst es dir ja vielleicht vorstellen ... sie war ja die Frau eines Mannes, der als Unternehmer ein Vermögen gemacht hatte. Dann hatte sie noch zehn Jahre alleine gelebt. Ja, sie war eine starke Frau. Mein Opa hat sie sehr geachtet. Das habe ich noch mitbekommen. Sie war auch streng ... aber sie war auch gütig. Ja, das geht! Vielleicht nennt man das Weisheit, Christian... Ich habe sie jedenfalls auch geliebt, so wie du... Und wie war ich unglücklich, als sie starb – nur zwei Wochen nach meinem Unfall...! Ich machte mir sogar Vorwürfe. Ich fühlte mich schuldig. Ich war ja nach dem Unfall auch so verändert... Aber..."
Er spürte ihre Rührung, als sie kurz innehalten musste.
„Aber dann kam sie eines Nachts im Traum zu mir... Und dann...", eine heftige Empfindung erlaubte ihr fast nicht weiterzusprechen, „dann – war alles – gut, Christian..."
Sie blieb stehen und drückte ihr Gesicht an seine Brust...

Schließlich sah sie ihn mit schimmernden Augen verlegen lächelnd an, schniefte einmal, lächelte noch einmal verlegen und setzte sich wieder langsam in Bewegung...
Während seine Seele noch mit tiefsten Empfindungen bei ihr war, sagte sie nun mit ihrer ganzen Sanftheit:
„Siehst du, Christian ... der Tod ist wirklich nur eine Schwelle. Nur eine Schwelle..."
Wieder erschütterte es ihn zutiefst, dass sie nun auf einmal schon wieder an ihn dachte... Es war alles so voller Trost, jede Minute mit ihr war so voller Trost, so voller Frieden.

„Aber die Heide...", sagte sie schließlich, „habe ich noch nie vorher kennengelernt."

Immer tiefer erlebte er, wie die Seelen *immer* miteinander vereint waren. In jedem Wort von ihr erlebte er so viel! Ihre Stimme ... er wusste immer so innig, was sie empfand... Sie fühlte etwas sehr Besonderes, und auch dies rührte ihn wieder so unmittelbar...

Er sah, wie sie völlig unerwartet in die Hocke ging – und obwohl sie sich nicht hinkniete, wie vor einem dieser Kinder, erschütterte ihn auch diese sanfte Bewegung wieder. Ein Mädchen, das seine Seele in liebender Zugewandtheit auf etwas richtete...

Ihre Hand fühlte das Heidekraut, streichelte es geradezu.

„Diese Heide ist wirklich etwas Besonderes...", sagte sie und schaute sich lächelnd zu ihm um.

„Warum?", fragte auch er lächelnd.

„Man kann es gar nicht sagen", erwiderte sie warm. „Sie ist ... so *lieb*. So bescheiden. Diese kleinen Blätter – sind das Blätter? Nennt man es so? Oder sind es etwa schon Nadeln? Sie sind so schön grün... Und die Landschaft, ja, diese sanften Hügel, Christian. Das ist dann doch *ihre* Landschaft? Ja, bescheiden... Sieh mal, wie alle einzelnen kleinen Sträucher so dicht beieinander stehen – wie Brüder, wie Geschwister. Wie sie gemeinsam all diese kleinen Hügel bedecken! Und unten verlieren sie alle Blätter, sind nur noch trockenes Holz, vertrocknet ... aber wachsen immer weiter! Sie geben auch nicht auf, Christian! Es ist eine ganz besondere Pflanze... So unscheinbar ... und doch so wunderschön... Ich kann es nicht erklären..."

„Das hast du doch schon...", erwiderte er gerührt. „Ich glaube, ich habe eben die Heide mehr kennengelernt, als in meinem ganzen Leben davor..."

„Nein, Christian", widersprach sie sanft, sah ihn an und erhob sich wieder zu ihm. „Du kanntest sie schon vorher. Du wusstest das alles auch schon *vorher*. Nur hättest du es vielleicht auch nicht erklären können..."

Und die Heide, die von der Seele zweier liebender Menschen verstanden wurde, begleitete den Weg dieser beiden noch inniger...

Schließlich sagte er leise:
„Es ist seltsam, Marei. Weißt du, wenn ich daran denke, dass ich so bald sterben muss – in wenigen Monaten oder sogar nur Wochen ... und daran denke, dass wir über die Heide sprechen ... dann frage ich mich, na ja, was das für einen *Sinn* hat. Ich habe doch überhaupt nichts mehr davon. Und doch macht es mich alles so unglaublich glücklich. Jede Minute mit dir. Egal, worüber wir sprechen..."
Sie ging einige Schritte schweigend neben ihm. Selbst dies liebte er innig ... zu spüren, wie sie nachdachte; wie sie ihr Herz befragte. Er *spürte* es... Er spürte sie immer...
„Du muss es noch anders sehen...", erwiderte sie schließlich sanft. „Christian...", sie sah ihn an. „Du bist auf dem Weg zu Ihm... In jedem Moment, seit wir uns begegnet sind. Zu *Ihm*, Christian. Kannst du es fühlen? Ich fühle es in jedem Augenblick."
Fast beschämt hörte er ihr zu...
„Aber, Christian, denkst du, dass Seine Liebe aufhört, wenn wir das Reich der Menschen verlassen? Nein, das tut sie nicht... Und denkst du, dass du aufhörst, Ihm entgegenzugehen, wenn du deine Liebe etwas anderem als einem Menschen zuwendest? Nein, das tust du auch nicht. *Jede* Liebe bringt dich Ihm näher...
Du hast die Bibel vor langer Zeit gelesen. Aber jede Seele kennt Ihn, denn jedes Mal empfängt Er uns ... schon so oft... Wir kennen Ihn, Christian... Und Er hat gesagt: ‚Was ihr einem Geringsten unter meinen Brüdern getan habt, das habt

ihr mir getan.' Wenn wir nur *diesen* einen Satz hätten, Christian – wir würden Ihn schon kennen!"
Mit leuchtenden Augen sah sie ihn an – die Leidenschaft eines Engels...
Er kannte diesen Satz. Aber jetzt, als sie ihn aussprach, fühlte er ihn zum ersten Mal mit seinem Herzen... Sie sprach alle Sätze so aus, dass man Ihn finden konnte, ja musste... Er hatte Ihn durch sie schon gefunden. Aber hätte er es noch nicht, er hätte es durch diesen Satz, gesprochen von ihr, getan...

„Aber glaubst du...", fragte sie nun, „dass dies bei den Menschen aufhört, Christian? Kann man das wirklich glauben? Denk doch nur an die Gleichnisse, Christian! Das verlorene Schaf... Denkst du, Er hätte solche Gleichnisse wirklich benutzt, wenn sie nicht auch *selbst* wahr wären? Das wirkliche Schaf, das verloren ging und wiedergefunden wird, ist genauso wichtig – für Ihn... Und die Lilien auf dem Felde, Christian!"
Heilige Leidenschaft ... innige Liebe...
„Die Vögel unter dem Himmel! ‚Euer himmlischer Vater ernährt sie doch...' Christian! Denkst du, er täte das, wenn sie ihm nicht wichtig wären?
Dieser Christus, der am Kreuz hängt, und der Seinen Brüdern sagte: ‚Mein Blut gebe ich für euch...' – denkst du, dass für Ihn *nur* die Menschen wichtig wären? Für die Menschen ist alles andere oft so unwichtig – aber nicht für Ihn! Jeder kleine Spatz, jede kleine Lilie ... und jedes kleine Heidekraut ruht *auch* in Seiner Hand! Als Sein Blut auf die Erde tropfte, da hat es die ganze Erde geheiligt, Christian! Weil Er sie liebt – alles, alles, Christian! Auch das habe ich gesehen, auch das hat Er mir ... gesagt. Nicht mit Worten. Ich wusste es einfach. Er hat es ... man weiß es einfach, wenn man bei Ihm ist. Und ... es ist doch Er selbst, der einem diese Liebe zu allem gibt.

Es *ist* doch Seine Liebe... Wie könnte man es je *nicht* wissen...?"

Berührt stand er vor ihrem innigen Erleben.

Fast scheu fragte er leise:

„Also man soll *alles* lieben, Marei?"

„Nein, nicht man soll!", sagte sie innig, „man *beginnt*, alles zu lieben, Christian! Suche *Ihn*, Christian – wer Er wirklich ist ... und dann tue, was *Er* in dir tut; liebe mit Seiner Liebe – es wird die deine..."

Wieder bedauerte er, dass er noch immer zu sehr im Kopf lebte. Gegen die Herzenskraft dieses Mädchens neben sich fühlte er sich ohnmächtig wie ein ... Spatz.

Als er aber dies gedacht hatte, stieg in ihm plötzlich ein ahnendes Erleben davon auf, wie es war – und sein könnte –, sich Ihm zu überlassen, gleichsam in Seiner Hand ... und wirklich von Ihm ergriffen, sanft, so, dass Seine Liebe in einem lebendig werden konnte...

Von sich loskommen, indem man zum Spatz wurde, der sich einfach vertrauensvoll hingab... Leise wurde es deutlicher, wie man zu einer Liebe kommen konnte, die sich auf alles zu richten vermochte. Leise begann er zu spüren, wie es war, von sich loszukommen, wirklich los von sich...

Es war wirklich ein sanftes Sich-Lösen, Sich-Vergessen ... sich von sich selbst ablösen, loszugehen, gleichsam so sanft wie eine Wolke sich in Bewegung zu setzen ... und sich dem zuzuwenden, was man lieben wollte. Es war wirklich eine zarteste Bewegung.

Zarteste Loslösung ... und zarteste Hinwendung... Das war die Liebe, je zarter die Bewegung, desto tiefer...

„Ja, Marei...", sagte er leise. Fast wollte er flüstern, fast kein einziges Wort sagen – und es sie dennoch wissen lassen...

Als sie einige Minuten schweigend gegangen waren, löste sie sich auf einmal von seiner Hand und ging in einer zutiefst sanften Bewegung in die Knie, um etwas aufzuheben. Verwundert folgte er ihr mit den Augen – und einem unmittelbar tief berührten Herzen.

Als sie sich wieder zu ihm erhob, sah er, was es war. Sie hielt in ihrer Hand einen toten Mistkäfer und sah ihn mit inniger Liebe und Mitleid an.

„Sieh doch, Christian...", sagte sie, „dieser arme Käfer... Einfach totgetreten... Und wie schön er ist... Es tut einem so leid, das zu sehen! – O, nein! Er *lebt* noch, Christian! Armer!"
Sie hielt ihm ihre Hand entgegen und sah ihn bittend an.
„Kannst du ... kannst du ihn tot machen, Christian? Damit er nicht leiden muss? Ich kann es nicht..."

Er wollte es für sie tun. Er erinnerte sich, wie Dorit, als sie klein war, dies auch manchmal gebeten hatte – und er hatte es dann einfach getan. Die Tiere bedeuteten ihm selbst nichts. Aber jetzt war es, noch während er seine Hand öffnete und sie den Käfer in einer unendlich sanften, mitleidvollen Bewegung in seine Hand gleiten ließ, anders...
Er hielt den Käfer, den ihre Liebe aufgehoben hatte, nun in seiner Hand, und ihre ganze Liebe schien wie von ihr mitgegeben worden zu sein, umhüllte gleichsam das verletzte, fast tote Tier. Auch er sah jetzt, wie es noch schwach eines seiner Beine bewegen konnte.
Hilflos hielt er das kleine Tier in seiner leicht gewölbten Hand, in der auch ihre ganze Liebe war, sah sie an, und seine Hilflosigkeit begegnete ihrem Mitleid, als er sagte:
„Ich kann es auch nicht, Marei..."

Zartestes Erstaunen drang nun in ihre Augen – und schließlich innige Liebe ... zu ihm, zu seinen Worten...
„Vielleicht...", sagte er, „vielleicht können wir ihn einfach liegenlassen, Marei, mit unserem Mitleid... Es bleibt doch bei ihm... Dann kann er in Ruhe sterben... Vielleicht fühlt er gar nicht viel Schmerz..."

Mit großen, tief verwunderten Augen sah sie ihn an ... einen Moment, zwei... Dann umarmte sie ihn innig und sagte noch immer mit einem sanften Staunen:

„*So schön* bist du schon, Christian...“

Hilflos stand er da, den kleinen Käfer in seiner Hand... Sie löste sich wieder von ihm und sah ihn mit glücklichsten Augen an – und fast wusste er nicht, wohin er selbst blicken sollte...

„Ja, Christian, leg ihn wieder hin...“, bat sie.

Diesmal war er es, der sich zur Erde niederbeugte, um das kleine Tier sanft niederzulegen, nah an das kleine Stämmchen einer Heidepflanze. Einer der bescheidenen Brüder als Wächter für seinen anderen Bruder, das Tier... Noch einmal dachte er an die Liebe, die sie diesem Tier geschenkt hatte, verabschiedete es mit seiner eigenen Andacht und erhob sich wieder.

Als er ihrem Blick begegnete, sah er, dass sie den ganzen Vorgang mit ihrer eigenen allertiefsten Andacht begleitet hatte – und empfand unmittelbar in erschütternder Deutlichkeit, wieviel Liebe ihm noch fehlte ... und seine Sehnsucht nach dieser Liebe wurde so groß...

Doch während sie ihn mit glücklichen, dankbaren Augen empfing, erinnerte er sich an ihre Worte über die Sehnsucht. Und dankbar wusste er da inmitten seiner ganzen Scham, dass er Ihm trotz all seiner Ohnmacht wirklich entgegenging. Er hatte endlich eine tiefe Sehnsucht... Er *wollte* lieben, immer mehr – jetzt wollte er es wirklich... Nicht nur sein Kopf, sondern sein Herz wollte es. Es war eine Sehnsucht geworden... Und ein Gefühl tiefer Dankbarkeit breitete sich in ihm aus, begegnete ihrer Dankbarkeit – und auch ihr gegenüber empfand er auf einmal ein Meer an Dankbarkeit. Sie hatte ihn geführt, die ganze Zeit hatte sie ihn an ihrer Hand gehabt...

„Marei...“

Die Tränen standen von einem Augenblick zum anderen in seinen Augen.

Wieder begegnete er ihrem überraschten, sanften Fragen... Er hatte keine Worte, die er jetzt aussprechen konnte. Es war zu zart, man konnte es jetzt nicht erklären...

„Du bist meine Führerin, Marei...", sagte er nur mit tiefster Rührung und Dankbarkeit. „Und ich werde dir mein Leben lang dankbar sein. Alle Leben, die noch kommen..."

Groß sahen ihre Augen ihn an. Sie verstand genug, um nicht fragen zu müssen ... und sie hätte es auch nie getan, denn sie war gerade die Sanftheit selbst...

*

Den Nachmittag verbrachten sie wieder auf der Couch.

„Willst du dich wieder in meinen Schoß legen, Marei...?", hatte er gefragt – es war eigentlich eine Bitte...

„Soll ich...?", hatte sie gefragt. „Darf ich...? Es kommt mir immer so bequem vor..."

„Marei... Das ist doch nicht das Wichtige. Das Wichtige ist die Zärtlichkeit... Das Wichtige ist, dass ich dich ... nur noch so kurz so haben darf..."

Wieder wurden ihre Augen groß ... und glänzend.

„Du hast Recht, Christian, bitte verzeih mir...", sagte sie mit beschämtem Staunen. „Jetzt bist *du* sogar schon mein Lehrer darin, mich zu vergessen..."

Er liebte sie zu sehr, um ihr nicht zu widersprechen.

„Ach, Marei... Es ist doch gerade dein Vergessen, nicht für dich etwas haben zu wollen..."

Sie legte sich wieder mit einer Bewegung zu ihm hin, die er nie würde beschreiben können. Singen hätte man darüber können müssen. Immer wieder berührten ihn ihre Bewegungen innerlich zutiefst. Es war unendliche Schönheit...

Er streichelte ihr Haar – und sie ließ es ganz und gar zu. Er spürte, wie sie es nicht mehr um seinetwillen tat, sondern wie sie es selbst auch liebte. Sie liebten einander, sie waren einander zutiefst vertraut geworden...

„Marei...“
„Ja?“
„Immer mehr verstehe ich, was du meinst... Dass man diese Liebe nicht erklären kann... Ich hatte es selbst so schwer, sie zu verstehen, nein, nicht zu verstehen, sondern sie wirklich zu *fühlen*... Jetzt fühle ich auf einmal so sehr die Sehnsucht... Und zugleich kenne ich auf einmal diese Liebe schon so gut, ich verstehe sie *mit* meiner Sehnsucht... Und jetzt verstehe ich dich von deiner eigenen Seite aus... Ja, wie *soll* man diese Liebe jemandem erklären? Man kann es nicht...“
Liebevoll sah sie ihn an – und hörte zu.
„Heute morgen, Marei ... heute morgen, wo ich dich fragte, was mit mir los ist... Aber die Liebe, die du meinst; die Liebe, deren Lehrerin du bist; die Liebe, die ... Seine Liebe ist ... man findet sie nur in der größten Zartheit. Das hast du mir immer wieder versucht, deutlich zu machen... Aber wie kann man es begreifen, wenn man sie noch nicht kennt... Man muss – man muss sie wirklich erst in sich zur Geburt bringen. Vorher kann man es einfach nicht verstehen. Nur mit dem Kopf schon, aber was nützt das?
Aber wenn man nur den Kopf hat ... was würde man dann über uns sagen? Über mich? Ich bin doch ... immer wieder muss ich fast weinen, weil ich ... so tief berührt bin – und weil es sein *muss*. Man *muss* berührt sein ... wenn man nicht weint, weinen muss, dann findet man die Liebe nicht – ist es nicht so, Marei? Aber die Leute – was würden sie sagen? Was würden sie denken? ‚Ein sentimentaler alter Mann, kurz vor dem Sterben. Ja, natürlich...‘ Das würden sie denken! Wer würde etwas anderes denken? Man würde den Kopf schütteln. Den Kopf, den man nur hat! Man wollte den Leu-

ten das Herz schütteln, damit sie begreifen – damit auch *sie* weinen könnten, Marei...!

Schmerz ist Erlösung, Marei – denn es ist nicht Schmerz, es ist Rührung ... und dann ist es doch Schmerz, ja, wie eine Wunde, so sehr wird man berührt. Du hast es ganz genau beschrieben. Aber was dann geboren wird ... das ist die Liebe. Genau dann wird sie geboren – wenn die Berührung so stark, so tief wie ein Schmerz wird... Aber sie wird es gerade dann, wenn sie unendlich sanft wird. Tiefste Rührung ist sanftester Schmerz, o, mein Gott... Dass ich das noch begreifen durfte... Marei, *du* bist meine Erlöserin...!"

„Aber du weißt, wer es eigentlich ist, nicht wahr, Christian?", fragte sie – und musste es doch nicht.

„Ja..."

„Marei..."
„Ja..."
„Jeder Moment, Marei ... jeder Moment ist so kostbar. Jedes Aussprechen deines Namens. Jede Sekunde dieses wertvollen Lebens...

Ich weiß wieder nicht, was mit mir los ist. Meine Liebe wird immer größer – und zugleich habe ich doch weniger Angst vor dem Tod, sogar vor dem Abschied. Was ist das, Marei? Ich möchte nicht von dir getrennt sein, ich will für immer bei dir sein – und doch nehme ich es einfach hin, wenn ich von dir getrennt werde, losgerissen... Ich fühle, dass ich es hinnehmen können werde. Ich fühle, dass ich gehen können werde... Wie *kommt* das? Ich will es doch gar nicht, Marei..."

„Ach, Christian, Lieber...", erwiderte sie mit liebenden Augen und streichelte einmal mit sanft erhobenem Arm sein Gesicht.

„Dein Herz trägt schon so sehr das Leuchten in sich, dass du nur verwundert feststellst, was geschieht, ohne es begreifen zu können. Aber die Liebe, die in dir lebt, macht es dir möglich, überall hinzugehen, sogar in den Tod... Es ist doch diese

Liebe, die überall hingehen kann – und will... Warum also nicht auch dorthin... Du willst nicht mehr bei dir sein, Christian, du willst überall anders sein... Bei mir, aber auch bei allem anderen. Das ist sie ... das ist Seine Liebe... Und mit ihr kannst du dich auch für immer von dir verabschieden, von deinem Leib, von diesem Leben... Mit Seiner Liebe kannst du es. Denn diese Liebe weiß längst, dass sie ja doch nichts anderes tut, als *Ihm* entgegenzugehen. Egal, wohin sie geht. Gerade im Tod... Du weißt doch, Christian. Wir sterben *in Ihn*... Und Er empfängt uns, mit all Seiner Liebe... Und wir kennen sie doch schon ... wir lernen sie doch gerade kennen... Und sie ... bei Ihm ist sie noch unendlich viel größer... Wie könnten wir je Angst haben, unseren Körper für diesmal zurückzulassen...!"

Die Weisheit des Mädchens ... sie lehrte ihn die Weisheit des Todes. Sie lehrte ihn, die Liebe, die er in diesen Tagen fand, wahrhaft zu begreifen.
„Ja, Marei... Unendliche Male danke ich dir..."

Sie waren einfach nur beieinander, einen Viertelstunde, eine halbe Stunde ... schweigend. Sie mit ihrem Kopf auf seinem Schoß liegend, er ihr weiches Haar streichelnd, und beide einander anschauend, in tiefstem Frieden...

Schließlich sagte er:
„Ach, Marei... Ich weiß nicht, wie es für dich ist. Ich bin ja schon alt, so alt... Aber für mich ist es so, dass ich nicht mehr zweifeln kann. Ja, wenn man nicht wüsste, dass es mehrere Leben gibt... Dann würde man denken: ‚Natürlich, eine junge Frau.' Aber du bist ja nicht *irgendeine* junge Frau. Zuerst habe ich mich nur in dich verliebt. Aber je länger ich dich ansehe, je länger ich in deine Augen blicke – mit all dem, was du mich lehrst und gelehrt hast, desto mehr kann ich nicht mehr zweifeln, dass wir uns schon ewig kennen... Meine

Liebe zu dir ist einfach zu groß, Marei! Ich *kenne* dich... Ich kenne dich – ich liebe dich nur deshalb so sehr, weil ich dich kenne, Marei. Es ist so... Ich weiß nicht, warum ich so sicher bin, aber ich bin es... Etwas anderes kann ich einfach nicht mehr glauben..."

„Ja, Christian", sagte sie leise. „Ja, das glaube ich auch... Du hast Recht, für dich ist es gewiss einfacher als für mich. Ich bin jung – und ich meine damit auch, dass du, jetzt, wo du Seine Liebe kennenlernen durftest, bestimmt auch einen tieferen Blick haben kannst als ich. Man entwickelt sich doch... Und das Leben hat dir schon so viele Jahre geschenkt, dass auch diese dir jetzt sicher helfen werden ... etwas zu sehen, was du siehst... Ich ... fühle es mehr durch die Gespräche, die wir haben. Für mich ist es vor allem durch diese Gespräche immer mehr deutlich, dass wir *so viel* miteinander zu tun haben... Ich hoffe, du vergibst mir, dass ich deinen ... Körper nicht genauso lieben kann wie du mich ... meinen Körper, mein ganzes Äußeres lieben kannst... Und doch liebe ich dich jeden Tag mehr... Ja, ich glaube es auch, Christian..."

„Ich danke dir so sehr, Marei. Nein, bitte schäme dich nicht, dass deine Liebe zu dem, was man äußerlich sehen kann, nicht genauso groß ist. Ich bräuchte keine Sekunde, um es zu verstehen. Sowohl von dir aus als auch von mir aus. Dich muss man einfach lieben, alles... Und ich bin so ... glücklich, dass ... *ich* es sein darf, der dies darf ... so sehr darf..."
„Ja, Lieber... Du darfst... Du darfst es..."

Dies war ihre sanfte Liebeserklärung... Und das heilige Schweigen ihrer Blicke und seine sanft ihr Haar streichelnde Hand war alles, was die nächsten Stunden begleitete...

*

Und während die Heide nach Untergang der Sonne von zwei Liebenden träumte, fanden diese Liebenden einander in der vielleicht sanftesten Hochzeitsnacht, die je geschah...

Als sie am nächsten Tag in die Heide gingen, war der Himmel grau und bedeckt. Es störte sie nicht. Hand in Hand trugen sie ein ganz eigenes Leuchten in die einsame Landschaft. Und doch trug er sich mit Gedanken, die so schwer schienen wie die Wolkendecke...

Sie bemerkte es und fragte sanft:
„Was ist, Christian... Woran denkst du?"
Die Wärme, mit der sie seinen Namen aussprach, ließ ihn ihre ganze Zuneigung fühlen...
„Ach, Marei... Ich mache mir Sorgen, was ich tun soll, wenn ... wir zurückkommen. Was soll ich tun? Wenn du ... wenn du mich auch liebst, Marei, dann ist doch mein ganzes Leben umgeworfen... Ich meine, was wird Emma sagen? Was wird Dorit sagen? Sie werden es doch überhaupt nicht verstehen... Emma wird mich auf einmal hassen ... und selbst auch verzweifeln...! Und vielleicht sogar Dorit..."
Sie blieb stehen und umarmte ihn. Sie musste sich auf die Zehenspitzen stellen, um fast auf gleicher Höhe zu sein.
„Schsch...", flüsterte sie nahe an seinem Ohr. „Ruhig, Lieber... Mach dir nicht so viele Sorgen... Das ist nicht gut! Wir werden eine Lösung finden. Nicht mit dem Kopf... Es ist alles gut..."
Zutiefst berührt hielt er sie im Arm, dieses junge Mädchen, das ihn auf einmal liebte ... auf einmal doch so liebte, wie er *sie* liebte... Er konnte es noch immer nicht glauben. Auch dies ging über seinen Verstand...
Sie löste sich wieder von ihm und sah ihn mit einem Blick an, der ihm Zuversicht geben sollte – und er tat es... Ein neuer Friede zog leise in ihn ein, und er vertraute auf das, was sie sagen würde. Auf die Wege, die sie finden würden.

Hand in Hand gingen sie weiter, und er spürte ihre warme Hand. Es war noch immer so, dass er ihre Hand wie eine

Gnade empfand, unverdient ... es würde immer so bleiben. Nie würde er es als selbstverständlich empfinden, auch wenn sie ihn von nun an lieben würde – das würde er erst recht nie als selbstverständlich empfinden. Wie könnte man sich je an etwas gewöhnen, was man nie zu glauben gewagt hatte, was eigentlich gar nicht möglich war...?

Er liebte sie so sehr, dass allein schon die Tiefe seiner Liebe es ihm unmöglich erscheinen ließ, dass diese erwidert werden könnte – erst recht nicht in ähnlicher Stärke. So mussten sich die Blumen der Sonne gegenüber fühlen. Was war schon eine einzelne Blume...? Würde sie auch nur angeschaut werden? Und er liebte sie ja gerade deshalb – weil sie so unendlich schön leuchtete...

Aber bei Menschen war es anders als bei den Blumen. Die Sonne schien ja doch auf alle Blumen, ohne Unterschied. Aber sich so zu lieben, wie man sonst keinen anderen Menschen liebte, das konnte man nur einmal... Das ging nur, wenn offenbar ein gemeinsames Schicksal die Herzen zusammenband...

Und er hatte das immer mehr gespürt, eine so starke Liebe war anders nicht möglich. Er *sah* es auch immer mehr. Er sah es und wusste es, dass er sie kannte, kennen musste... Aber dass auch sie es sah ... und dass auch sie ihn gerade in *dieser* Weise kannte ... und wirklich auch zu lieben begann ... das blieb für immer Gnade. Für ihn blieb es das...

„Wir müssen einfach mit ihnen reden, Christian...“
„Aber wie?“
„Sie müssen einfach die Wahrheit erfahren.“
„Was ist denn die Wahrheit, Marei?“
„Das, was bisher nur wir beide wissen...“
„Sag *du* es mir, Marei!“, bat er.
„Dass du stirbst, Christian... Und dass auch wir miteinander verbunden sind...“
„Nur ‚auch‘...?“

„Sag du es mir, Christian. Sag du mir, was *du* fühlst... Es ist doch deine Frau..."

Er seufzte unter der Last, die seine Seele beschwerte.

„Ach, Marei... Ich fühle mich mit dir unendlich verbunden. Mit meiner Frau nicht. So wie mit dir war es nie – nie gewesen... Und doch kommt es mir wie ein Verrat vor. Sogar an meiner Tochter."

„Ihr hattet so viele Jahre zusammen..."

„Ja, und auch meine Frau ist ja schließlich bei mir geblieben. Meine Tochter liebt mich als Vater..."

„Aber das bleibst du doch."

„Ja, aber nicht mehr mit ... ich meine, wenn ich ... wenn ich ihr sagen würde, dass ich dich liebe. Dass ich *nur* dich wirklich liebe... Wenn ich es Emma sagen würde... Wenn ich ... ach, Marei – würdest du überhaupt mit mir zusammenleben wollen?"

„Ja, Christian, das würde ich. Aber du verlässt uns alle..."

„Aber ich muss ... ich muss noch vorher ... zu dir gehen – wenn ich darf, Marei! Wenn ich darf... Sonst würde ich es auch noch als einen Verrat dir gegenüber empfinden. Und meiner Liebe zu dir... Ach, ich schaffe es nicht, Emma das anzutun – und gleichzeitig könnte ich nicht sterben, ohne ganz ... zu dir zu kommen, Marei! Ich muss ... vor meinem Tod noch einmal ein neues Leben beginnen. Zumindest ... wie einen Anfang... Ich muss zu dir kommen, Marei. Ich muss es einfach..."

„Dann tu es, Christian. Wir werden es ihnen erklären können..."

Ihre warmen Augen sahen ihn an. Leise fragte er:

„Also muss ich am Ende meines Lebens noch eine große Schuld auf mich nehmen?"

„Du musst nichts...", sagte sie sanft.

„Doch, ich muss... Ich muss es. Es ist nur so tragisch. Muss man um der Liebe willen andere Menschen verletzen?"

„Wir wollen es ja nicht... Wir haben auf Erden eine große Aufgabe, Christian. Wir sollen unser Herz immer tiefer mit der wirklichen Liebe erfüllen... Und wir sollen unserem Herzen folgen. Wenn wir das tun, können wir nichts falsch machen. Er selbst wird unseren Weg dann begleiten...“
„Und wenn das Herz zwei verschiedene Wege gehen möchte?“
„Welche denn?“
„Ach, Marei – es ist nur *ein* Weg. Und trotzdem kann ich es Emma kaum antun...!“
„Du musst nicht, Christian...“
„Ach, Marei – vor dir schäme ich mich auch so sehr! Natürlich muss ich... Klingt es so, als würde ich nicht wollen? Ich muss! Und ich will nur dies... Meine Liebe zu dir *kann* ich nicht verraten. Meine Frau *muss* ich verraten. Warum nur muss es einen Verrat geben...“

„Es ist kein Verrat, Christian.“
„Aber ich verlasse sie doch. Ich lasse sie im Stich.“
„Ich habt euch doch schon so sehr verlassen... Ihr glaubt, ihr hättet es nicht. Aber wo sind denn eure Herzen? Sind sie noch beieinander?“
„Ich weiß nicht, wo ihr Herz ist.“
„Und deines?“
„Es ist bei dir.“
„Siehst du?“
„Aber doch erst, seit ich dir begegnet bin...“
„Und wo war es vorher?“
Er konnte nur schweigen.
„Und trotzdem ist man ja noch zusammen“, sagte er schließlich, „hat diese gemeinsame Vergangenheit, wie du sagtest, hat das alles gemeinsam erlebt...“
„Davon nimmt doch auch niemand etwas weg, Christian. Aber das Herz muss lebendig bleiben... Und wo es schlägt, da ist sein Leben... Die Vergangenheit kann entweder jeden Tag

die Liebe wieder neu gebären – ... oder sie kann Vergangenheit werden. *Schöne* Vergangenheit – aber Vergangenheit. Eine Vergangenheit, die es eines Tages nicht mehr schaffte, die Liebe jeden Tag wieder neu lebendig zu gebären... Die Liebe will aber leben – sie *muss* leben. Das Herz *muss* hingehen, wohin die Liebe es führt..."

„Ach, Marei – natürlich ist es so... Aber nun kommen all die, die sagen, ja, dann kann jeder jedes Mal einem jungen Mädchen hinterherrennen..."
„Das ist dann der Reiz des Körpers. Würdest du mich auch verlassen, wenn ich älter werde? Nicht mehr so schön in deinen Augen?"
„Nein, Marei – es ist dein ganzes Wesen. Und nicht nur, weil auch dieses so wunderschön ist. Sondern weil ich mich mit dir so verbunden fühle, dass ich dich schon ewig zu kennen glaube. Ich kenne deine Schönheit schon ewig. Deine Schönheit hat mein Erleben dafür geweckt, dass ich dich schon ewig kenne... Nie wieder würde ich dich verlassen..."
„Siehst du, Christian. Dann ist es doch klar... Manchmal denke ich, sogar die anderen Männer müssten den jungen Mädchen hinterherrennen dürfen – wenn diese es zulassen. Eine Liebe, die einschläft, nützt nichts. Wenn sich die Menschen nur deshalb nicht verlassen, weil sie eine gemeinsame Vergangenheit haben... Wo wird die wirkliche Liebe geboren? Die, die immer tiefer ist... Vielleicht lernt ein Mann sie kennen, wenn er ein Mädchen unendlich liebt... Und vielleicht lernt das Mädchen sie kennen, wenn ein Mann sie unendlich liebt..."

„Und nicht auch dann, wenn ein Mädchen einen Mann oder Jungen unendlich liebt?"
„Dann vielleicht am wenigsten...", sagte sie nachdenklich.
„Warum?"
„Ich weiß nicht, es ist ein Gefühl. Ich kann es nicht erklären."

Sie ging schweigend neben ihm.

„Vielleicht", sagte sie, „weil immer eine Art Wunder dabei sein muss – etwas, was das Normale noch übersteigt. Ein Wunder oder ein Schmerz müssen einem begegnen..."

„Wo ist das Wunder, wenn ein Mann ein Mädchen liebt?"

„Im Mädchen selbst", lächelte sie.

„Denkst du das?"

Ernst sagte sie nun leise:

„Durch deine Liebe, Christian, habe ich erlebt, was ein Mann an einem Mädchen ... erleben kann. Ich habe es erst nicht verstanden. Aber ich musste es staunend ... akzeptieren. Es ist natürlich ... auch wunderschön. Aber man empfindet eigentlich immer, dass ... in einem mehr gesehen wird, als da ist..."

Berührt hörte er ihre Worte...

„Nein, Marei ... in dir ist genau das da, was ich gesehen habe – und immer sehen werde. Und selbst, wenn es zugleich die Schönheit dessen ist, was du gar nicht für dich beanspruchst, weil du ihm nur Wohnung gibst, so wird es doch ein Eigenes, das hast du selbst gesagt, Marei... Und wie kann dies nicht ein Mädchen unendlich schön machen. Du wärst es sogar ohne dies schon – und doch kann man sich dich ohne dies gar nicht vorstellen... Nicht jedes Mädchen ist ein Wunder, auch wenn viele Mädchen sehr schön sind. Aber Marei, du ... du kennst das Wunder. Es lebt in dir ... und so bist auch du eines ... und ich durfte diesem Wunder begegnen."

Er spürte noch immer ihre Bescheidenheit. Wieder sagte sie leise:

„Und doch ist es auch ein Wunder, wie weit dann die ... darf ich ‚Verehrung' sagen? ... die Verehrung des Mannes geht... *Deine* Verehrung, deine Hingabe an das, was du ... so siehst. Das ist auch ein Wunder, Christian. Das meinte ich... Wenn man diese Hingabe in seiner Seele empfindet, diese Sehnsucht, die du hattest, dann ist man doch schon auf jenem Weg, der einen wirklich zu Ihm führen kann..."

„Ja...", sagte er nachdenklich. „Wenn man diesen Weg wei-
tergeht. Wenn man eine so wunderbare Führerin haben würde
wie dich..."
„Ja", erwiderte auch sie nun nachdenklich. „Es muss weitergehen. Die Sehnsucht, die Hingabe muss sich erweitern.
Immer weiter... So weit, bis sie Ihn findet..."

„Aber *unsere* Liebe, Marei...", kehrte er wieder zu dem leisen
Leid seiner Seele zurück, „wie wird Emma meine Hingabe
für dich verstehen können?"
Sie befragte wieder ihr Herz, er spürte es...
„Vielleicht...", sagte sie schließlich, „muss auch sie erst die
Hingabe überhaupt verstehen?"
„Aber wie soll sie es können, wenn ich ihr noch den Rest
meiner Zuneigung entziehe?"
„Tust du das denn?"
„Nein, aber wenn ich sie verlasse?"
„Vielleicht versteht sie gerade daran, was Hingabe ist..."
„Aber wenn sich gerade durch mein Sie-Verlassen alle Tore
ihres Verständnisses schließen werden?"
„Dann will sie es gar nicht verstehen."
„Ja, eben – was dann?"
„Wenn sie es nicht verstehen wollen würde – was können wir
dann tun?", fragte sie warm.
„Aber wenn ... wir dafür verantwortlich sind, dass sich ihr
Herz verhärtet?"
„Jeder ist für sein Herz selbst verantwortlich, Christian...",
sagte sie leise. „Wir können nur alles dafür tun, ihr zu helfen,
dass dies nicht geschieht, sondern dass sie dich ... dass sie uns
verstehen wird. Aber, Christian, die Liebe versteht *alles*...
Wir können alles dafür tun, dass in ihr die Liebe da sein
kann. Wenn sie es aber nicht kann ... dann trifft uns keine
Schuld."
„Nein?"

„Nein. Wir müssen versuchen, die Liebe zu säen. Aber wir müssen auch unserer eigenen Liebe folgen. Da wo die Liebe hinfällt, da wächst sie – und bei uns wächst sie schon viele Leben lang. Wo sie aber nicht wachsen würde ... da ‚lass die Toten ihre Toten begraben'. Christian, wir haben eine Verantwortung für das Leben der Liebe. Mehr als das, was wir tun können, können wir nicht tun. Der Rest liegt in Seiner Hand – und im Herzen deiner Frau."
Sie sah ihn mit all ihrer Wärme an, mit all ihrer sanften Zuversicht auch...

Er blieb stehen und sagte:
„Danke, Marei – ich danke dir so sehr! Du hast mir den Mut geschenkt, das zu tun, was ich so oder so hätte tun müssen... Du bist wirklich meine Erlöserin... Bitte hilf mir... Ich hoffe, wir können wirklich einen Weg gehen, der der Liebe den Weg bereitet ... überall, auch da, wo er durch die Schuld führt..."
„Darüber zu urteilen, liegt in Seiner Hand, Christian. Aber Er hat auch Deine Wege geführt. Es *sollte* so sein, Christian. Es ist schwer – aber es ist nicht falsch. Es sind die Wege des Schicksals. Sie soll man mit Mut gehen – und mit all seiner Liebe... Und mit all *Seiner* Liebe..."
Sie umarmte ihn und küsste ihn sanft...

Er war erlöst. Mit Vertrauen wartete er auf die Begegnungen, die noch kommen würden. Schicksalsfäden, die sich verknüpften und verflochten... Sie hatte das alles gesehen...

*

Als sie wieder in die Nähe ihres Hauses kamen, fing es leicht zu regnen an.

„Oh", sagte er, „wir haben gar nichts mitgenommen. Es sah nicht so aus, als ob es regnen würde."

„Nein", sagte sie.

Plötzlich bemerkte er ihren lächelnden Blick.

„Was ist?", fragte auch er nun lächelnd.

„Du versteckst dich vor dem Regen!", sagte sie.

„Was?"

„Ja – deine Stirn, dein Kopf, du willst den Regen vermeiden..."

„Ist das nicht normal?"

„In welchem Sinne?"

„Normal eben."

„Weil es alle tun?"

„Ja. Weil es unangenehm ist."

„Ist es das?", fragte sie lächelnd.

„Für dich etwa nicht?", fragte er verwundert.

„Wie ist es denn für den Kopf? Und für das Herz...?"

Er lachte.

„Ja, natürlich, nur der Kopf wird nass... Das Herz bleibt schön warm..."

„Ja", lächelte sie. „Aber das Herz kann dem Kopf sagen, was er fühlen soll..."

„Wie meinst du das?"

„Wenn der Kopf nicht immer nur nach sich selbst gehen würde, würde er merken, dass der Regen ihn *streichelt*, Christian!"

Sie streckte sanft die Arme aus, hielt ihre geöffneten Hände und ihr zartes Gesicht dem Regen entgegen...

‚Ein Engel empfängt die Gabe des Himmels', musste er denken.

Mit von mehreren Tropfen nassem Gesicht sah sie ihn lächelnd wieder an...

„Ja, du hast Recht", sagte er tief berührt.

197

Mit einer sanften Umarmung zog er sie an sich und küsste sie zärtlich.

Hand in Hand gingen sie langsam weiter.

Noch bevor sie ihr Haus erreichten, wurde der Regen etwas stärker. Er ging langsam neben ihr... Auch sie ging tapfer weiter wie bisher. Es schien sich nun einzuregnen...
„Das ist zuviel!", rief sie auf einmal lachend – und fing an zu laufen, ihn an ihrer Hand mit sich ziehend...

Glücklich und erschöpft erreichten sie noch nicht ganz nass ihr Zuhause...

*

Als sie sich umgezogen hatten, machten sie es sich wieder auf der Couch gemütlich. Immer wieder bat er sie dann, ihren Kopf in seinen Schoß zu legen. Es war so eine intime Geste, so innig vertraut... Wenn sie so bei ihm lag, so vertrauensvoll, so nah, und er ihr weiches Haar streicheln konnte, war er jedes Mal unendlich berührt ... und zutiefst glücklich.
Glücklich spürte er auch, wie gern sie dies tat – auch sie liebte nun diese Nähe innig. Noch immer wollte sie nicht gern diejenige sein, die es ‚sich bequem machte', und doch ging es darum gar nicht, und sie fühlten es beide...

„Christian, der Regen vorhin... Ich würde so gerne etwas in Worte fassen, was ich *auch* immer mehr erlebe, seit meinem Unfall ... seit ich Ihm begegnen durfte..."
Sie hatte leise gesprochen. Er fühlte ihren heiligen Ernst. Zärtlich streichelte er ihr Haar und sagte sanft, mit Ehrfurcht vor dem, wovor *sie* Ehrfurcht hatte:
„Ja ... sprich nur, geliebte Marei..."

Berührt und mit sanfter Verwunderung über die innige Anrede sah sie ihn an, und auch ihre Augen verwandelten sich nun in eine tiefe Liebe.
„Ja, Liebster...", sagte sie mit inniger Anmut...
Seine Seele war erschüttert von dem, was sie fühlte... Dieses Mädchen ging wirklich jenseits aller äußeren Erscheinung den radikalen Weg der Liebe ... und auch sie *erkannte* ihn wirklich als jenen Menschen, mit dem sie schon so lange in Liebe verbunden war. Für einen Moment schienen Zeit und Raum aufzuhören...
Dann mussten ihre Blicke wieder in die Gegenwart zurückkehren.

„Christus...", sie sprach dieses Wort mit wiederum innig liebender Ehrfurcht aus, gefolgt von einem zarten, ebensolchen Schweigen, „Er ist *da*, Christian... Er ist überall. Wo zwei oder drei in Seinem Namen versammelt sind – das ist aber: in Liebe zusammen sind –, da ist Er mitten unter ihnen. Aber nicht nur da ist Er. Die Heide, Christian – erinnerst du dich an die Heide? Da ist Er auch. Bei den Vögeln, bei den Lilien, bei der Heide..."
Sie sah ihn mit dieser berührenden Innigkeit an.
„Aber auch im Regen, Christian... Er ist überall! Er ist nicht einfach nur da, und dann regnet es außerdem noch, sondern auch der Regen ist *in Ihm*...!"
Sie suchte nach Worten.
„Er ... *durchdringt* alles – sogar die Elemente, den Regen, den Wind, das Licht ... das *Licht*, Christian! Er ist im Licht... Er ist in *allem*...!"
In einer heiligen Begeisterung sah sie ihn an, und die Realität ihres Erlebens berührte ihn tief, schien gerade das in ihm zu berühren, was dies ebenfalls erleben könnte, immer mehr.
„Die Erde ist heilig, seit Er da ist, Christian – und Er ist schon die ganze Zeit da, in jedem Moment. Heilig ist alles, die ganze Natur, jeder Tropfen, jeder Lichtstrahl, ja, jeder

Windhauch – wegen Ihm. Alles ist von Ihm durchdrungen, geheiligt... Es ist, wie wenn ein heiliger Atem alles durchziehen würde – aber es ist nicht nur Sein Atem, Er selbst ist es. Wenn man *dies* wüsste, Christian..."

In ihren Augen lag etwas wie eine tiefste Hoffnung.

„Die Liebe würde nirgendwo mehr Halt machen...!"

In heiligem Schweigen verstand er alles, was sie damit meinte. Doch weil er schwieg, sprach sie es schließlich auch aus.

„Nicht nur den Mitmenschen würde man als seinen Bruder, als seine Schwester betrachten, Christian, nicht nur *jeden* Menschen, sondern auch die ganze Natur – die *ganze*, Christian – würde man tief geschwisterlich lieben... Denn wie könnte man ein anderes Gefühl gegenüber dem haben, was von *Ihm* durchdrungen ist...? Es ist heilig, alles – und man würde es so tief fühlen...!"

Ehrfürchtig stand er vor ihren Worten.

„Und du", fragte er leise, „fühlst es so...?"

„Ja!", eilte sie ihm in ihrer Antwort entgegen, „ja – genau *so*..."

„Wenn man dies ernst nähme...", sagte er langsam, „könnte man nichts mehr ohne Empfindung tun..."

„Nein... Alles würde man *mit* tiefstem Empfinden tun, wahrnehmen... Die Liebe würde nicht mehr aufhören. Alles würde man lieben ... wenn man *Ihn* fühlt."

„Und doch", sagte er traurig, „gehen alle Menschen ohne Empfindung durch die Natur, behandeln sie ... grausam. Warum zeigt Er sich nicht, Marei...?"

„Ach, Christian!", erwiderte sie, fast wie in einer verzweifelten Klage, „Er *zeigt* sich doch! Warum nehmen wir Ihn nicht *wahr*? Ich nehme Ihn wahr – ich fühle Ihn, ich weiß, dass Er da ist, man fühlt es! Wenn die Herzen sich öffnen würden, wenn sie einmal darauf *achten* würden; wenn sie einfach nur wissen würden, worauf sie achten müssten, in ihrem eigenen Empfinden – es würde Ihn *jeder* fühlen können...!"

„Worauf, Marei...", bat er.

Sie lauschte auf ihr Herz, um es erklären zu können.

„Es ist so zart, Christian... Wie soll man es nur sagen? Vielleicht würde es schon reichen, zu wissen, dass Er *da* ist, um Ihn auch fühlen zu können. Aber man müsste wissen, *wer* Er ist – wonach man suchen muss, im eigenen zarten Empfinden. Man muss ... man muss einfach ... danach suchen, dass diese unendlich zarte Liebe alles durchdringt, dass sie da ist, dass sie alles begleitet ... und nie *nicht* da ist... Man braucht nur den Mut, das zu fühlen, Christian – dass immer, überall, in jedem Moment, alles von diesem durchdrungen ist, und dass das *Er* ist. Man braucht den Mut, sich von der Vorstellung zu befreien, dass da nichts ist, nichts wäre... Da *ist* was – man darf nur nicht davor weglaufen. Man muss stehenbleiben und staunend zur Kenntnis nehmen, wie man es zu fühlen beginnt. Im Licht, Christian... Zuerst vielleicht im Licht... Aber dann überall ... immer mehr überall... In den Farben, in der Luft, im Regen ... bei jedem kleinen Geschöpf. Die Geschöpfe, Christian! Wir müssen es *ernst* nehmen! Sie sind in Seiner Hand, es ist keine Redewendung, es ist alles *genau so* – alles ist in Ihm, und Er ist bei allem..."

Zarte Innigkeit flammte sanft in ihren Augen.

„Und denk doch nur, Liebster, alles, was wir je gegenüber der Natur fühlen, gefühlt haben. Gegenüber einem armen, lieben, unschuldigen Schäflein, bei einem Sonnenuntergang, gegenüber einem armen, unbedeutenden Würmlein oder einer ertrunkenen Biene; und gegenüber einem kleinen Mistkäfer... Denkst du, dass *etwas* davon, ein Einziges davon, nur vom Menschen gefühlt worden ist, von unserem Herzen? Nein – all dies, jede einzelne Empfindung, die wir haben, kann uns wissen lassen, dass *Seine* Liebe noch unendlich viel tiefer alles durchdringt und alles begleitet: das Schäflein, die Biene, jedes Einzelne – und in jedem Moment, unveränderlich, und doch zutiefst lebendig, zutiefst treu ... zutiefst die wirkliche Liebe... Das ist Er. *Das ist Er!*"

„Ist dann...", fragte er ehrfürchtig, „ist dann *unsere* Liebe zu allem ... gleichzeitig das, was auch Ihn wahrnehmen kann?" „Ja, Christian!", sagte sie wieder innig. „Ja, natürlich, genau das! Unsere Liebe ist es... Wir nehmen Ihn mit unserer Liebe wahr. Wie könnten wir es auch sonst... Und ... selbst diese Liebe ist schon Er... Wir lieben Ihn mit unserer Liebe, die wir Ihm selbst verdanken... Wir erkennen Ihn mit unserer Liebe, die die Seine ist... Aber sie *wird* unsere, Christian! Er schenkt sie uns doch gerade, damit sie unsere wird – damit wir wahrhaft lieben können, Liebster! Nichts anderes will Er doch... Dass wir Ihm folgen, mit Licht von Seinem Licht, mit Liebe von Seiner Liebe, mit Ihm in uns..."

Lange schwiegen sie nun beide, ehrfürchtig das, was gesagt worden war, in der Stille ihrer liebenden Herzen weiter bewegend...

Schließlich fragte er etwas, was ihn noch immer beschäftigte, obwohl sie schon darüber gesprochen hatte. Wieder hoffte er, keine Frage unnötig noch einmal zu stellen.
„Marei... Aber wie ist es dann, kannst du es noch einmal sagen... Wenn wir uns überhaupt nichts verdanken..."
„Möchtest du dir etwas verdanken, Christian?"
„Ich weiß nicht... Wie ist das mit dem ‚Eigenen', wenn es gar nicht eigen ist? Ich verstehe es ja ... aber doch nicht so ganz... Ich brauche noch einmal deine Hilfe, geliebte Marei..."
„Natürlich, Liebster, immer!"
Ihre Augen sprachen dasselbe aus...
Dann sah sie nachsinnend an eine Stelle in der Luft, und schließlich sagte sie:

„Es ist merkwürdig, dass man sich immer etwas verdanken will – sich selbst. Man will nicht nichts sein, und man denkt, man wäre nichts, wenn man nicht sich selbst etwas verdanken würde. Aber was denn? Was muss man wirklich sich selbst verdanken? Braucht man irgendetwas? Man muss doch nur ... der sein, der man ist, aber warum muss man sich dies auch noch *verdanken*? Verdanken wir uns, dass wir sind, wer wir sind? Wenn Er alles geschaffen hat? Schon im Urbeginn? Die Seelen, die Geschöpfe, die ganze Welt, das Licht; dass wir leben...

Wir leben in Ihm, wir sterben in Ihm, wir tun alles ... mit den Gaben, die wir Ihm verdanken. Aber ... was wir uns verdanken, das ist vor allem, dass wir ... Ihn verlassen. Dass wir Ihn vergessen, Ihn nicht mehr wahrnehmen, gerade *weil* wir auf einmal alles uns selbst verdanken wollen. Da haben wir was – wollen wir darauf stolz sein? Nein, Christian, wir müssen gerade darauf stolz sein, nicht mehr stolz zu sein, weil wir *dann* zu Ihm zurückkehren und Ihn wieder finden können... Und vielleicht ist das das Einzige, was wir uns überhaupt verdanken können: zu lernen, nicht mehr stolz zu sein, nicht mehr das Eigene zu suchen."

Sie sah ihn wieder innig an.

„Ja, Christian – das ist das Einzige. Aber das ist etwas unendlich Großes. Das ist etwas, was selbst Er, Christus, uns nicht abnehmen kann, denn Er *wartet*, so voller Liebe – und Er kann nur dies: warten ... denn *dieser* Schritt, Christian, Liebster, dieser Schritt ist unserer! Er ist der größte Schritt, den der Mensch je tun kann. Der Schritt auf Ihn zu...

Aber selbst diesen können wir nur tun, weil Er uns dazu fähig gemacht hat. Wir können Ihn nicht verlassen, ohne in uns eine Sehnsucht nach Ihm zu behalten. Und wir können zu Ihm zurückkehren wollen – aber dass wir es auch tun, dass wir diese Sehnsucht wieder lernen zu fühlen, dass wir sie nicht vergessen, nicht verdrängen, sondern selbst suchen ...

das sind wir, wir inmitten von Ihm... Wir sind in Seiner Hand, aber wir können Ihn suchen oder nicht suchen..."

Tief drangen ihre Worte und das Verständnis in seine Seele. Wieder ließen sie beide ein heiliges Schweigen folgen. Und er fühlte ahnend, dass Er auch in diesem Schweigen lebte, in diesem Atmen von Sprechen und Schweigen, beides war so lebendig...

Doch noch immer hatte er eine Frage, sie wuchs in dem Schweigen aus seiner Seele empor, und schließlich stellte er sie:
„Und, Marei ... dann ... wenn wir sterben? Stehen wir dann ... mit leeren Händen vor Ihm? Kehren wir dann einfach nur endgültig zu Ihm zurück?"
„Christian..."
Sie sah ihn voller Liebe und sogar Mitleid an.
„Nein, Liebster, du verstehst es immer noch nicht... Aber wie könntest du auch? Du wirst es ja erst noch erleben... Und doch ist es so schade, wenn ... *niemand* versteht, wie es in Wirklichkeit ist. Wie *Er* in Wirklichkeit ist...
Wer würde Ihn denn in Wirklichkeit suchen wollen, wenn es so wäre, Liebster? ‚Einfach nur zu Ihm zurück'... Nein, es gibt kein ‚einfach'. Es ist der ... *größte*, der schönste Moment, den man sich nur vorstellen kann."
Ihre Stimme stockte bei diesen Worten wieder vor tiefer Rührung in der lebendigen Erinnerung dessen, was überhaupt erinnert werden konnte...

„Es ist ... etwas Unendliches. Seine Liebe ist unendlich... Und, Christian ... was man dann erlebt, ist ebenfalls etwas Unendliches. Man kann es nicht in Worte fassen... Es gibt einfach kein ‚einfach' und kein ‚nur'. Es ist ein ‚alles'... Und man könnte denken, dass man in diesem ‚Alles' verschwindet, aber so ist es nicht, Christian!

Ja, man fühlt sich selbst unendlich klein, und das ist man auch. Aber das ist nicht das stärkste Erlebnis, das stärkste, alles überwältigende Erlebnis ist Seine Liebe, Sein Wesen...

Sein Wesen besteht nicht darin, einen sich klein und nutzlos und mit leeren Händen fühlen zu lassen, sondern in dem *Gegenteil!* Man fühlt sich trotzdem klein, denn Sein Wesen ist so ... unbeschreiblich ... und doch ist gerade Er es, der einen ... sozusagen *aufhebt*... Man fühlt sich so *unendlich* geliebt, und man kann nicht anders, als alles gleichzeitig zu empfinden: Scham über alles, was man *nicht* getan hat im Licht Seiner Liebe; über alles, was man Schlimmes getan hat, sowieso, und man sieht noch das Kleinste... Es ist, wie wenn man mit Seinen Augen sehen würde... Aber, Christian, bitte, du musst das verstehen –, es ist nicht, weil Er einen dafür verantwortlich machen würde; man selbst tut es, nur man selbst... Wir sind es, die auf einmal die Liebe begreifen; die sich mit allem, was wir haben, danach sehnen, dass wir doch in jedem Moment diese Liebe wahrgemacht hätten... Wir bereuen zutiefst jedes einzelne Versäumnis und jede einzelne Tat, die man überhaupt nur bereuen kann ... aber wir tun es im Licht Seiner Liebe. Wir bereuen gerade deshalb so unendlich tief, weil Er uns so unendlich *nicht* verurteilt, sondern nur, nur, nur liebt... Bei Ihm begreifen wir die Liebe, denn Er ist es, Christian – und unsere Scham, unsere tiefe Scham, ist nur die andere Seite Seiner Liebe...
Es ist die reinste Gnade, diese Scham zu erleben, denn man ist ganz und gar durchdrungen von Seiner Liebe – und nun schaut man *selbst* mit dieser Liebe auf die eigenen Taten ... und es ist die *eigene* Liebe geworden, Christian! Wir sind es, die auf einmal so unendlich lieben können – sonst könnten wir niemals so unendlich bereuen, es wäre einfach nicht möglich...“
Sie sah ihn an, und er spürte so sehr ihre leise Verzweiflung, dass sie nicht in Worte fassen konnte, was sie ausdrücken wollte, obwohl es bereits so unendlich deutlich war...

„Man kann es nicht erklären! Man fühlt sich unendlich klein, und das ist man auch, und doch fühlt man sich gleichzeitig unendlich geliebt, *nicht* klein – und man weiß eigentlich überhaupt nicht mehr, was man fühlen soll; es bleibt überhaupt nur die Liebe, und das unbeschreiblich tiefe Begreifen ihrer Bedeutung..."
Sie schwieg in innerer Erschütterung...

„Aber", sagte sie dann wieder, „dann ... habe ich noch all das sehen dürfen, wovon ich dir auch schon gesprochen habe. Das Leuchten, Christian... Und dann begreift man erst die volle Wirklichkeit. Er hat sie mir gezeigt, ich durfte es sehen... Dieses unendlich schöne ... Schicksalgewebe... Dieses unendlich schöne Leuchten, überall, noch das kleinste, überall Leuchten, und nichts, Christian, nichts ist so unbedeutend, dass *Er* es nicht sehen würde..."
Wieder wurde sie von einer tiefen Rührung ergriffen und konnte einen Moment lang nicht weitersprechen.
„Er sieht alles...", sagte sie schließlich leise, fast flüsternd. Dann sah sie ihn an. „Und wenn *Er* es tut", fuhr sie leise fort, „wenn Er es tut, Liebster, wie könnten wir dann je denken, dass es keine Bedeutung hätte? Dass *wir* keine Bedeutung hätten? Wenn noch die kleinste Tat, die wir tun, jeder von uns, solche unendliche Bedeutung hat, dass sie in Seinen Augen nicht vergessen wird...?"
Unendlich innig wurde ihr Blick.
„Ich meine die positiven Taten, Christian, die guten – noch die allerkleinsten guten... Nichts davon wird vergessen... Die guten Taten, und seien sie noch so winzig, vergisst *Er* nicht – und die anderen ... vergessen *wir* nicht, weil wir auch sie nun so sehr gutmachen wollen...
Aber, Liebster, wir stehen nicht mit leeren Händen vor Ihm, wir stehen mit unendlich vielem vor Ihm, und fast alles hatten wir längst vergessen, aber Er tat es nicht, und durch Ihn *sehen* wir, was wir zu Ihm bringen... Für uns ist es beschämend

wenig, und auch das sehen wir mit Seinen Augen, aber weil *wir* es sehen – doch für Ihn ist es ... es ist ... Er urteilt nicht. Eine einzige gute Tat im ganzen Leben ist für Ihn mehr wert als alles Gold dieser Erde ... Christian, kannst du es nicht begreifen? Du *musst* es! Man kommt sich wie ein Nichts vor, aber Er zeigt einem, dass man es nicht *ist*! Man sieht alles. Man sieht wirklich alles, alles, alles. Und man wünscht sich nichts so sehr, als, wenn es noch eine Gelegenheit geben würde, so viel mit Liebe zu tun, wie man nur kann; man wünscht sich, *nur* noch zu lieben – nichts, nichts sonst hat noch Wert für einen. Es ist so. Es hat nichts anderes Wert. Aber Er verurteilt uns nicht. *Das* musst du begreifen, Christian."

„Ja...", sagte er leise, „ja, ich begreife es, Marei..."
„Und dann...", sagte sie wieder fast flüsternd, ehrfürchtig, „dann sieht man ... dass es dies gibt, diese verschiedenen Leben. Dass wir das *dürfen*! Wiederzukommen ... und alles wieder gutmachen. Wiederzukommen und zu lieben, Christian! Immer wieder dürfen wir versuchen, Ihn zu finden..."
In tiefster, ehrfürchtiger Liebe verstummte sie...

„Aber", sagte er mit leiser Verzweiflung, „wenn es doch niemand tut? Es wird doch immer schlimmer, Marei – wieso lässt Er das nur zu?"
„Er kann nicht anders", sagte sie, noch immer in tiefster Liebe und zugleich tiefer Traurigkeit. „Hier hast du den Punkt, Christian, den du gesucht hast. Das, was wir uns selbst verdanken müssen. Das, worauf Er nur *warten* kann, hoffen kann. Er *kann* sich uns nicht aufdrängen. Er kann sich uns nicht mehr so zeigen wie damals – wo Ihn auch schon fast niemand erkannt hat. Heute kann Er sich *nur* noch dem liebenden Herzen zeigen. Nicht einmal mehr dem Auge. Aber das Herz fühlt und sieht Ihn überall – wenn es nur wollte! Er muss alles zulassen, was wir tun und auch nicht tun. Aber wir müssen uns auch etwas verdanken, und das ist genau dies

– zu begreifen. Immer mehr zu begreifen. Und dann das zu tun, was allein Wert hat. Wir sind sonst keine *Menschen*, Christian!

Und die furchtbare Welt – hier können nur noch wir Menschen etwas tun. Sie wäre von einem Moment auf den anderen gerettet, wenn die Menschen Ihn finden würden. Und sie würden Ihn in einem Moment finden können, wenn sie Ihn *suchen* würden. Er trägt keine Schuld ... wir tragen alle Schuld, wirklich alle... Wenn wir jetzt nach Ihm rufen, wo wir uns schon nichts verdanken können – wie sehr würden wir Ihm dann noch einmal in den Rücken fallen! Nein, Christian, jetzt kommt es nur noch auf uns an, auf die Menschen. Er ist längst *da*! Er ist da, jedes Herz kann Ihn finden – und tun, was wir alle längst wissen und doch nicht tun... Er trägt keine Schuld. Wir tragen alle Schuld..."

Tief erschüttert sagte er:

„Ja, geliebte Marei, Liebste, ja...! Natürlich... Ach, ich schäme mich meiner Fragen zutiefst...!"

„Und – verurteilt Er dich?"

„Nein ... ich allein ... nur ich bin es, der sich so schämt..."

„Ja, Liebster...", sagte sie innig, „und Er wartet so sehr auf uns, auf uns alle..."

„Auf uns alle...", wiederholte er nachdenklich.

„Ja", sagte sie leise. „Auf jeden Einzelnen. Seine Liebe ist der erschütternde Beweis dafür, wie unendlich bedeutend jeder Einzelne ist. Wenn schon die kleinste Tat unendliche Bedeutung hat... Wenn schon der kleinste Spatz in Seiner Hand geliebt wird, noch die kleinste Mücke von Seiner Liebe getragen ihr kleines Leben lebt ... wie könnten dann wir, Christian, nicht..."

Wieder versagte ihre Stimme.

„Tut mir leid...", sagte sie schließlich mit einem hilflos um Verständnis bittenden Blick. „Es ist *zu groß*... Es ist unbeschreiblich, Christian. Die Bedeutung eines Menschenlebens... Es ist zu groß... Man kann es nicht in Worte fassen, was es in Seinen Augen ist..."

Sanft trugen ihre innigen Worte eine unsäglich tiefe Ahnung in seine Seele, und diese erschauerte in Ehrfurcht...

*

Das wunderschöne Schicksalsgewebe, das von Seiner Hand gewoben wurde, hatte zwei Menschen zueinander geführt, die einander in tiefer Liebe immer mehr erkannt hatten – und auch das war ihr Verdienst. Ihr Verdienst war es, die Liebe, die sie Ihm verdankten, so sehr zu ihrer eigenen zu machen, dass sie mit ihr den innig geliebten Anderen als den erkannten, der er war: sie kannten sich seit Ewigkeiten, ihre Wege waren schon so lange verbunden gewesen, begleitet von Ihm. Und nun erkannten sie sich, vielleicht zum ersten Mal, so sehr *bewusst* wieder ... unter so tragischen Bedingungen, und vielleicht auch das, um ihre Liebe nur noch größer zu machen, noch viel größer... Um wirklich begreifen zu können, was Seine Liebe eigentlich war...

Und die tiefe, heilige Liebe führte sie auch im Leibe zueinander, so lange sie beide noch im Leibe lebten, solange seine und ihre Seele beide noch auf Erden waren und sich auch im Leib noch suchen und finden konnten... Heilig war auch diese Liebe – heilig, unschuldig und unendlich tief...

Sie hatten schließlich beschlossen, seine Frau und seine Tochter am letzten Tag ihres Kuraufenthaltes aufzusuchen, um mit ihnen zu sprechen. Er hatte mit seiner Frau telefoniert, und ihr nur gesagt, dass er kommen würde. Er war so froh gewesen, dass auch sie mit Dorit drei Wochen Urlaub machte. So hatten Marei und er noch zwei wundervolle Wochen verleben können – jeder einzelne Tag davon die kostbarste Zeit seines Lebens.

Diese Zeit war jetzt vorbei. Zwanzig Tage, die das Heiligtum seines ganzen Lebens bildeten. Dass sie nun von einem lebendigen Geschehen zur Vergangenheit übergingen, machte ihm überdeutlich, dass sein Leben zu Ende ging. Noch wusste er genau, wie diese drei Wochen vor ihm gelegen hatten. Jetzt lagen sie hinter ihm, auch sie waren gelebt – mit welch einer Heiligkeit, mit welch einem Leuchten, aber auch sie jetzt: gelebt... Erschütternd wurde ihm immer mehr deutlich, was die Heiligkeit des Lebens war ... Die Heiligkeit jedes einzelnen Tages, ja, jeder Stunde... Irgendwann jeder Minute...

Bevor sie das Haus verließen, bat er sie verzweifelt, noch kurz innezuhalten. Als sie ihn verwundert ansah, umarmte er sie und sagte mit Tränen in den Augen:
„Ich habe es dir schon so oft gesagt, Marei ... aber jetzt, wo wir gehen, muss ich es noch einmal tun: Diese drei Wochen waren ... etwas so Unendliches für mich... Vielleicht, weil ... Er uns so innig begleitet hat... Meine Liebe zu dir ist einfach zu groß... Ich ... ich ... kann es schon jetzt nicht aushalten, von dir getrennt zu sein... Geliebte Marei..."
Tief berührt umarmte auch sie ihn innig und flüsterte an seinem Ohr:
„Liebster... Das wirst du nicht... Du wirst immer bei mir sein – du wirst sehen... Du wirst mir ... von dort ganz nah sein können. Du wirst auch hier sein, bei mir... *Ich* werde von dir

getrennt sein. Aber auch ich werde dich ganz deutlich fühlen... Wir werden nie mehr getrennt sein, Liebster..."
Heiße Tränen rannen seine Wangen hinab...

*

Als sie ihrer Vermieterin die Schlüssel zurückgaben und er die Miete bezahlte, sagte er zu ihr:
„Vielen Dank für diese drei Wochen. Sie haben ein wunderschönes Häuschen in einer wunderschönen Landschaft."
Die Frau wusste nicht recht, was sie darauf sagen sollte. Noch immer war dieses Paar ihr suspekt...
„Auf Wiedersehen", sagte Marei. „Und bitte denken Sie wirklich nichts Böses. Sie sind so ein lieber Mensch..."
Er sah, wie die Augen der Frau groß wurden, wirklich berührt...
„Auf Wiedersehen", sagte nun auch er.
„Auf Wiedersehen", sagte die Frau. „leben Sie wohl. Und wenn Sie wollen, kommen Sie einmal wieder."
„Ja, vielleicht...", sagte sie.
Er schwieg, erschüttert von dem, was die Frau nicht wusste...

Als sie sich auf der Landstraße von diesem Ort entfernten, der für ihn der wichtigste Ort auf Erden geworden war, dachte er an ihre Antwort. Er hatte sofort gefühlt, was sie gemeint hatte. Vielleicht würde sie nach seinem Tod noch einmal alleine wieder herkommen, und er würde dann dennoch bei ihr sein...
„‚Vielleicht...', hast du gesagt, Marei...", sagte er leise.
Auf einmal merkte er, dass sie nicht sprechen konnte.
„Marei?"
Sie schluchzte auf.
„Tut mir leid...", erwiderte sie mühsam und konnte ihre Gefühle nur mühsam unter Kontrolle bringen. „Du sollst ... du sollst bitte noch lange leben, Liebster!"

Erschüttert konnte er nicht ein Wort herausbringen. Nicht einmal dies konnte er ihr versprechen... Was war lange? Er wusste, dass es nicht mehr lange war...

Sein Schweigen ließ sie völlig in den Regungen ihrer Gefühle untergehen – nun schluchzte sie wirklich hilflos auf... Er musste am Straßenrand anhalten und die Warnblinkanlage anmachen.

Zwei innig sich liebende Menschen hielten einander lange, lange im Arm ... so lange, bis sich der jüngere von beiden allmählich wieder beruhigte, ab und zu nachschluchzend...

Als sie dann wieder fuhren und ein erfülltes Schweigen mit ihnen fuhr, erinnerte er sich an die Momente ihrer Fahrt in der entgegengesetzten Richtung. Auch auf der Fahrt dorthin hatte sie ein heiliges Schweigen begleitet. Sie war es gewesen, die ihm gezeigt hatte, wie man heilig schwieg – mit einer heiligen Freude, mit Liebe... Und doch hatte damals weder sie gewusst noch er je zu hoffen gewagt, mit welch einer Liebe sie nun wieder zurückfahren würden...

Seltsam war der Unterschied... Das erfüllte Schweigen auf der Hinfahrt war ganz auf die Zukunft gerichtet gewesen. Ganz Erwartung, gute Absicht... Und jetzt... Wirklich Erfüllung. Schweigen, das auf eine Vergangenheit blickte, die vor drei Wochen Zukunft war. Schweigen, das auf drei Wochen blickte, in denen selbst die scheueste Erwartung noch übertroffen worden war und in denen jede gute Absicht sich in heiliger Weise erfüllt hatte. Ja, tiefste Erfüllung war dieses Schweigen, das sie jetzt begleitete. Erfüllung und Wehmut ... wo es sich wieder auf die neue Zukunft richtete...

*

Als sie sich ihrem Ziel näherten, sagte er:
„Marei ... ich habe Angst. Was wird geschehen?"

213

„Liebster...", sagte sie sanft, „es ist egal, was geschehen wird... Es kann nichts Schlimmes geschehen, wenn wir auf Ihn vertrauen. Wir selbst sind uns doch ganz sicher, dass wir nur ganz und gar auf die Liebe vertrauen... Unsere Liebe zueinander und unsere Liebe zu diesen beiden Menschen..." Tief gerührt schwieg er.

Für ihn war es trotzdem so schwer... Wenn er auch durch ihre Worte nichts mehr für sich fürchtete, so fürchtete er doch noch immer, seine Frau unendlich zu verletzen...

Wie als ob sie seine Gedanken doch empfunden hatte, sagte sie nun noch:

„Verstehen ist *immer* nur mit Liebe möglich. Aber wir alle müssen diesen Weg zur Liebe finden... Und wir alle *werden* ihn finden. Wenn nicht jetzt, dann irgendwann..."

„Ja, Marei...", sagte er leise.

Schließlich kamen sie bei der Adresse an, die seine Frau ihm gegeben hatte. Es war eine ausgedehnte Anlage mit einem großen, von Bäumen aufgelockerten Parkplatzgelände vor dem Haupthaus. Als sie ausstiegen und auf den Haupteingang zugingen, sah er seine Frau. Etwas seitlich, unter Bäumen, war ein schöner Platz mit einigen Sitzbänken, wo sie auf seine Ankunft gewartet haben mussten.

„O nein, dort sind sie – Emma, Dorit und Linus... Sie haben uns schon gesehen..."

Er hatte gerade noch gesehen, wie Dorit, seine Tochter, aufgestanden war, um ihm offenbar entgegenzulaufen, wie sie dann aber verwundert die junge Frau neben ihm entdeckt haben musste und nun irritiert innehielt...

„Keine Sorge...", sagte sie leise – und er spürte, wie sie ihre Hand in die seine schob...

Er bekam einen heftigen Schreck, doch dann ergab er sich seinem Schicksal ... es *war* sein Schicksal, sie gefunden zu haben. Sie war wenigstens ehrlich ... und mutig. Beides gab ihr die Liebe... Wann würde er je lernen, *so* zu lieben...

Tatsächlich dachte er noch diesen Gedanken, als sie allmählich bei den drei wartenden Menschen ankamen.

„Papa, was ist –"

„Wer ist *das*?"

Die gefürchteten Fragen ... nun überfielen sie ihn ... Sie ließ ihn los und streckte seiner Frau ihre Hand entgegen. „Guten Tag, Frau Färber. Ich bin Marei. Marei Gärtner." Seine Frau nahm die Hand nicht.

„Hallo, Emma", sagte er hilflos, „hallo, Dorit" – ohne seine Frau oder seine Tochter umarmen zu können, wie er es sonst immer tat. Er spürte, dass es nicht möglich war...

„Ja ... das ist Marei. Wir ... lieben uns..."

Er hatte das Gefühl, dass seine Worte das Lächerlichste von der Welt waren.

Seine Frau und auch seine Tochter sahen ihn und das Mädchen an, als stünden sie vor etwas völlig Unbekanntem – und so war es ja auch.

„Es ist eine lange Geschichte...", sagte er.

„*Das* glaube ich auch!", sagte seine Frau nun, die zumindest für diese Antwort ihre Sprache wiedergefunden hatte.

Doch sie hatte sie tatsächlich ganz wieder, denn jetzt sagte sie:

„Bist du ... bist du *dafür* gekommen – um uns *das* zu sagen? Jetzt? Hier?"

„Es ist eine ganze Geschichte...", sagte Marei nun vorsichtig.

„Von *Ihnen* will ich gar nichts hören!", erwiderte seine Frau scharf. „Ich ... ich fasse es einfach nicht!"

Am schlimmsten war für ihn der Blick seiner Tochter. Auch sie schien völlig verständnislos zu sein. Er wusste überhaupt nicht, wo er anfangen konnte...

„Ihr Mann wird sterben...", sagte Marei nun einfach.

„Wie bitte?"

Die Stimme seiner Frau schwankte zwischen Empörung über eine aus der Luft gegriffene Behauptung und echtem Schrecken.

Auch er hatte dies in den letzten Momenten völlig vergessen.

„Er wird sterben. Sag du es ihr, Christian..."

„Ja", sagte er, an seine Frau gewandt, „ich werde das Ende dieses Jahres wahrscheinlich nicht mehr erleben..."

„Was!?" Dorit erwachte aus ihrer Erstarrung. „Was ist *los*, Papa?"

Das war das Mädchen, das er kannte... Mit ihr konnte er sprechen...

Er wandte sich ihr zu und sagte:

„Ich habe Bauchspeicheldrüsenkrebs. Die schlimmste Art ... nicht zu heilen, schon zu weit..."

Ihre Augen weiteten sich.

„Papa!", sagte sie hilflos und starrte ihn an, wie wenn diese Nachricht über ihren Verstand ging.

Dann machte sie einen ebenso hilflosen Schritt auf ihn zu.

„Ist das wahr?"

„Ja..."

Jetzt warf sie sich ihm um den Hals.

„Papa!"

Allmählich musste die Seele begreifen – und allmählich löste dies ihre Empfindungen. In tiefster Erschütterung fragte sie:

„Wie lange weißt du das schon? Warum hast du uns nichts gesagt?"

Er hielt seine Tochter im Arm und erwiderte:

„Ich wusste es einfach nicht, Dorit. Ich wusste nicht, wie... Und ich wollte es euch nicht sagen. Ich wollte einfach nur allein sein..."

„Aber du bist doch gar nicht allein."

„Nein ... sie lernte ich erst im letzten Moment kennen. Sie allein war es, die mir helfen konnte..."

Sanft, aber bestimmt, löste sich seine Tochter nun wieder von ihm, sah ihn an und fragte:

„Aber *warum*?"

Er begegnete dem Blick seiner Frau. Sie war noch immer verständnislos, konnte alles noch immer nicht verarbeiten, an sich heranlassen, erleben...

„Wir kannten uns schon vom Sehen im Park. Sie saß immer am Rand des Spielplatzes, und ich auch. Sie beobachtete voller Liebe die Kinder – und ich sah voller Liebe immer sie an... Ja, Dorit, ich habe mich in sie verliebt. In so ein wundervolles Wesen. Du weißt nicht, *wie* sie die Kinder beobachtete – und *wie* sie ihnen half, wenn eines Hilfe brauchte. Und dann... dann bekam ich vom Arzt eines Tages die endgültige Diagnose – und als ich mich an diesem Tag wieder auf die Bank setzte... da kam sie zu mir und sagte, sie hatte von mir geträumt – dass ich Hilfe brauche... Und sie sagte... sie sagte, dass sie meine Hilfe *wäre*. Und ich sagte, dass mir niemand mehr helfen könne. Aber sie bestand darauf und fragte mich, was sie tun könnte. Und dann sagte ich: dass sie mit mir zwei Wochen wegfahren würde... Und das tat sie..."

„Das ist die absurdeste Lüge, die ich je gehört habe", sagte seine Frau nun. „Wir lange kennst du sie *wirklich* schon?"

„Es ist die Wahrheit", sagte Marei.

Seine Frau sah sie fast spöttisch an.

„Dass Sie von meinem Mann träumen und dann zwei, nein drei Wochen mit ihm mitfahren und sich vorher nicht gekannt haben?"

„Ja."

„Das ist ein Witz! Sie glauben doch wohl nicht, dass *ich* Ihnen das glaube? Vor allem kommen Sie dann einfach so drei Wochen mit ihm mit – und lieben ihn dann hinterher! Wieso lieben Sie ihn eigentlich *überhaupt*? Wie alt sind Sie eigentlich?"

„Vierundzwanzig."

„Vierundzwanzig!" Seine Frau wiederholte es fast, wie wenn es ein Verbrechen wäre. „Darf ich Ihnen einmal sagen, wie alt mein Mann ist? Vierundfünfzig! Er wird dieses Jahr noch fünfundfünfzig! Das sind dreißig Jahre Unterschied!"
„Er wird nicht mehr fünfundfünfzig..."
„Wie bitte?"
„Er hat Ihnen doch eben gesagt, dass er das Ende dieses Jahres wahrscheinlich nicht mehr erleben wird. Er wird nicht mehr fünfundfünfzig..."
Seine Frau sah Marei noch immer scheinbar verständnislos an, konnte nichts erwidern...

„Es ist die volle Wahrheit, Frau Färber", sagte das Mädchen. „Und doch haben auch Sie Recht. Wir kennen uns schon ewig ... aber nicht so, wie Sie denken. Es geht noch viel weiter. Schon in früheren Leben haben wir uns gekannt. Wir haben uns *wiedererkannt*. Nur deshalb lieben wir uns so sehr. Oder *weil* wir es tun, haben wir uns wiedererkannt. Es ist –"
„Nein, hören Sie auf!", unterbrach seine Frau sie. „Wenn Sie jetzt noch mit so etwas ankommen, machen Sie es nur noch schlimmer. Können Sie solche ‚Entschuldigungen' nicht einfach beiseite lassen und ganz ehrlich zu dem Ungeheuerlichen stehen? Dass Sie – wenn das stimmt – kurz vor seinem Tod mir noch meinen Mann wegnehmen!?"
„Nein", widersprach er nun, „das tut sie ganz bestimmt nicht. *Ich* bin es, der sie zuerst geliebt hat – und nicht anders konnte, als bei ihr zu bleiben, obwohl ich noch nicht einmal hoffen konnte, dass sie mich anders lieben würde, als sie es tat – so, wie sie die Kinder auf dem Spielplatz liebt. Niemand hat mich weggenommen. Ich liebe sie einfach – unendlich... Durch sie weiß ich, was Liebe ist..."
„Ja!", sagte seine Frau wegwerfend. „Das sieht man!"

„Warum sprechen sie so darüber?", fragte Marei sanft. „Die Liebe ist etwas Heiliges..."

Seine Frau musterte Marei abfällig. Dann sagte sie:
„Bei Ihnen vielleicht. Bei meinem Mann ganz sicher nicht. Ja, er ‚liebt sie unendlich'", sie verstellte ihre Stimme ein wenig, „natürlich – welcher ältere Mann würde so ein junges, vierundzwanzigjähriges Mädchen nicht ‚unendlich lieben', wenn sich ihm die Gelegenheit böte? Aber *heilig* ist das ganz gewiss nicht. Es gibt dafür ein ganz anderes Wort, meine Liebe."
„Welches denn?", fragte sie unschuldig.
„Untreue!"
Seine Frau blickte ihr hart ins Gesicht.
„Was ist denn Treue?", fragte das Mädchen.
„Ja!", lachte seine Frau auf, „das kann ich mir denken, dass sie das nicht wissen!"
„Doch, ich weiß es – aber ich will es von Ihnen hören."
„Von mir? Ich glaube, Sie verwechseln da etwas. Sie brauchen von mir nichts hören. Sie müssten eigentlich ziemlich ruhig sein. Und sich in Grund und Boden schämen!"
„Nein, Frau Färber. Die Liebe braucht sich niemals zu schämen..."
Noch immer sah seine Frau sie wie eine Art Weltwunder an, vielmehr wie ein selbsternanntes Weltwunder.
„Was *Sie* Liebe nennen! Eine Liebe, die Männer wegnimmt, unverschämt anspaziert kommt und verkündet, dass alles erlaubt ist, was sie tut. Einsperren müsste man Sie!"

Er fühlte sich völlig überfordert, noch sinnvoll in das Gespräch einzugreifen. Es war überhaupt kein Gespräch – es war ein Kampf; ein Kampf seiner Frau gegen dieses Mädchen, das er über alles liebte...
Aber nun sagte dieses Mädchen sanft:
„Ich verstehe Ihren Hass, Frau Färber. Aber ich habe Ihnen Ihren Mann nicht weggenommen. Er hat Ihnen doch gesagt, wie es war... Lieben *Sie* ihn denn gar nicht? Wenn Sie ihn

aber lieben ... warum glauben Sie ihm denn nicht? Er sagt die Wahrheit – und die Liebe glaubt immer...

Die Liebe ist heilig, weil sie keine bösen Absichten hat. Es war ihr Mann, der verzweifelt gewesen war, weil er nicht wusste, wie er es Ihnen sagen sollte – und es fast nicht aushielt, sie so zu verletzen. Aber es auch nicht aushielt, sich je wieder von mir zu trennen. Ich habe noch nie eine solche Liebe gesehen! Man kann die Liebe nicht einsperren, man kann sie nur empfinden. Und je mehr Liebe man empfindet, desto heiliger wird die Welt. Es geht nicht um etwas Böses, es geht um etwas Heiliges.

Ihr Mann wird bald sterben. Im Tod begegnet uns ein Wesen, das uns mit all Seiner Liebe empfangen wird. Die Liebe ist viel größer als wir, Frau Färber. Wenn Sie wüssten, was die Liebe in Wahrheit ist – sie könnten nicht so über sie reden. Aber Ihr Mann und ich ... wir lieben uns schon seit undenklichen Zeiten, und auch die Schwelle des Todes wird kein Hindernis für unsere Liebe sein... Es ist keine Untreue, es ist die tiefste Treue, die es gibt. Bitte verzeihen Sie ihm...“

„Wollen Sie“, sagte seine Frau abfällig, „vielleicht noch sagen, dass dann *ich* gewissermaßen nur ein Seitensprung meines Mannes gewesen bin?“

Überrascht stellte er fest, dass es in den Augen der Ewigkeit fast so angesehen werden könnte.

„Warum reden sie so?“, fragte Marei traurig. „Ich will Sie überhaupt nicht verletzen. Ich würde nie so etwas sagen. Sie hatten mit Ihrem Mann doch ein erfülltes Leben. Mit zwei wunderbaren Kindern. Und ich...“

Er spürte, wie ihre Stimme versagte.

„Ich ...“, brachte sie mühsam hervor, „ich habe nur...“

Sie konnte nicht mehr sprechen. Sie schluchzte auf...

Er legte seinen Arm um sie – und hilflos warf sie sich herum, an seine Brust...

„Ich habe nur noch wenige Monate – oder – sogar – nur noch Wochen...", schluchzte sie.

Er sah, wie Dorit tief berührt mit großen Augen diesen plötzlichen Ausbruch tiefster Liebe wahrnahm. Seine Frau blieb weiterhin völlig unfähig, mit tieferen Gefühlen zu reagieren. Während Marei in seinen Armen weinte, blickte seine Tochter hilflos abwechselnd zu ihm und zu seiner Frau. Schließlich sagte sie, zu ihrer Mutter gewandt:

„Mama, ich glaube, sie lieben sich wirklich..."
Er hörte, wie das ‚glaube' nur ein vorsichtiges Wort gegenüber seiner Frau war. Dorit hatte es längst empfunden...

„‚Lieben sich wirklich'!", sagte sie wegwerfend, „und *ich*?"
Marei drehte sich um, und brachte hervor:

„Und Sie – lieben ihn vielleicht auch – aber das *können* Sie doch... Die Liebe ist doch immer ganz frei... Sie können ihn doch immer lieben... Auch die letzten Monate noch..."
Mit tränennassen Augen sah sie nun seine Frau an, er konnte ihr Gesicht nicht sehen, nur das seiner Frau, die noch immer völlig überfordert war.

„Können Sie –", Marei schluchzte wieder auf, „können Sie denn nicht begreifen, dass er *stirbt*? Ist Ihnen denn *dies* nicht wichtig genug? Es tut mir leid, dass wir uns lieben – bitte verzeihen Sie uns doch... Aber..."
Wieder musste sie verzweifelt aufschluchzen.

„Das Schlimme ist doch, dass es ... dass es..."
Sie musste sich wieder an seine Brust werfen. Sie konnte den Satz nicht mehr beenden...

Etwas in seiner Frau schien nun berührt zu werden. Sie konnte noch immer nicht wirklich reagieren – aber etwas in ihr schien sanfter zu werden; zu begreifen, dass ihm etwas Furchtbares bevorstand, etwas, das noch viel schlimmer war als jedes ‚Verlassenwerden', das man jemandem übelnehmen konnte.

„Ja, Emma – verzeih mir bitte. Ich weiß nicht, was ich sonst von dir bitten kann. Ich wollte dich nicht verletzen. Ich weiß, dass es dich tief verletzt – und doch kann ich nichts anderes tun, als dein Verzeihen zu erbitten. Du weißt, dass wir uns auch geliebt haben – aber nicht so sehr. Du weißt, wie es war. Du weißt, dass wir so viele erfüllte Jahre hatten, dennoch, mit den Kindern. Es geht nicht darum, dass das wertlos war. Es war *alles* wertvoll – und ist es immer noch. Das möchte ich dir sagen. Nur ... was ich hier gefunden habe, Emma, hier in dieser Liebe zu ihr, zu Marei, das kann ich nicht mit Worten beschreiben – es ist zu groß, es reicht wirklich bis über den Tod hinaus... Und *ihr* verdanke ich es, wenn ich..., nein, *dass* ich friedlich sterben können werde. Ich habe in diesen drei Wochen so viel erfahren, über jenes Wesen, das *alle* Liebe auf Erden ... heiligt und überhaupt erst da sein lässt. Es gäbe keine einzige Liebe, wenn es dieses Wesen nicht gäbe. Aber es ist da – und es segnet alle wirkliche Liebe, weil es immer *Seine* Liebe ist... Verzeih mir, Emma. Ich wollte es wirklich nicht, dich verletzen...“

Noch immer konnte seine Frau nichts erwidern. Aber sie konnte es, weil sie es musste, zumindest in einem ersten Ansatz hinnehmen. Er spürte, dass sie sehr genau verstand, dass es nicht zu ändern war – und dass es alles wahr und aufrichtig war, was er gesagt hatte.

Seine Tochter sah ihre Mutter einmal hilflos an, dann blickte sie wieder zu ihm und fragte schließlich:
„Aber Papa! Wie geht es denn nun weiter? Kann dir ... kann dir wirklich nicht mehr geholfen werden? Und dann?“
„Nein...“, schüttelte er den Kopf. „Wenn die Schmerzen stärker werden, werde ich Schmerzmittel bekommen müssen – und dann irgendwann ins Krankenhaus müssen...“
Marei hatte sich schon während seiner Worte zu seiner Frau wieder von ihm gelöst. Nun umarmte ihn seine Tochter wieder leidvoll.

„Ach, Papa! Das geht doch nicht..."

Sanft drückte er sie an sich.

„Wir haben noch viel Zeit ... uns zu verabschieden", sagte er warm.

Bedrückt schwieg sie und umarmte ihn lange.

„Tut mir leid, dass wir dich so erschreckt haben...", hörte er nun Marei, die sich niedergehockt hatte, zu seinem Enkel sagen, der sich aber daraufhin etwas ängstlich hinter den Beinen der Oma versteckte."

„Ach, Linus..."

Seine Tochter löste sich wieder von ihm.

„Es ist wirklich nicht schön, dass er alles einfach mit anhören musste."

„Aber nun wird es wieder gut...", sagte Marei warm, noch immer in Richtung des Jungen.

„Muss Opa sterben?", fragte der Junge sie nun zögernd.

„Ja... Aber wenn er stirbt, dann empfängt ihn ein wunderschönes Wesen... Aber wir können fühlen, dass er trotzdem noch immer bei uns ist..."

„Was heißt ‚empfängt'?"

„Das heißt, wenn man jemanden willkommen heißt. Wenn man sich sehr freut, wenn jemand kommt..."

„Wartet dann jemand auf Opa?"

Er hörte, wie sie einmal heftig einatmen musste, um nicht wieder zu weinen...

„Ja... Es wartet jemand auf ihn..."

„Und wer?"

„Christus..."

„Wer ist das?"

„Das kann dir Opa sicher noch erzählen..."

*

223

Sie fuhren noch am selben Tag wieder nach Hause. Sie konnten im Moment nicht mehr tun. Seine Frau brauchte Zeit – wenn Zeit helfen würde. Er wusste es nicht.

Doch während der Fahrt sagte sie, wie wenn sie wieder seine Gedanken teilte:

„Deine Frau wird es verstehen.“

„Verstehen?“, fragte er.

„Ja ... ich meine, wirklich. Ich habe es gefühlt. Sie wird es nach einiger Zeit wirklich ... annehmen können.“

„Annehmen?“

„Ja – und ihren Frieden damit finden. Ihr werdet noch einmal eine neue Nähe finden. Ein Aufleben eurer gemeinsamen Vergangenheit.“

„Und wie?“

„Der Tod macht selbstlos.“

„Aber sie stirbt doch gar nicht.“

„Aber sie begegnet dem Tod doch trotzdem.“

„Ja...“

Als sie in ihrer kleinen Wohnung ankamen, war er überglücklich, sie kennenlernen zu können. Auf Dauer wäre sie ihnen sicher zu klein gewesen, aber es gab keine Dauer mehr. Für die letzte Zeit seines Lebens brauchte er keinen Platz mehr – er brauchte nur noch sie...
Verwundert stellte er fest, wie wenig man nur noch brauchte. Eigentlich nichts mehr außer der Liebe...

Es hatte sich alles bewahrheitet.
Vor dem Angesicht des Todes verschwand alles Eigendenken seiner Frau. Auch sie erkannte, dass er Marei innig liebte und dass dies einfach eine Tatsache war – eine gegenseitige Tatsache. Aber am tiefsten war dies Marei selbst zu verdanken. Sie war seiner Frau gegenüber so lieb, dass selbst sie Marei liebzugewinnen begann. Und wie sollte es anders sein. Wer konnte sie nicht liebgewinnen, wenn er sie kannte... Dorit betrachtete Marei inzwischen sogar fast wie eine Freundin.

In tiefer Liebe gingen seine Gedanken zu ihr. Sie war hinuntergegangen, um in der Krankenhauskantine etwas zu essen. Täglich war sie bei ihm. Nun schon die dritte Woche.
Es war Mitte August. Etwas mehr als sechs Wochen hatte er mit ihr noch gehabt, bevor die Schmerzen so stark wurden, dass er in die Klinik musste. Er spürte, dass es nun nicht mehr lange dauern würde...
Drei Monate hatte er sie also kennen dürfen, in diesem Leben... Sie hatten noch über so vieles gesprochen. Und immer wieder über dieselben Fragen, immer mehr sich vertiefend – die einzig wesentlichen Fragen. Er erlebte es wie die Bestellung eines Ackers, dessen Frucht noch kurz vor dem Tod aufgehen würde, und im Tod, und nach dem Tod... Nur dies war noch wichtig...
Ja, auch über die Schmerzen hatten sie gesprochen. Jeder Schmerz machte selbstlos. Auch dies war ein tiefes Umgraben der Erde. Und die Erde war die Seele. Kein Schmerz war sinnlos. Jeder kleinste Schmerz verwandelte die Seele – und alles, alles wurde durch den Tod hindurchgetragen, hin zu Ihm... Man stand nicht mit leeren Händen vor Ihm. Man stand mit allem vor Ihm, was die eigene Seele geworden war...
Aber all dies verdankte er ihr, nur ihr...
Tränen liefen aus seinen Augen...

Die Tür öffnete sich – und sie kam wieder herein. Jeden Tag schien sie schöner zu werden. War auch dies das Leid? Sein Leid, das alles immer schöner machte, was man noch wahrnehmen konnte ... aber vor allem *ihr* Leid, das ihre Seele so unsäglich schön machte, obwohl sie doch schon vorher so unbeschreiblich schön gewesen war...?

Sie setzte sich wieder auf ihren Stuhl, der an seinem Bett stand.

„Geht es...?", fragte sie sanft.

Er nickte.

Er hatte in den letzten Wochen gelernt, Schmerzen zu ertragen, die er früher sicher nicht lange zu ertragen gemeint hätte. Aber jetzt hatte er jemanden an seiner Seite, der ihm selbst hierbei half – allein schon durch seine Anwesenheit.

Ach, was war die Anwesenheit eines so innig geliebten Menschen doch für eine Gnade...

„Was werde ich ohne dich machen...", fragte er, wieder den Tränen nahe.

„Liebster..."

Sie schniefte.

„Sag das nicht immer... Wir können doch nicht immer weinen..."

„Nein, nicht immer..."

Er streichelte sanft ihr Haar.

„Aber wir haben nicht mehr lange, um zu weinen, miteinander, meine ich..."

Sie musste wieder schluchzen...

„Du weißt – doch – Liebster – wenn du dich – von mir verabschieden musst – ist – *Er* da..."

„Ja... Ich weiß... Er ist schon jetzt da, geliebte Marei..."

„Ja? Erlebst du Ihn?"

„Ja – schon lange... Ich glaube, schon seit ich dir das erste Mal begegnet bin... Aber jetzt erlebe ich Ihn so stark... Er ist

da... Er wartet... Und Er weiß, dass wir Ihn gefunden haben...
Beide..."
Sie schluchzte hemmungslos...
„Christian...!"
Jedes Mal, wenn *sie* weinen musste, konnte er es nicht mehr,
nicht mehr für sich... Aber Mitleid, ja, Mitleid mit ihr konnte
ihn doch immer wieder weinen lassen.

Alles hatte sich zum Guten gefügt. Er hatte noch so schöne
Gespräche mit seiner Tochter gehabt, sogar mit seinem Sohn.
Und auch mit seiner Frau. Es war das Einzige, was noch zu-
rückblieb, als Schmerz neben den körperlichen Schmerzen –
dass er dieses geliebte Mädchen zurücklassen musste, im Leibe, während er seinen Leib ablegen musste... Es war furchtbar, sich vorzustellen, dass es eine unsäglich lange Zeit dauern würde, bis sie wieder vereint sein würden, mit Leib und
Seele...

Als sie sich schließlich wieder beruhigt hatte, fragte er sie
zärtlich:
„Marei ... willst du nicht vielleicht doch Kindergärtnerin werden?"
Erstaunt sagte sie:
„Ich habe eben beim Essen gerade daran gedacht ... aber nicht
daran, sondern an das Gegenteil, Christian. Und ich bin mir
jetzt ziemlich sicher. Ich möchte Sterbebegleiterin werden...
Ich glaube, die Menschen, die sterben, brauchen mich drin-
gender – denn sie müssen ja doch Ihn noch finden, schon
vorher... Du weißt schon, damit es für sie leicht wird, und
damit sie noch etwas mehr in den Händen haben, was sie ...
behalten dürfen, für immer... Und ich glaube, so kann ich
auch dir noch viel, viel näher sein... Denn du wirst mir von
der anderen Seite helfen, das weiß ich..."
„Sterbebegleiterin...?", sagte er.
Etwas daran gab ihm eine neue Wehmut.

„Aber Marei ... Geliebte ... du musst doch auch *leben*!"
Es war ihm, als wenn sie sich dem Dunklen, Traurigen verschrieb, einem traurigen Nebel, der ihr Leben werden würde...
„Liebster...", erwiderte sie, mit so warmen Augen, „das tue ich doch! Die Liebe ... Sie *ist* mein Leben! Du weißt es, Liebster... Ich werde ganz und gar leben. Und sie, die sterben müssen, werden auch wieder das Leben finden, Christian, das Leben ihres Herzens, das vielleicht schon erstorben war, oder ermüdet, erschöpft ... ich werde ihnen allen das *Leben* bringen – damit sie Ihn finden, der selbst das Leben ist. Es gibt nur Sein Leben, Christian... Und ich möchte den Menschen helfen, *dies* zu wissen... Den Menschen, die es am schwersten haben, weil sie so leiden, in Schmerzen, in Angst... Ich möchte ihnen sagen wie es wirklich ist ... und sie werden fühlen, dass sie Ihm entgegengehen. Ich will *Ihm* helfen, dass Er noch vor ihrem Tod zu ihnen kommen kann, Christian. Darum geht es – das ist das Wichtigste im ganzen Leben... Wenn dies möglich wird, dann..."
Sie sah ihn mit innigsten, tief berührten Augen an.
„...dann wird das Sterben, der Tod, das *tiefste* Leuchten, Christian..."

Er wusste, dass sie Recht hatte.
„Geliebte Marei...", sagte er erschüttert, „du Engel..."
Sie streichelte einfach nur seine Hand, sich selbst völlig vergessend...
„Vergiss nur auch die Kinder nicht!", bat er, auch dies um ihretwillen.
„Nein, Liebster", sagte sie voller Kummer, „ich werde auch dort immer wieder sitzen, jeden Tag, und wenn es nur ganz kurz ist..."
Er hörte, wie ihre Stimme wieder versagen wollte.

Mehr musste man nicht sagen. Ihrer beider Liebe war übergroß, im ganzen Raum. Sie hätten keinerlei Worte mehr gebraucht, um sie zu fühlen. Die Liebe selbst sprach...

*

Als sie nach Hause gegangen war, war er allein – aber sie war noch immer bei ihm. Die Liebe wich einfach nicht, sie war so stark... Er hatte es geradezu verlangen müssen, dass sie jeden Tag um acht Uhr nach Hause ging. Sie hätte es sonst nicht gemacht. Aber es musste sein, sie musste schlafen ... und selbst wenn sie es nicht könnte, würde sie in ihrem Bett liegen können. Doch er sah es, dass sie schlafen konnte, und darüber war er tief dankbar.

Er selbst konnte nicht mehr gut schlafen. Er hatte die volle Dosis an Medikamenten verweigert. Er wollte die Schmerzen nur ertragen können, und auch dafür war er dankbar – dass es Medikamente gab, die es überhaupt erträglich machten. Aber mehr als bis zur Grenze der Erträglichkeit wollte er nicht gehen. *Er* hatte doch auch so sehr gelitten ... Er, dessen Namen er in seinem Namen trug...

Und so durchwachte er manche Nacht, mit Schmerzen, unter denen er litt, die er aber doch auch gerne trug – in Seinem Namen, und weil er so unsäglich stark erlebte, wie die Schmerzen und das Leiden sich in seine Seele gruben. Aber sie gruben in die Tiefe, und überall, wo sie gruben und rissen und hineinflossen, folgte ihnen die Liebe, folgte ihnen das Licht, folgte ihnen das Leuchten...

Und Tränen, Tränen folgten – Tränen des Glücks, der Liebe, Tränen, die selbst schon leuchteten...

Er hatte das Glück seines Lebens gefunden, er war noch nie so glücklich gewesen wie jetzt. Die Liebe wurde unendlich, in jeder Minute mehr... Jetzt würde er sterben können. Es *war* bereits ein Sterben, alles... Aber es war ein Sterben in Ihn. Und *sie*, seine Liebe zu ihr, lebte so unendlich stark in ihm. Sie würden wirklich nie wieder getrennt sein. Es war *alles* Liebe, alles war Leuchten...

Man starb in Ihn. Und das Leuchten wurde immer stärker...